W3203905

Nachhaltigkeit liegt uns am Herzen.

**Hergestellt in Deutschland**
**Gedruckt auf FSC®-Papier**
**Lösungsmittelfreier Klebstoff**
**Drucklack auf Wasserbasis**

Natürlich

magellan

WENDELIN VAN DRAANEN

# ACHT WOCHEN WÜSTE

*Für Elizabeth*

WENDELIN VAN DRAANEN

# ACHT WOCHEN WÜSTE

aus dem Englischen von
Jessika Komina und Sandra Knuffinke

magellan

# I

# 1

»Wren …«

Mein Name schwebt durch mein Bewusstsein und hüpft dort von Wolke zu Wolke.

»Wren … wach auf.«

Ich fühle mich wie in einem Kokon. Lasse mich treiben. Die Wolken sind so weich.

»Wren, na komm schon. Wir müssen los.«

Los? Wohin? Wer redet da? Die Stimme ist männlich, aber ich erkenne sie nicht. Um mich ist es dunkel. Als würde ein Sturm aufziehen.

Schon fängt es an zu donnern. »Wren!«

Ich kauere mich zusammen, igele mich ein. Was will der? »Geh weg«, murmele ich, den Mund voller Steine. Ich habe Durst. Und wenn ich mal an der Wolke lecke?

»Sie ist total besoffen, Mom.«

Moment mal. Das war Anabella. Was macht die denn auf meiner Wolke?

Eingeladen habe ich sie jedenfalls nicht.

Diese Petze.

Aber sehen kann ich sie auch nicht. Und jetzt fängt die Wolke an zu schwanken. Sich zu drehen.

»Leg dich wieder schlafen«, flüstert meine Mutter.

Meine Mutter? Oh nein! Die auch noch …

Dann dringt eine neue Stimme durch die Dunkelheit.

Oder eher ein Stimmchen, leise und verschlafen. »Was ist los?«

Das ist Mo! Mein kleiner Kumpel, mein Mogli, mein MoBro! Der darf zu mir auf die Wolke kommen, jederzeit! Das heißt … nein … Moment. Zuerst muss ich ein paar Sachen verstecken. Schnell. Ich muss was verstecken.

»Nimm Morris und geht zurück ins Bett!«, zischt meine Mutter.

»Ihr zieht das also wirklich durch?«, fragt Anabella.

»Du und dein Bruder, ihr verschwindet jetzt!«, befiehlt mein Vater.

Mein Vater?

Was mache ich eigentlich noch auf dieser Wolke? Hier ist es ja total überfüllt. Und stockdunkel. Und ringsum grollt der Donner.

»Wren! Aufwachen!«

Wer ist das bloß?

Grelles Licht blendet mich, als ich mühsam die Lider auseinanderzwinge. Ein Mann taucht in meinem Blickfeld auf. Ein Riese. Er beugt sich über mich. Ich sehe eine dunkelblaue Jacke. Mit goldbestickten Schulterklappen.

Ein … *Polizist*?

Ich setze mich halb auf.

Tatsache, ein Polizist.

Er beginnt zu wanken. Das heißt, nein … nicht er. Ich. Oder mein Bett. Ich greife mir meinen Mülleimer und übergebe mich.

Während ich mir die Seele aus dem Leib kotze, rasen meine Gedanken zu Nico. Ob sie ihn erwischt haben? Ist deswegen die Polizei hier? Haben sie mich mit ihm in Verbindung gebracht?

Ich versuche, mich cool zu geben, und wische mir den

Mund ab. »'tschuldigung, hab mir wohl 'nen Virus eingefangen.«

Bislang hat das ziemlich zuverlässig funktioniert. Aber diesmal habe ich einen Polizisten vor mir, nicht meine Eltern. Und sein Blick sagt …

Er glaubt mir kein Wort.

Die digitalen Ziffern meines Weckers leuchten blutrot: 03:47 Uhr. »Was ist passiert?«, wende ich mich an meine Türrahmen-Eltern. »Was macht der hier?«

»Das ist nur zu deinem Besten«, sagt mein Vater. Seine Stimme klingt eisig. Knallhart. Wie eine zugeschlagene Gefrierschranktür.

»Kannst du laufen?«, fragt der Polizist.

Ich bringe ein verächtliches Schnauben zustande. »Klar kann ich laufen!«

»Gut, dann steh bitte auf und zieh dich an.« Er reicht mir Jeans und einen Kapuzenpulli. »Du kommst mit mir.«

»Was? Wieso?« Wieder sehe ich rüber zum Türrahmen, wo nun bloß noch ein Elternteil steht. »Mom!«, rufe ich. Ich kann sie im Flur weinen hören. »Mom! Was soll das alles?«

Doch sie antwortet nicht. Niemand antwortet mir. Ich bin zittrig und durchgefroren und mein Herz klopft wie wild. Der Polizist hat ein Paar Handschellen an seinem Gürtel hängen. Ich habe mal gehört, die tun ziemlich weh, also schlüpfe ich lieber schnell in die Jeans und zerre mir den Pulli über mein Schlaf-T-Shirt. Ich fühle mich völlig planlos. Und so, als müsste ich mich jeden Moment noch mal übergeben. Da fällt mir auf, dass mein Handy weg ist.

Jetzt setzt die echte Panik ein. Hektisch taste ich unter meiner Decke und dem Kissen herum.

»Dein Handy haben wir«, sagt mein Vater.

Ich bin so was von geliefert.

»Geh noch mal zur Toilette«, rät mir der Polizist. »Wir sitzen gleich ’ne ganze Weile im Auto.«

Als ich aus dem Badezimmer komme, überreicht mein Vater dem Polizisten gerade eine Reisetasche und wendet sich dann mir zu. Seine Lippen heben sich wie straff gespannte weiße Schnüre von seinem Gesicht ab. »Wir wissen nicht mehr weiter, Wren.«

»Und darum liefert ihr mich jetzt an die Bullen aus? MOM!«, schreie ich an ihm vorbei. »MOM!«

Der Polizist packt meinen Arm und zerrt mich den Flur hinunter, sosehr ich mich auch wehre. In der Küche höre ich meine Mutter weinen. »MOM!«, kreische ich. »WAS IST HIER LOS? TUT DOCH WAS!«

Jetzt dringt die schrille, verzweifelte Stimme meines Bruders durch Anabellas Zimmertür. »Wir müssen Wren helfen!«

»Mogli!«, rufe ich. »Mo-Bro, hilf mir!«

»Bist du wirklich so egoistisch?«, fragt mein Vater, und seine Worte versengen die Luft zwischen uns.

»Warum tut ihr mir das an?«, frage ich, während der Polizist mich weiter durchs Haus schleift. Wir kommen am Wohnzimmer vorbei, am Klavier, und ich fange an zu weinen.

»Weil wir uns nicht mehr anders zu helfen wissen«, antwortet mein Vater. »Wir sehen keinen anderen Ausweg.«

Dann sagt der Polizist: »Wir melden uns, Mr Clemmens«, und ich werde nach draußen verfrachtet.

»Daddy, bitte!«, schreie ich.

Die Tür schlägt hinter mir zu.

»ICH KANN MICH BESSERN! ICH VERSPRECH’S EUCH!«

Aber ich rede nur noch mit Holz.

Totem, herzlosem Holz.

# 2

Der Polizist manövriert mich über die Veranda und hinaus auf die Straße, wo ein SUV wartet. Schlicht schwarz und mit getönten Scheiben, ohne Polizeiaufschrift.

»Sind Sie Undercover-Drogenfahnder?«, frage ich.

»Das macht dir mit deinen vierzehn Jahren ernsthaft Sorgen?«, erwidert er.

»Sagen Sie schon!«

»Einsteigen.« Er öffnet die Tür und deutet auf die hinterste Sitzreihe.

Am Steuer sitzt eine Frau. Blaue Uniform, goldene Schulterklappen, Sonnenbrille.

Eine Sonnenbrille. Mitten in der Nacht.

»Wunderschönen guten Morgen.« Nach hinten gewandt grinst sie mich an.

Am liebsten würde ich sie anfauchen, die Klappe zu halten, aber ich klettere bloß folgsam in den Wagen. Vielleicht gibt sie mir ja ein paar Antworten. »Wohin fahren wir?«

»Hat Joel dir das nicht erklärt?«, fragt sie und mustert mich im Rückspiegel.

Aha, der Drogenfahnder heißt also Joel. »Damit haben Sie mir gerade mehr verraten als bisher alle anderen zusammen.«

»Verstehe«, sagt sie und wirft Joel einen Blick über den Rand ihrer Sonnenbrille zu. »Verschlusssache?«

»Sie muss nur das Nötigste wissen«, entgegnet er, während

er sich in die mittlere Reihe setzt und die Tür schließt. »Und was *du* wissen musst, ist, dass sie gerade von einem High runterkommt und ziemlich verkatert ist.«

Die Frau reicht ihm eine Kotztüte, die er an mich weitergibt. »Dauert mindestens zwölf Stunden, bis du aus den Klamotten rauskommst«, sagt sie. »Darum würde ich sie mir nicht unbedingt einsauen, wenn ich du wäre.«

*»Zwölf Stunden?«*

»Ganz genau, Schätzchen.« Sie stellt die Automatik auf Fahren und gibt Gas. »Wird ein langer Tag.«

»Wo müssen wir denn hin?«

Wieder sieht sie in den Rückspiegel. »Zum Flughafen.«

»Bitte *was*?« Ich recke mich nach der Tür, aber Joel schubst mich unsanft zurück.

»Siehst du?«, wendet er sich an die Fahrerin. »Das hätte sie besser nicht gewusst.« Dann dreht er sich wie ein riesiger wütender Bär zu mir um. »Damit eins direkt klar ist«, knurrt er. »Du stehst jetzt unter meiner gesetzlichen Vormundschaft. Das heißt, ich darf dich falls nötig sogar gewaltsam festhalten. Ich musste mich schon mit wesentlich größeren und stärkeren Leuten als dir rumschlagen und ich bin gerade absolut nicht in der Stimmung für Rumgezicke, Fluchtversuche oder Gejammer. Wenn du willst, dass ich dir Handschellen anlege, dann versuch so was ruhig noch mal. Ansonsten setz dich gefälligst hin, schnall dich an und halt den Mund.«

Er starrt mich an, bis ich klein beigebe, was nicht allzu lange dauert. Mir wird flau, aber diesmal aus einem anderen Grund als vorher.

Meine Eltern haben ihre gesetzliche Vormundschaft für mich abgegeben?

Heißt das, sie haben mich verstoßen?

Ich sehe aus dem Fenster. Wir haben unser Viertel schon

hinter uns gelassen und rasen jetzt über den Culver Boulevard, der ohne das übliche Verkehrschaos gruselig verlassen wirkt. Es ist zwar noch mitten in der Nacht und sehr neblig, aber der Boulevard ist taghell erleuchtet. Wir jagen über eine Kreuzung nach der anderen, vorbei an gepflegten, von Hecken und Bäumen gesäumten Gehwegen. Alles perfekt. Als wir damals hergezogen sind, fand ich das noch schön. Keine Maschendrahtzäune oder Hinterhöfe, in denen sich Müll stapelte. So grün und sauber. Und es gab *Platz*. Inzwischen wohnen wir schon drei Jahre hier, und ich verirre mich immer noch, wenn ich mich zu weit von zu Hause wegbewege. Weil nämlich alles gleich aussieht.

Wir halten an einer roten Ampel in der Nähe von Nicos Haus, und ich überlege kurz, ob ich nicht doch noch mal versuchen soll zu fliehen. Joel sitzt etwas zur Seite gedreht und hat die Augen geschlossen … Die Fahrerin sieht nach vorn und wartet auf Grün … Wenn ich hier rauskomme, könnte ich sie zu Fuß locker abschütteln. Aber … würde Nico mir überhaupt helfen? Schließlich hat er mir mehr als einmal klargemacht, dass ich weg vom Fenster bin, sobald ich ihm Ärger anschleppe.

Plötzlich streckt Joel das Bein aus. »Sitz!«, grollt er, ohne die Augen zu öffnen. »Oder muss ich dir doch noch Handschellen anlegen?«

Woher weiß er so genau, was ich denke? Ergeben lehne ich mich wieder zurück. Dieser Joel ist eine Nummer zu groß für mich.

Wir nehmen die Interstate 5 Richtung Norden und haben alle fünf Spuren für uns allein. Vorsichtshalber präge ich mir den Weg ein, für den Fall, dass ich später noch die Biege machen kann.

Ich erkenne die Ausfahrt, an der es zum Einkaufscenter

geht, wohin man tagsüber mindestens zwanzig Minuten braucht, und kurz darauf passieren wir auch schon die Hinweisschilder nach Disneyland.

Bei Disneyland muss ich an meinen Bruder denken und mir wird das Herz schwer. Für mich war er nie Morris Lee Clemmens junior. Sondern immer nur Mo, mein Mo-Bro, oder Mogli.

Mein kleiner Dschungelbuch-Kumpel.

Was sie ihm wohl jetzt über mich erzählen?

Ob er ihnen glauben wird?

Und wie konnten sie mir das hier überhaupt antun? Meine eigenen Eltern!

Einen Moment später liegt auch Disneyland hinter uns. Ich vergrabe den Kopf in den Händen. Mein Herz schmerzt. Ich kann kaum mehr atmen.

Wie konnten sie nur?

# 3

Auf dem Rücksitz des SUVs weine ich mich in den Schlaf und wache völlig desorientiert auf, als wir den Flughafen erreichen. Zuerst habe ich keine Ahnung, wo ich bin oder welche Tageszeit es ist. Dann aber sehe ich zumindest, dass die Uhr im Armaturenbrett 05:12 anzeigt. Aha. Es ist also Morgen.

Und im nächsten Moment stürzt alles auf mich ein.

Mir wird schwindelig, als ich hinter Joel aussteige. Ich muss stehen bleiben und ein paarmal durchatmen. Mein Kopf fühlt sich an, als wäre er kurz davor zu platzen.

Überall halten Autos in zweiter Reihe, um Flugpassagiere abzusetzen, wir dagegen stehen in der dritten und werden angehupt. »Na komm«, drängt Joel und packt mich beim Arm. Er hat sich eine Tasche umgehängt und trägt außerdem mein Gepäck.

»Halt«, flehe ich. »Ich muss kotzen.«

Er knallt die Tür zu und zieht mich zwischen den Stoßstangen der anderen Wagen hindurch. »Das kannst du auch auf dem Gehweg.«

Ich würge, aber es kommt nichts. »Haben Sie vielleicht eine Aspirin?«, frage ich, als er mich durch eine Glastür mit der Aufschrift »Terminal 5« zerrt.

»Du hast doch gesagt, das wäre ein Virus.«

»Na und? Mir explodiert gleich der Kopf!«

Er grinst. »Noch nie was vom Reye-Syndrom gehört? Leute mit Magen-Darm-Symptomen dürfen kein Aspirin nehmen.«

Blanker Hass wallt in mir auf. »Lassen Sie mich los!«

»Mach ich, wenn du dich benimmst.«

»Geben Sie mir meine Reisetasche!«

»Mach ich auch, wenn du dich benimmst.«

»Mir geht's echt saudreckig, Sie Idiot!«

»Ich bin so einiges, Wren, aber sicher kein Idiot. So, und jetzt weiter.«

Das Terminal ist riesig. Die Schalter scheinen sich meilenweit in beide Richtungen zu erstrecken und überall davor stehen lange Warteschlangen.

Aber wir stellen uns nicht an. Stattdessen hält Joel auf die große Anzeigetafel mit den Abflügen zu. Die Städte darauf sind alphabetisch geordnet, und er scheint sich auf die zu konzentrieren, die mit S beginnen – Seattle, Sioux Falls, Spokane, St. Louis …

»Sagen Sie mir doch bitte wenigstens, wo wir hinfliegen«, bettele ich, und plötzlich ergreift mich eine seltsame Panik. »Sie kommen doch mit, oder?« Der dicke Kloß in meinem Hals lässt meine Stimme ganz quietschig klingen.

Vor Angst.

Denn die habe ich.

Er senkt den Blick von der Anzeigetafel und für den Bruchteil einer Sekunde scheint sein Panzer Risse zu bekommen. »Ja«, beruhigt er mich. »Keine Sorge.«

Dann geht es schon wieder weiter, viel zu schnell, zu einer Schlange, die sich viel zu langsam bewegt, um eine Biegung nach der anderen. Als warteten wir in Disneyland an der Achterbahn, anstatt darauf, durch die Flughafenabfertigung zu kommen. Joel schleust uns an einem uniformierten Typen hinter einer Glasscheibe vorbei und zeigt ihm irgendwelche Papiere, was aber vermutlich nicht mal nötig gewesen wäre. Seine Schulterklappen lassen schließlich keine Zweifel zu – er hat das Sagen und ich Ärger am Hals.

Nach dem Sicherheitscheck gehen wir mehrere Flure entlang, die endlos scheinen, besonders weil sich mir jeder Schritt wie ein Messerstich in den Schädel bohrt. »Kann ich bitte was zu trinken haben?«, frage ich schließlich. »Ich bin am Verdursten.«

Joel führt mich zu einem Wasserspender.

Ich stöhne auf. Was ich wirklich brauche, ist ein Energydrink. Ich nicke in Richtung meiner Reisetasche, die er immer noch trägt. »Ist da Geld drin?«

»Kein Cent.« Er deutet auf den Wasserspender. »Trink. Aber besser nicht zu viel. Du darfst erst im Flugzeug wieder zur Toilette.«

»Wollen Sie mich verarschen?«

»Trink oder lass es bleiben. Liegt ganz bei dir.«

Ich würge ein paar Schlucke runter.

Es hilft null.

Wir laufen und laufen und laufen, bis Joel irgendwann an Gate B-54 stehen bleibt. Auf der Anzeigetafel neben dem Schalter steht:

Flug 4746
SALT LAKE CITY

Blinzelnd sehe ich zu Joel hoch. »Salt Lake City?«

Er bugsiert mich zu zwei Plätzen im Wartebereich und gibt mir endlich meine Reisetasche. »Dadrin ist ein Brief, den du lesen solltest.«

# 4

Auf den zugeklebten Umschlag ist mein Name getippt. Ich erkenne die Schriftart *Lucida Handwriting*, die meine Mutter so mag.

Ich reiße ihn auf und falte zwei von Lucida »handgeschriebene« Bögen Papier auseinander.

Der Brief fängt an mit: *Mein kleines Vögelchen.*

»Ich bin kein kleines Vögelchen!«, rufe ich empört.

Joel neben mir liest auf seinem Handy. »Dann pieps hier nicht rum wie eins.«

Ich falte den Brief wieder zusammen. Das Lesen kann ich mir sparen. Ich weiß auch so, was drinsteht – dass Mom einfach nicht begreift, was mit mir los ist. Dass wir uns früher doch so nahestanden und sie so gern ihr kleines Vögelchen zurückhätte. Außerdem ist er am Computer geschrieben und ausgedruckt, was mich irgendwie tierisch ärgert.

»Willst du gar nicht wissen, was dich erwartet?«, fragt Joel, als ich Anstalten mache, den Brief in den Mülleimer zu werfen. Er hebt den Blick noch immer nicht von seinem Handy.

Ich rate ihm, sich um seinen eigenen Kram zu kümmern.

Er zuckt nur mit den Schultern. »Wie du willst. Ausliefern werde ich dich so oder so.«

Ich drehe mich zu ihm um. »Ausliefern? Wem? Und mit welcher Befugnis?«

»Oha, da hat wohl jemand 'nen Juristen gefrühstückt.«

Grinsend sieht er auf. Dann zuckt er erneut mit den Schultern und widmet sich wieder seinem Handy. »Tja, wenn dich das wirklich interessiert, lies einfach den Brief.«

»Woher wissen Sie denn überhaupt, was in meinem Brief steht?«

Er klopft auf seine Tasche. »Weil eine Kopie davon in deiner Akte ist.«

»Meiner *Akte*?«

»Mhmm.«

»Wieso gibt es eine Akte über mich? Wer hat die angelegt?«

Er wischt über sein Handydisplay. »Steht alles in dem Brief.«

»Wie wär's, wenn Sie es mir einfach erklären?«

Er schüttelt den Kopf. »Entweder du liest den Brief, oder du findest es raus, wenn wir in Salt Lake City ankommen. Ganz wie du willst.«

Ich starre ihn an, während er weiter durch seine Nachrichten scrollt. Verdammt, ich will diesen Brief nicht lesen. Ich will, dass mir endlich mal jemand sagt, was hier los ist. Aber schließlich gebe ich mich geschlagen und fange an zu lesen. Wie erwartet erfahre ich erst mal, was für eine bodenlose Enttäuschung ich bin und dass niemand sich einen Reim darauf machen kann, was in mir vorgeht, obwohl sie doch alles versucht haben: Familienberatung, Therapie und Techniken zur Verhaltensmodifikation, die sich als kompletter Reinfall entpuppt haben. Dass meine feindselige Haltung unsere perfekte Familie ruiniert hat und ich einen schlechten Einfluss auf »den kleinen Morris« habe. Dann kommt noch eine grauenhafte Metapher mit der Titanic und Eisbergen und ignorierten Warnzeichen, gefolgt von der Ansage, sie hätten sich dazu entschlossen, »den Kurs zu wechseln«, bevor das Schiff vollends sinkt.

Auf der zweiten Seite – mit einer kleinen zentrierten »2« am unteren Rand, für den Fall, dass ich allein nicht so weit zählen kann – erfahre ich endlich, was das nun alles für mich bedeutet:

Sie haben mich in einem »Wildniscamp« angemeldet.

»Das ist alles?«, stoße ich hervor und muss unwillkürlich lächeln. »Ich fahre ins Zeltlager?«

Joel lächelt zurück, aber sein Blick wirkt irgendwie verschlagen. Als hätte ich keine Ahnung, wovon ich rede.

»Steht hier so«, beharre ich und deute auf den entsprechenden Absatz. Dann jedoch fällt mir etwas auf. »Moment mal, acht Wochen?«, keuche ich. »Echt jetzt? So lange?«

Er nickt.

»Und was ist mit der Schule? In acht Wochen sind ja schon fast Ferien! Soll ich etwa die Klasse wiederholen, oder was?«

»Sieht aus, als hättest du sowieso ziemlich sicher 'ne Ehrenrunde gedreht.«

»Was? Woher wollen Sie das denn wissen?«

Wieder klopft er auf seine Tasche.

»Das steht in meiner Akte? Die Schule steckt also auch mit drin in dieser Sache?« Das ist mir jetzt seltsam peinlich. »Meine Noten hätten sich schon noch gebessert«, beteuere ich. »Ich wäre bestimmt nicht gleich im ersten Highschooljahr sitzen geblieben.«

Die Frau am Schalter von Gate B-54 verkündet, dass in Kürze das Boarding losgeht. Joel nimmt mich beim Arm und führt mich in die Schlange mit der Überschrift »Gruppe 3«.

»Und wie genau sollen acht Wochen im Wald irgendwas verändern?«, frage ich Joel.

Zuerst scheint es, als wollte er antworten, aber dann hält er sich doch zurück. »Du hast einen Fensterplatz«, sagt er stattdessen. »Genieß einfach den Ausblick.«

Als wir in der Luft sind, ist die Sonne so unangenehm grell, dass ich die Fensterblende runterziehe und die Augen schließe. Beinahe hätte ich deshalb den Bordservice verpennt. »Ich möchte Kaffee!«, rufe ich schnell, als der Wagen schon fast vorbei ist.

»Kaffee?«, fragt die Flugbegleiterin skeptisch. Anscheinend hält sie mich für zu jung dafür.

»Genau!«

»Mit Milch und Zucker?«

»Ja!«

Joel runzelt die Stirn, aber er lässt es mir durchgehen. »Geben Sie ihr bitte auch ein Ginger Ale, ja?«, sagt er dann zu der Flugbegleiterin.

Der Kaffee tut meinem Kopf gut, aber nicht meinem Magen. Also schlürfe ich auch das Ginger Ale und esse die halbe Packung Salzcracker, die Joel in der Tasche hatte.

Als hätte er geahnt, dass ich die brauchen würde.

Irgendwie nervt mich das mehr, als ich mir erklären kann, also lehne ich den Kopf ans Fenster und versuche, nicht weiter darüber nachzudenken.

Drauf geschissen.

# 5

Während des Flugs grübele ich über den Brief meiner Mutter nach. Am liebsten würde ich schlafen, finde aber einfach keine bequeme Position. Außerdem entfaltet nun auch der Kaffee seine Wirkung und meine Gedanken kreisen ununterbrochen um dasselbe Thema.

Der Brief wurmt mich, und zwar nicht zu knapp. Wäre ich jetzt zu Hause, würde ich ihr alle möglichen Gemeinheiten an den Kopf werfen, um es ihr heimzuzahlen. Meistens treffe ich dabei richtig schön ins Schwarze. Und sie hätte es ja wohl auch verdient. Ich meine, wer lässt denn bitte seine Tochter mitten in der Nacht abführen wie eine Schwerverbrecherin? Zuerst dachte ich, das Ganze hätte mit Nico zu tun, aber darum habe ich mir anscheinend umsonst einen Kopf gemacht. Denn natürlich geht es wieder mal nur um sie und ihre tolle heile Familie, die ich im Alleingang zerstört habe. Sie ist diejenige, die nicht mit mir klarkommt, und jetzt versucht sie einfach, mich loszuwerden? Was für eine miese Mutter macht denn so was? Was für miese *Eltern*? Hey, Dad, wo warst *du* eigentlich in den letzten vier Jahren? Außer in der Hauseinfahrt, meine ich, wo du jeden verdammten Samstag deinen geliebten Prius gewaschen hast.

Joel sagt die ganze Zeit über kein Wort. Er isst irgendein Gesundheitssandwich mit Sprossen drauf, trinkt Tomatensaft und liest. Außer den Crackern kriege ich nichts runter, und

Joel bei seinem Picknick zu beobachten, führt auch nicht unbedingt dazu, dass es mir besser geht. Ich schieße extraviele Giftblicke auf ihn ab, aber das scheint er nicht mal zu merken.

Als ich mal muss, folgt er mir bis zum Klo und wartet vor der Tür. Alle gucken uns an, und ich kann praktisch hören, wie sie überlegen, was wohl mit mir nicht stimmt. Eine Frau starrt so aufdringlich rüber, dass ich ihr sage, sie soll nicht so glotzen. Sie zuckt zusammen, als hätte ich ihr eine reingehauen.

Blöde Kuh.

Kurz darauf sitze ich wieder auf meinem Platz neben Joel, der mir weiter mit seinem Gemampfe und Gelese auf den Keks geht.

Als wir landen, verschickt Joel als Erstes eine Nachricht, bevor er mich nach draußen führt, mal wieder, ohne mich in irgendwas einzuweihen. Der Flughafen ist viel kleiner als der in L.A. und wir brauchen nicht lange bis zur Ankunftshalle. Erstaunlicherweise stürmt niemand jubelnd auf mich zu.

»Wir suchen eine Frau mit olivgrüner Hose und einem roten Bandana«, informiert mich Joel und lässt den Blick schweifen.

»Die da vielleicht?«, frage ich und zeige auf eine Frau mit olivgrüner Hose und einem roten Bandana.

»Michelle!«, ruft er und winkt wie ein Irrer. Dann grinst er mich an, als wäre gerade die Sonne über einem strahlend schönen Tag aufgegangen. »Okay, Kleine, das war's dann für mich.«

Sosehr mir der Typ auch auf den Keks gegangen ist, das will ich seltsamerweise auch nicht hören. »Wie jetzt, Sie verschwinden einfach?«

»Mein Rückflug geht um Viertel nach elf. Also los jetzt.« Er bringt mich rüber zu dieser Michelle. »Einmal Wren Clemmens, wie bestellt.«

»Perfekt«, sagt Michelle und lächelt mich an. Sie scheint Ende zwanzig zu sein und ihre Zähne sehen aus wie säuberlich aufgereihte Kaugummidragees. Ums Handgelenk geknotet trägt sie ein paar ausgefranste Bändchen mit irgendwas daran, das an getrocknete Beeren erinnert, und um den Kopf besagtes rotes Bandana.

Ich sehe runter auf ihre Füße.

Wanderstiefel.

Gut für die Berge vielleicht, aber sonderlich schnell ist man damit nicht, und ihre Hose ist eins von diesen uncoolen Teilen mit tausend vollgestopften Taschen. Außerdem scheint sie keine Handschellen dabeizuhaben.

»Willkommen in Utah«, sagt sie zu mir, bevor sie sich an Joel wendet: »Statusreport?«

Er reicht ihr einen Ordner – meine Akte – und antwortet: »Erbrechen gegen null-vierhundert, eindeutig infolge eines Rausches – vermutlich Alkohol gemischt mit anderen Drogen. Kaffee mit Milch und Zucker um null-acht-dreißig, dann Ginger Ale und Salzcracker. Klagt über Kopfschmerzen und Übelkeit.«

Michelle nickt. »Da möchte ich drauf wetten.« Sie mustert mich. »Die Höhenlage hier wird es auch nicht besser machen. Vermutlich wirst du ein paar Tage ziemlich k. o. sein, bis du entgiftet bist und dich an die dünne Luft gewöhnt hast.«

Entgiftet? Das verschlägt mir die Sprache. Meinen die etwa, sie müssten mich auf Entzug setzen?

»Sonst noch was?«, fragt Michelle dann wieder Joel.

»Ein bisschen geschlafen hat sie. 'ne halbe Stunde im Auto und dann noch mal im Flugzeug. Um null-neun-fünfzig war sie auf der Toilette.«

Ich fühle mich wie ein dummes kleines Kind, das in der Tagesstätte abgeholt wird.

»Okay«, sagt Michelle. »Dann hätten wir's wohl. Guten Rückflug.«

Joel salutiert lässig, wünscht mir viel Glück und geht.

»Bereit?«, fragt Michelle, und nachdem ich genickt habe, textet sie mich den ganzen Weg zum Ausgang mit Small Talk zu. Laber-rhabarber, laber-rhabarber.

Ich hasse sie jetzt schon, aber das ist egal. Ich muss Joel im Auge behalten, der sich rasch entfernt.

Laber-rhabarber, laber-rhabarber.

Wir sind fast an der Tür.

Laber-rhabarber, laber-rhabarber.

*Mach hin*, fauche ich Joel in Gedanken an. *Bisschen schneller.* Er biegt um die Ecke und … dann ist er weg.

Ich renne los.

# 6

Der Plan: Irgendwie nach draußen gelangen.

Mehr nicht.

Die Reisetasche lasse ich fallen, weil sie mich nur behindert und sowieso nicht viel drin ist. Unterwäsche, Haarbürste und sonstiger Badezimmerkram, mehr habe ich nicht gesehen, als ich den Brief rausgeholt habe. Solche Sachen kann ich einfach irgendwo klauen, wenn ich sie brauche.

Ich schaffe es tatsächlich aus dem Gebäude. Und ungefähr zwanzig Meter die Straße runter. Aber dann packt mich ein Typ in olivgrüner Hose und biegt mir so grob die Arme auf den Rücken, dass ich aufkreische.

»Hilfe!«, schreie ich. »Ich werde entführt!«

»Netter Versuch«, raunt er mir ins Ohr.

»HILFE!«

Die Leute um uns gaffen, unternehmen aber nichts.

»HILFE!«

Er legt mir Handschellen an – die tatsächlich wehtun –und hebt dann ein Walkie-Talkie an den Mund. »Hab sie.«

»Danke«, kommt es knisternd zurück.

Michelle.

Der Typ, der mich geschnappt hat, ist so braun gebrannt, dass er regelrecht zu leuchten scheint. Sein dunkles Haar ist zu einem dicken Männerdutt gebunden, aus dem hier und da eine gewellte Strähne entwischt ist. Und er ist stark. Echt stark. »Ich bin John«, sagt er und schiebt mich vorwärts. »Willkommen in Utah.«

»Super«, murre ich und lasse mich zu einem – Überraschung! – schwarzen SUV führen.

John hievt mich in die mittlere Sitzreihe, nimmt mir die Handschellen ab und setzt seine fröhliche Vorstellrunde fort, was alles nur noch schlimmer macht. »Michelle kennst du ja schon.«

»Hallo noch mal«, ruft sie vom Fahrersitz aus.

»Das daneben ist Nash.«

»Hey«, sagt Nash.

»Und Dax.«

Mit dem Daumen deutet John zu dem Typen auf dem Rücksitz. »Gerade aus Chicago angekommen.«

Dax hat blutunterlaufene Augen. Er sieht schmuddelig und irgendwie durchgeknallt aus.

Und er ist höchstens achtzehn.

»Darf ich vorstellen: Wren«, sagt John zu niemand Bestimmtem.

Dax schnaubt. »Na, *wren* das nicht der Brüller ist.«

»Schnauze!«, zische ich.

Jetzt wirkt er mehr bösartig als durchgeknallt. »Ganz ruhig, Wrenegade.«

Ich blinzele nur.

»Sieht aus, als würde Dax langsam wach«, bemerkt Nash, während Michelle sich in den Verkehr einfädelt.

Völlig unvermittelt fängt Dax an zu singen. »Wren, wren, wren 'til her daddy takes the T-bird awaaaaay.«

»Haha«, mache ich.

»Ach nee, Moment«, sagt er, als hätte er mich gar nicht gehört. »Das heißt ja *fun*, nicht *run*.« Er lehnt sich zurück. »Egal. Die Beach Boys sind eh kacke.«

»Mit dem da soll ich zelten?«, frage ich mit zusammengekniffenen Augen.

»Natürlich nicht«, erwidert Michelle. »Der liefert bloß die Unterhaltung für die Fahrt.«

»Darf ich dann den Sender wechseln?«, frage ich.

John lacht, was mich seltsam freut. »Erst wenn wir da sind.«

»Du kannst weg*wren*-nen, aber verstecken kannst du dich nicht«, sagt Dax und schenkt mir einen schmierigen Blick.

»Uäh.«

»Hast du dich selber mal im Spiegel angeguckt, Vögelchen?«

Ich drehe mich blitzschnell auf meinem Sitz um und versuche, ihm eine zu knallen, aber John zieht mich unsanft zurück. »Handschellen gefällig?«, fragt er.

»Wie wär's mit 'ner *Maul*schelle für ihn?«, gifte ich.

Diesmal ist es Dax, der lacht. »Wow, die ist kein Zaunkönig, sondern ein Kampfhahn.«

»Klappe!«

»Steig einfach nicht immer drauf ein«, sagt John gedämpft. »Dann lässt er dich schon in Ruhe.«

»Schön wär's! Und versuch du mal, mit dem bescheuertsten Namen aller Zeiten zu leben, dann wüsstest du, wie das ist!«

»So ein Blödsinn«, schaltet Michelle sich ein. »Ich finde, das ist ein toller Name. Zaunkönige sind so hübsche kleine Kerlchen und die singen so fröhlich. Vor ein paar Jahren hat mal einer neben unserem Haus genistet. Gibt nichts Besseres, als morgens von so einem geweckt zu werden.«

»Gott, du klingst ja genau wie meine Mutter«, stöhne ich. Dann mache ich die Augen zu und drehe mich weg, im Versuch, alles und jeden auszublenden.

# 7

Früher habe ich weder mein Leben noch meinen Namen gehasst. Zu Grundschulzeiten schien mir das alles noch ziemlich in Ordnung. Die meisten in meiner Klasse kannten sich schon ewig, darum waren alle an meinen Namen gewöhnt, und ich konnte damit leben, auch wenn ich damals schon nicht begeistert von ihm war.

Dann aber wechselten meine Eltern den Job und wir mussten umziehen. Und anstatt nach den Ferien in die sechste Klasse derselben Schule zu gehen, auf der ich seit meiner Einschulung war, wurde ich auf eine riesige Junior-Highschool in einer tristen Großstadt verfrachtet, wo ich außer meiner Familie niemanden kannte. Ich musste komplett bei null anfangen, andauernd meinen Namen erklären und erntete haufenweise dämliche Kommentare.

»Anabella hilft dir dabei, dich einzugewöhnen«, versicherte meine Mom mir. »Du lernst bestimmt schnell neue Leute kennen, machst neue Erfahrungen … Das ist doch aufregend! Wart's nur ab, in ein paar Wochen fühlst du dich bestimmt schon viel wohler.«

Blöderweise waren die Achtklässler in einem völlig anderen Gebäudeteil untergebracht, und außerdem war Anabella viel zu beschäftigt mit ihren eigenen neuen Freunden, um sich um mich zu kümmern. Wenn man so aufgeschlossen und hübsch ist wie sie, ist man überall sofort beliebt.

Ich sehe meiner Schwester zwar ähnlich, aber in etwa so wie ein Billigfetzen einem Designerkleid – der Stoff ist zu dünn und die Nähte sitzen schief.

An meiner alten Schule waren die Lehrer immer begeistert, wenn sie mich kennenlernten. »Ach, du bist Anabellas Schwester!«, riefen sie in der Erwartung, eine höfliche, aufmerksame Schülerin vor sich zu haben, die sich stets mit der richtigen Antwort meldete.

Und ich habe mich bemüht.

Wirklich.

Schon damals hatte ich das Gefühl, permanent im Schatten meiner Schwester zu stehen. Ohne Hoffnung, jemals an sie heranzukommen.

Dann kam der Umzug, und plötzlich waren alle meine Freunde weg, und ich hatte nicht mal mehr jemanden, zu dem ich mich beim Mittagessen setzen konnte. Anabella und ich sahen uns ja sowieso kaum, aber manchmal entdeckte ich sie in der Pause, umschwärmt von ihren vielen neuen Freunden, und da wurde mir klar, dass sie wohl einfach nichts mit mir zu tun haben wollte.

Außerdem wurde mir klar, dass ich keine Chance hatte, je mit ihr mithalten zu können. Sie würde mir immer voraus sein. Immer als Erste im Ziel.

Dann, nachdem ich mich einen Monat lang einsam gefühlt und mein neues Leben gehasst hatte, begegnete ich auf der Schultoilette einem Mädchen. »Hey«, sagte sie und musterte mich im Spiegel, vor dem sie ihren Eyeliner nachzog.

»Hey«, erwiderte ich.

»Wie heißt du? Dich hab ich hier noch nie gesehen.«

»Könnte daran liegen, dass ich unsichtbar bin.«

Sie lachte und drehte sich zu mir um. »Dann hab ich wohl Superkräfte, ich kann dich nämlich ziemlich gut sehen.« Ich ging in eine der Kabinen, und als ich wieder rauskam, sagte sie: »Ich bin übrigens Meadow.«

»Ach, hör doch auf«, erwiderte ich und wusch mir die Hände.

»Haha, ja, ich weiß.«

»Nein, im Ernst, lass mich in Ruhe.«

»Okay, okay.«

Doch während ich mir die Hände abtrocknete, überlegte ich, ob sie sich vielleicht gar nicht über meinen Namen hatte lustig machen wollen. Also erklärte ich: »Ich kann's nicht leiden, wenn Leute Witze über meinen Namen machen.«

»Deinen Namen? Ich weiß doch überhaupt nicht, wie du heißt! Warum hätte ich dich sonst danach fragen sollen?« Sie zog weiter ihren Eyeliner nach. »Okay, hau einfach ab, und wir vergessen die Sache, klar?«

»Ich heiße Wren«, sagte ich.

Sie drehte sich zu mir um. »Echt jetzt?«

»Wie gesagt: Klappe.«

»Wie der Vogel? Ein Zaunkönig?«

»Ja, wie der bescheuerte Vogel.«

»Ohmeingott!«, quietschte sie und schlang die Arme um mich.

Ich blinzelte. »Dann heißt du wirklich Meadow?«

»Ja!« Sie fing an, auf und ab zu hüpfen. »Wie toll ist das denn? Das muss Schicksal sein! Wenn wir keine besten Freundinnen werden, dann weiß ich auch nicht!«

Ich lachte und zum ersten Mal seit unserem Umzug war ich so was wie glücklich.

»Das ist ja wohl verdammt noch mal unglaublich!«, gluckste sie. »Meadow und Wren, die Superfreundinnen. Das reimt sich sogar. Na ja, mehr oder weniger.«

Ich grinste.

»Das muss gefeiert werden!«, befand sie und holte einen Joint samt Feuerzeug aus der Tasche. Ich spürte, wie die Glücksbläschen in mir zerplatzten, und sah stattdessen Warnlampen in meinem Hirn aufblinken. Meadow schnippte mit dem Daumen die Flamme an. »Du bist doch dabei, oder?«

Ich hatte Angst, Ja zu sagen.

Aber ich hatte mehr Angst, Nein zu sagen.

# 8

In Utah sind wir inzwischen auf der Interstate 15, die Richtung Süden führt. Eine Autobahn wie jede andere. Auffahrten, Abfahrten, viel zu viele Autos. Wenn man den Hinweisschildern glauben darf, liegt Las Vegas schlappe vierhundert Meilen voraus.

Ich versuche, mir den Weg einzuprägen, obwohl ich selbst nicht genau weiß, warum. Wo sollte ich denn hin, wenn mir die Flucht gelingen würde? Am Flughafen habe ich mir darüber noch keine Gedanken gemacht, jetzt aber schon. Vielleicht, weil wir auf der Autobahn sind. Da wirkt Wegrennen irgendwie zwecklos.

Ich bin stinksauer. Darüber, dass ich regelrecht gekidnappt wurde. Dass ich mich nicht von Nico und Biggy und nicht mal von Meadow verabschieden durfte. Auf meine Eltern. Auf Anabella – diese Petze. Darüber, dass ich kein Handy und kein Geld habe und niemanden anrufen kann. Nicht mal Nachrichten darf ich schreiben. Das mit meinem Handy regt mich besonders auf, fast genauso sehr, wie hier in dieser Karre zu sitzen, zusammen mit drei Survival-Hippies von Campbetreuern und einem zugedröhnten Möchtegern-Gangster, dessen Witze genauso ranzig sind wie er selbst.

Aber gleichzeitig reiße ich erstaunt die Augen auf. Aus dem Fenster sehe ich nämlich Schnee, hoch oben auf den Berggipfeln.

Und zwar jede Menge.

Ich habe noch nie echten Schnee gesehen. Am nächsten dran kam bislang wahrscheinlich das weiße Kunstzeug auf der Matterhorn-Achterbahn in Disneyland. Mit sechs habe ich das tatsächlich für echt gehalten. Aber da fand ich auch die Achterbahn noch angsteinflößend.

Einer dieser schneebedeckten Gipfel hier erinnert mich ein bisschen an das Matterhorn. Der ist auch angsteinflößend. Obwohl, warum eigentlich? Ich bin schließlich nicht mehr sechs. Und wir fahren ja auch gar nicht in die Berge. Wahrscheinlich liegt es daran, dass ich mich gerade fühle, als säße ich in einer Achterbahn, ohne irgendwas, woran ich mich festhalten kann. Und vielleicht lauert hier ja ein echter Yeti hinter der nächsten Wegbiegung.

»Das hier ist das reinste Mekka für Wintersportler«, drängt sich John in meine Gedanken. Sein Arm schießt an meinem Gesicht vorbei, als er aus dem Fenster zeigt. »Da oben liegt Park City – entzückendes Örtchen.«

Ich kneife die Augen zusammen. »Entzückend? Welcher Typ sagt denn bitte ›entzückend‹?«

Dax beugt sich vor und muss natürlich auch seinen Senf dazugeben. »Also, ich fände es ja ganz und gar *entzückend*, wenn irgendwer mal das Monster in meinem Bauch ruhigstellen würde.«

»Hunger?«, fragt John.

Dax klopft ihm auf die Schulter. »Alter, du hast den Code geknackt.«

»Wie sieht's aus, machen wir am üblichen Laden halt für die Henkersmahlzeit?«, ruft John nach vorne.

»Das ist der Plan«, antwortet Michelle mit einem Blick in den Rückspiegel.

Eine Viertelstunde später stoppen wir vor einem Burger-

King-Drive-in. »Bestellt euch auf jeden Fall was, ob ihr Hunger habt oder nicht«, rät uns Michelle. »Wir haben nämlich noch drei Stunden Fahrt vor uns und die nächsten acht Wochen werden kulinarisch ziemlich anders aussehen.«

John schmunzelt. »Ha, kulinarisch.«

»Klingt ja *entzückend*«, brummt Dax.

Mein Magen rebelliert zwar noch immer, aber ich habe den Wink kapiert und nehme einen Burger.

Nach dem vierten Posten, den Dax bestellt, schieben die anderen ihm einen Riegel vor, und er fängt an zu quengeln wie ein Kleinkind. »Alter. Ihr habt gesagt, das wäre unsere Henkersmahlzeit. Ach, jetzt kommt aber!«

Bergeweise Essen wird durchs Fenster ins Auto gereicht und dann fährt Michelle ein Stück weiter. Dax und ich werden nacheinander ins Gebäude geführt, zum »Pipimachen«.

»Das hier ist der letzte Stopp vor dem Basislager«, warnt Michelle. »Wenn wir es vor Einbruch der Dunkelheit noch raus ins Feld schaffen wollen, müssen wir uns ranhalten.«

Ich habe keine Ahnung, was genau das bedeuten soll – Was denn für ein Feld? –, aber es ist mir auch egal. Nach dem Toilettengang steige ich zurück in den SUV und esse so viel ich kann von meinem Burger, während wir wieder auf die Autobahn auffahren. Dann mache ich die Augen zu. Die schneebedeckten Berge liegen jetzt hinter uns, mein Kopf tut immer noch weh, und ich bin müde. So müde.

# 9

Lautes Schnarchen weckt mich und verstummt abrupt, als ich mich aufsetze.

»Dem Herrn sei Dank!«, seufzt John und wirft mir einen Blick zu, während Michelle und Nash vorne im Chor »Amen!« sagen. Ich sehe mich um, auf der Suche nach dem Schuldigen, aber Dax schläft wie ein Baby und gibt keinen Ton von sich.

Draußen erstreckt sich plattes Land. Flach und trocken und von niedrigem, staubgrauem Gestrüpp überzogen. Wir sausen an einem Highwayschild vorbei, auf dem ein Bienenkorb mit der Nummer 24 darin abgebildet ist. »Wo sind wir?«, frage ich. Es ist, als wären wir auf einem fremden Planeten gelandet.

»Ist nicht mehr weit«, versichert mir John. »Vielleicht noch eine halbe Stunde.«

»Aber …« Ich starre angestrengt nach draußen und dann an John vorbei aus dem anderen Fenster. Überall dasselbe graue Gestrüpp, meilenweit, in jeder Richtung. »Wo ist denn der Wald?«

Die Hippies grinsen sich an. »Den gibt's nicht«, sagt John. »Das hier ist alles, was wir an Wildnis brauchen.«

Am Straßenrand kommen ein paar fies aussehende Pflanzen mit dürren, nadelbesetzten Trieben in Sicht. »Wir campen in der *Wüste*?«

»Ist die beste Jahreszeit dafür«, sagt Michelle und sieht mich im Spiegel an.

Ich kneife die Augen zusammen. »Äh ja, unschwer zu erkennen.«

Sie lacht. »Im Ernst. Ihr zwei kommt genau richtig. Frühling in der Wüste ist unvergleichlich.«

Ich gucke zu, wie draußen dieser jämmerliche Witz von Landschaft vorbeirauscht, und mein Magen krampft sich zusammen.

»Wissen meine Eltern, wie das hier aussieht?«, frage ich. Es klingt weinerlich, aber ich brauche eine Antwort.

Dringend.

»Klar«, sagt Michelle.

Tja, damit ist es wohl offiziell.

Meine Eltern hassen mich.

Der Highway 24 hat nur eine schmale Fahrspur in jede Richtung.

Es gibt kaum Verkehr. Wir sind mitten im gottverlassenen Nirgendwo.

»Und was jetzt?«, frage ich.

John wendet sich mir zu. »Wir halten kurz an der Klinik, da werdet ihr untersucht, dann geht's weiter zum Basislager, wo ihr eure Ausrüstung kriegt. Und dann wartet die Wildnis mit den Grizzlys.«

»Da draußen gibt es *Bären*?«

Er lacht. »Nein, so heißt nur deine Gruppe. Du gehörst zu den Grizzly Girls. Im Moment besteht sie aus sechs anderen Mitgliedern und dir, der Neuen.«

»Mit der Glücksnummer sieben«, wirft Michelle ein.

»Als einziges Kaninchen«, fügt Nash hinzu, als freute ihn das ganz furchtbar für mich. »Alle fangen nämlich als Kaninchen an. Danach steigt man auf zum Kojoten, dann zum

Elch, dann zum Falken. Und wenn du dir den Falken verdient hast, bist du bereit, die Flügel auszubreiten.«

Trottel.

Verdammter, bäumeumarmender Hippietrottel.

»Ein Kaninchen unter Grizzlys also«, murmele ich. »Na super.«

»Eigentlich«, stellt John richtig, »bist du wohl eher ein Grizzly im Kaninchenpelz.«

»Cool«, befindet Dax hinter uns.

Ich drehe mich um. »Seit wann bist du denn wach?«

»Seit ›Frühling in der Wüste ist unvergleichlich‹.« Er dehnt seinen Hals. »Und was bin ich?«

Nash ruft von vorne: »Kaninchen in Schlange.«

»Lecker. Wenn man die Schlange ist«, erwidert er. Er lehnt sich zurück und beugt sich dann plötzlich wieder vor. »Schlangen sind wahrscheinlich die ganz üblen Typen, was?« Er wirkt so ruhig, als wäre ihm nichts davon neu.

Nash nickt. »Richterlicher Beschluss.«

»Was heißt das denn?«, will ich von John wissen.

Dax antwortet an seiner Stelle. »Ich bin gerichtlich hierzu verdonnert worden. Ansonsten wär's in den Knast gegangen.« Er schnaubt. »Da wär ich ja schön blöd.«

Dann aber sieht er aus dem Fenster und verstummt. Ich blicke in dieselbe Richtung und weiß genau, was er meint.

Das hier *ist* wie Gefängnis.

Wir sind Sträflinge, aber anstatt in winzigen Zellen hinter Gitter gesperrt zu werden, sitzen wir bald unter freiem Himmel fest, umgeben von Stachelgewächsen und endloser, trockener Wüste.

# 10

Es gibt tatsächlich noch etwas Schlimmeres als plattes Land mit niedrigem grauem Gestrüpp, so weit das Auge reicht: eine Ansammlung trauriger, baufälliger Hütten *auf* dem platten Land mit niedrigem grauem Gestrüpp, so weit das Auge reicht.

Vielleicht ist dieses Nirgendwo nach Utah-Maßstäben ja eine Stadt, aber es sieht eher aus wie ein maroder Rinderpferch, umrollt von Steppenläufern.

Zu beiden Straßenseiten liegen seichte Gräben. Keine Gehwege. Nichts Sauberes, nichts Grünes. Nur alter, rissiger Asphalt, der in Erde übergeht.

Ein räudiger Kojote trottet die Straße entlang. Er wirft uns einen Blick zu, als wir vorbeifahren, und zockelt dann weiter. In seinen Augen jedoch blitzt etwas Scharfes, Gefährliches auf und in der Sonne wirken sie fast golden.

»Alter«, sagt Dax nur, der ihn auch gesehen hat. Ich weiß nicht, was für eine Art von »Alter« das war, gut oder schlecht, und ich frage nicht nach.

Nach den Hütten am Stadtrand passieren wir ein paar richtige Häuser, einige mit vernagelten Fenstern und Türen. Ich sehe ein Gebäude mit einem Postsymbol und eine halb niedergebrannte Feuerwehrstation.

Wie beruhigend.

Es gibt nicht viel in dieser Geisterstadt – *was* es jedoch

gibt, sind zwei Kirchen in tadellosem Zustand, die einander genau gegenüberstehen.

Dax, dem das ebenfalls aufgefallen ist, sagt: »Anscheinend sind wir bei Gott zu Hause gelandet.«

»Die nehmen das mit dem Beten hier ziemlich ernst«, erwidert John.

Dax schnaubt. »Kein Wunder.«

Damit entlockt er sogar mir ein Lächeln.

»Okay, Leute«, sagt Michelle, die nun vor einem Backsteingebäude hält, über dessen Tür ein verblasstes blaues Schild mit der Aufschrift »KLINIK« hängt. »Hier werdet ihr durchgecheckt, dann kaufen wir nebenan Vorräte, und danach wird's ernst. Das Tageslicht wird langsam knapp, also zeigt euch bitte kooperativ bei der Untersuchung. Im Dunkeln wandern ist kein Vergnügen, glaubt mir.«

Als ich aussteige, fängt mein Herz seltsam hastig an zu klopfen, und selbst nach dem kurzen Weg zum Klinikeingang bin ich völlig außer Puste. Dax scheint es ähnlich zu gehen. »Wir befinden uns auf über zweitausend Metern Höhe«, erklärt John, der sieht, was mit uns los ist. »Ihr beide seid eher an irgendwas um den Meeresspiegel gewöhnt. Wird ein paar Tage dauern, bis euer Organismus sich daran angepasst hat.«

In der Klinik verschwinden Nash und John mit Dax in eine Richtung und Michelle bringt mich in die entgegengesetzte. Wir gehen einen Flur hinunter, dann klopft Michelle an eine halb offen stehende Tür. Drinnen sitzt eine Frau in weißem Kittel hinter einem Schreibtisch. Jetzt erhebt sie sich lächelnd. »Immer herein!«

»Wren Clemmens«, stellt Michelle mich vor. »Wren, das ist Dr. Kumar.«

»Pünktlich auf die Minute!«, lobt Dr. Kumar.

Sie spricht in einem melodischen Singsang, der ihre Stimme wie einen fröhlich dahingluckernden Bach klingen lässt. Eine Singsangärztin kann ich jetzt echt nicht gebrauchen. Fast hätte ich sie angeknurrt.

Sie deutet auf einen Stuhl. »Setz dich doch bitte.«

Ich habe den ganzen Tag gesessen, aber nach dem Weg hierher bin ich erschöpft, also tue ich wie geheißen.

Mann, bin ich müde.

Michelle setzt sich auf einen Stuhl in der Ecke, während Dr. Kumar sich an ihre Schreibtischkante lehnt. »Ich mache nur ein paar ganz grundlegende Untersuchungen«, singsangt sie. »Blutdruck, Körpertemperatur und so weiter.«

Ich spiele brav mit und wir bringen die Sache schnell hinter uns.

Anschließend nimmt Dr. Kumar wieder hinter ihrem Schreibtisch Platz und richtet ihre dunklen Augen auf mich. »Okay. Dann erzähl mir mal, was du in letzter Zeit alles so an Alkohol und Drogen zu dir genommen hast.«

Sie lächelt dabei. Wie eine Freundin. Als wäre es völlig normal, dass ich Alkohol und Drogen zu mir nehme.

»Drogen nehme ich nicht«, antworte ich. »Und Alkohol trinke ich nur … hin und wieder mal.«

Ohne mich aus den Augen zu lassen, verschränkt sie die Arme. »Wren«, sagt sie sanft. »Wenn du nicht ehrlich bist, funktioniert das hier nicht.«

Ich zwinge mich, ihrem Blick standzuhalten. In dieser Situation war ich schon einmal, dank Anabella der Petze. Nur dass mir letztes Mal meine Eltern gegenübersaßen. Ich weiß, dass ich nicht von meiner Story abweichen darf.

»Na schön«, sagt sie und steht wieder auf. »Im Camp wird dir eine Therapeutin helfen, das alles aufzuarbeiten.«

Ihr Singsang klingt jetzt nicht mehr ganz so freundlich,

aber: *Na schön*? Das ist alles? Kein Kreuzverhör? Ich beobachte, wie sie um ihren Schreibtisch herum- und zur Tür geht. Will sie denn nicht mal versuchen, meine Flunkereien zu entlarven?

Mit einem etwas angespannten Lächeln öffnet sie die Tür. »Michelle bringt dich jetzt in den Lagerraum.«

Na, das war ja einfach! »Danke«, sage ich, und sie nickt mir mit einem weiteren schmallippigen Lächeln zu. Ihr muss klar sein, dass ich gelogen habe, aber was soll's?

Wir marschieren rüber zum Nebengebäude, wo uns eine weitere Frau zum Lagerraum führt. Drinnen schließt Michelle die Tür hinter uns. Und schiebt den Riegel vor. Metall schabt über Metall. *Sssss-klick.*

Erst jetzt fällt mir auf, dass die andere Frau ganz schön bullig gebaut ist. Wie eine Gewichtheberin.

Unsicher blicke ich von ihr zu Michelle und weiche zurück. »Was wird das denn?«

»Wir haben nur für ein bisschen Privatsphäre gesorgt«, sagt Michelle.

Mein Blick wandert über die hohen Regale voller Campingzeug. »Äh … und wozu brauchen wir die?«

Michelle drückt mir einen Pappkarton in die Hand. »Weil du jetzt bitte alles ausziehst, was du anhast, und es in diesen Karton legst.«

»Hier? Jetzt? Vor euch beiden?«

»Tut mir leid, aber ja.«

»Von wegen Privatsphäre.«

»Es geht hauptsächlich darum, dass nicht Dax oder einer von den männlichen Mitarbeitern unerwartet hier reinplatzt.«

»Okay … aber … warum?«

»Wir müssen sichergehen, dass du nichts Unerlaubtes mit ins Camp nimmst.«

Ich kapiere immer noch nicht, wovon sie redet. »Wie zum Beispiel?«

»Drogen.« Sie verdreht leicht die Augen. »Obwohl du natürlich gar keine nimmst, schon klar.«

»Aber –«

»Du kannst nichts von dem anbehalten, was du jetzt trägst. Wir geben dir neue Kleidung – alle fangen mit derselben Ausrüstung an. So, und jetzt lass es uns schnell hinter uns bringen.«

Die andere Frau beginnt, in den Regalen zu kramen, und als ich mich bis auf die Unterwäsche ausgezogen habe, reicht sie mir mehrere Stapel Klamotten. Ich erkenne T-Shirts, ein Sweatshirt, eine Jacke, Socken, ein Paar Wanderstiefel und genauso eine uncoole Hose, wie Michelle sie trägt, mit großen Taschen und abnehmbaren Beinen. Nur dass diese hier beige statt olivgrün ist.

»Den Rest auch noch«, meint Michelle mit Blick auf meine Unterwäsche.

»Das ist ja wohl ein Witz.«

Ich starre sie an, bis die bullige Frau sagt: »Na los, Kleine.«

Die macht mir echt Angst. Und jetzt kommt sie auch noch auf mich zu.

Also ziehe ich mich aus.

»Jetzt bitte einmal in die Hocke gehen«, weist Michelle mich an, »und husten.«

»Was?«

»Hinhocken und husten!«, blafft die bullige Frau. »Und zwar kräftig.«

»Wieso?«

»Wren, das gehört nun mal zum Prozedere«, sagt Michelle.

Doch die bullige Frau erklärt mir den Grund: »Drogenabhängige sind manchmal ziemlich kreativ, wenn es darum geht, ihren Stoff zu schmuggeln. Nicht, dass du drogenabhängig wärst – das haben wir inzwischen kapiert.«

»Ist Vorschrift so«, fügt Michelle hinzu. »Da kommen wir nicht drum rum.«

Und da stehe ich nun, frierend, vor mir eine Ökotussi und eine Pumperin, und fühle mich komplett … ausgeliefert. Und da die beiden sich zwischen mir und der Tür befinden – ganz abgesehen davon, dass ich *nackt* bin –, ist an Flucht nicht zu denken. Also hocke ich mich hin und huste. Und dann huste ich noch mal, kräftiger. Und noch mal, noch kräftiger. Als die beiden sicher sind, dass ich nichts zu schmuggeln versuche, darf ich die neuen Klamotten anziehen.

»Und was passiert damit?«, frage ich die bullige Frau, die sich gerade mit dem Karton, in dem meine Sachen sind, aus dem Staub machen will.

»Den kleben wir zu und schreiben deinen Namen drauf. Wenn du hier durch bist, bekommst du alles wieder zurück.« Sie entriegelt die Tür, doch bevor sie geht, dreht sie sich noch mal zu mir um. »Ach ja, und falls du auf die Idee kommst zu türmen, lassen wir die Spürhunde an deinen Sachen schnüffeln, damit sie deine Fährte aufnehmen können. Wir wollen schließlich nicht, dass du da draußen in der Wüste verreckst.«

Ich starre ihr hinterher und in dem Moment wird es mir klar.

Ich habe soeben meine Sträflingsuniform angelegt.

# 11

Michelle, John und Nash versuchen, Dax und mir zu zeigen, wie wir uns aus dicken blauen Planen eine Art Rucksack basteln können. Zusätzlich zu den Sachen aus unseren Reisetaschen sollen wir darin allen möglichen weiteren Kram verstauen, den sie an uns ausgegeben haben – Klamotten, einen kleinen Campingtopf zum Kochen, Klopapier, Feuchttücher, Sunblocker, eine bis zum Bersten mit »Lehrmaterial« vollgestopfte Plastiktüte, Essen und und und. Das Ganze sollen wir mit einem Fallschirmseil zu einem dicken blauen Klumpen verschnüren und ganz am Ende einen Schlafsack, eine Isomatte und zwei Riemen daran befestigen, an denen wir das Ergebnis auf dem Rücken tragen können.

Diese Riemen sehen aus wie Anschnallgurte aus einem Autowrack. So ein Schwachsinn. Auch beim dritten Versuch bekomme ich es nicht mal annähernd hin, und als wäre das nicht schon schlimm genug, geben die Hippies uns die ganze Zeit Anweisungen, wollen, dass wir es noch mal und noch mal probieren, und schwafeln irgendwas darüber, dass Gleichgewicht auf dem Rücken auch Gleichgewicht im Leben bedeutet.

Was für ein hohles Gesülze.

Dax hat seit der ärztlichen Untersuchung kein Wort mehr gesagt. Er sieht total beknackt aus in seiner Sträflingstracht, aber dasselbe denkt er vermutlich über mich. Sein Rucksackbündel ist die reinste Katastrophe, es hängt völlig schief und wirkt, als könnte es sich jeden Moment in seine Bestandteile auflösen. Aber meins ist auch nicht besser.

»Versucht es noch mal«, fordert Michelle. »Es darf unterwegs nicht auseinanderfallen.«

Nach zwei weiteren Anläufen sehen die Rucksäcke endlich einigermaßen akzeptabel aus, und die drei Betreuer fangen an, uns die Regeln zu erklären.

Die Liste ist elendig lang.

Und wir müssen nach jedem einzelnen Punkt »Verstanden« sagen.

Ziemlich weit oben steht »Keine vulgären Ausdrücke«, gefolgt von der ausschweifenden Erklärung, Fluchen sei lediglich eine Art, seine Gefühle zu verschleiern, die wir aber in der Wildnistherapie ja gerade »ergründen« und »anderweitig auszudrücken« lernen sollen, damit wir besser über die Dinge »kommunizieren« können, die uns überhaupt erst in diese Lage gebracht haben.

Am Ende des Vortrags bin ich halb eingedöst und murmele halbherzig mein »Verstanden«.

Dax dagegen antwortet, er habe piep-piep-piep-piep-piieep verstanden.

Ich halte die Luft an – jetzt flippen die drei sicher aus. Aber Nash lächelt bloß, als fände er das Ganze eher unterhaltsam, und mahnt dann: »Das war das letzte Mal, Kumpel. Draußen zieht so was Konsequenzen nach sich.«

Als wir endlich mit den Regeln fertig sind, geht es im Gänsemarsch zurück durchs Gebäude. Michelle und John laufen voraus, dann kommen Dax und ich, und Nash bildet das Schlusslicht. Johns Männerdutt ist direkt vor mir und ich bin ziemlich beeindruckt. Klar kann ich meine Haare auch zum Knoten binden, aber nicht so. Nicht mal annähernd.

An einem Raum mit einem Holzschild, in das die Worte »GROUND CONTROL« geschnitzt sind, machen wir kurz halt, und ein uralter Typ mit knubbeligen Fingerknöcheln und einer Narbe auf der Wange reicht den Hippies drei Walkie-Talkies. »Voll aufgeladen«, vermeldet er. »Kann losgehen.«

»Danke, Major Tom«, erwidert John.

»Bis später im Äther«, sagt Michelle, was den Alten zum Lachen bringt.

Die anderen gehen weiter, ich dagegen bleibe noch eine Sekunde stehen und spähe in den Raum. Laut der Uhr an der Wand ist es Viertel nach fünf. Auf einem Tisch stehen irgendwelche Apparate, und an den Wänden hängen große Landkarten und ein Whiteboard mit verschiedenfarbigen Namenslisten, die mit »GRIZZLY«, »BÜFFEL«, »SCHLANGE«, »FUCHS« und »DACHS« überschrieben sind.

Nash schiebt mich voran, und als ich die anderen eingeholt habe, frage ich: »Wie viele Leute campen denn da draußen?«, denn die Listen wirken ganz schön lang.

»Zu viele«, sagt John, und Michelle fügt hinzu: »Wäre schön, wenn es nicht so sein müsste.«

Dax dreht sich zu mir um und flüstert: »Na klar. Bei dem, was der Spaß hier kostet, reiben die sich doch die Hände.«

»Was kostet das denn?«, flüstere ich zurück.

»Sagen wir einfach, du könntest dafür auch in einem Neuwagen durch die Gegend fahren.«

»*Was?* Im Ernst?«

»Yep. Aber, hey, stattdessen dürfen wir im Dreck schlafen, was will man mehr?«

Draußen wartet ein Pick-up auf uns. Eine uralte Klapperkiste. Und ich bin gerade wieder drauf und dran, eine Stinkwut auf meine Eltern zu bekommen, weil sie so viel Geld für dieses Wüstengefängnis verschwenden, als der Fahrer aussteigt. Er ist jung. Als würde er noch zur Highschool gehen. Und … so *schön*. Wildes schwarzes Haar, rötlich braune Haut, silberne Halskette.

Ich muss ihn einfach anstarren.

Mitten hier in Hässlichhausen gibt es … so was?

»Alle bereit?«, erkundigt er sich, und als die Hippies bejahen, sagt er: »Rucksäcke auf die Ladefläche«, und rutscht zurück hinters Lenkrad.

»Wren sitzt mit mir vorne«, bestimmt Michelle. »Dax, du setzt dich nach hinten zwischen John und Nash.« Dann reicht sie Nash ein Bandana und zieht ein zweites aus der Tasche.

*Es gibt doch einen Gott*, denke ich insgeheim, als ich neben Mr Superschön klettere. *Und er hat einen Plan.*

Michelle steigt neben mich und schiebt mich noch näher an ihn heran. So nah, dass sich unsere Beine berühren. Mit einem Mal fühle ich mich so leicht, als hätte mir jemand eine fette Dosis Glück verpasst.

Dann sagt Michelle: »Wren? Haaaaallo, Wren?«

»Hmm?«

»Ich muss dir jetzt die Augen verbinden.«

»Was?!«

Ich drehe mich um.

Dax hat sein Tuch schon umgebunden.

»Nicht im Ernst, oder?«

Der Wagen läuft schon mit tuckerndem Motor.

Mr Superschön mustert mich abwartend. »Die genaue Lage der Camps ist geheim«, erklärt er. Seine Augen sind wie Edelsteine. Tief, klar, hypnotisch.

»Ich hasse dich!«, schleudere ich Michelle an den Kopf.

Dann hüllt sie mich in Dunkelheit.

# 12

Eine gefühlte Stunde lang sitze ich blind da, lasse mich auf der Buckelpiste durchschütteln, atme Staub ein und komme mir schon wieder vor wie in der Achterbahn. Kurz bevor es steil bergab geht.

Wir sind in der Wüste, rufe ich mir immer wieder in Erinnerung.

Der hässlichen, vollkommen platten Wüste.

Aber warum fühlt es sich dann an, als würden wir einen Berg hochfahren? In Serpentinen? Ganz nah am Abgrund?

»Wie lange dauert's noch?«, will ich wissen. Ich klinge wie ein quengeliges Kind, aber ich hasse wirklich jede Unebenheit, jede Kurve, und ganz besonders, dass ich nichts sehen kann.

»Hast du schon die Regeln vergessen?«, erwidert Michelle. »Wir reden nicht über die Zukunft.«

»Das ist doch nicht die *Zukunft.* Ich muss einfach mal pinkeln!«

Der Fahrer lacht. »Typisch Kaninchen.«

Superschön oder nicht, mittlerweile hasse ich auch ihn. (Was mir möglicherweise leichterfällt, weil ich ihn gerade nicht sehen kann.) »Du fährst echt beschissen!«, blaffe ich ihn an.

Wieder lacht er. »Bin ich dir zu schnell?«

Schweigend rutsche ich tiefer in meinen Sitz, aber in meinem Kopf summt ein wütender Bienenschwarm, und je länger ich hier im Dunkeln hocke, desto wilder schlage ich um mich. Ein Gedanke jagt den nächsten, bis ich alles und jeden hasse. Meine Mutter, meine Schwester, meinen Vater, meine angeblichen Freunde, meine Schule, die bäumeumarmenden Hippies und ihren schrottreifen Pick-up.

Dann halten wir an.

Ich will die Augenbinde abnehmen, aber Michelle grapscht nach meiner Hand. »Erst, wenn ich es dir sage.«

»Sind wir da?«, fragt Dax vom Rücksitz.

»Wren ja«, antwortet John. »Für dich geht es noch ein Stückchen weiter.«

»Na *entzückend*«, speit er geradezu hervor. Dann, als Michelle mir aus dem Pick-up hilft, ruft er: »Bye-bye, Birdie. Sei ein braves Küken!«

Ich lege ihm nahe, den Mund zu halten, und zwar in einer Ausdrucksweise, die draußen Konsequenzen nach sich ziehen würde.

Nachdem der Wagen weitergefahren ist, höre ich Johns Stimme. »Ich hab deinen Rucksack.«

»Michelle?«, frage ich panisch.

»Bin da«, sagt sie. »Nash betreut die Schlangen. John und ich die Grizzlys.« Sie ergreift mich beim Arm. »Gehen wir.«

»Warum muss ich denn immer noch diese Augenbinde tragen?«

»Reine Risikominimierung.«

»Aha …«

»Wenn du nicht weißt, wie du hier wegkommst, dann ist es weniger wahrscheinlich, dass du die Biege machst.« Sie zieht mich mit sich. »Wir sperren euch ja nicht ein.«

»Es sei denn, du fühlst dich auf über tausend Quadratkilometern Land eingesperrt«, fügt John hinzu.

Tausend Quadratkilometer.

Tausend Quadratkilometer Sand, Gestrüpp und *Wind.* Denn was ich da spüre, ist alles andere als eine leichte Brise. Ich kann die Böen regelrecht heulen hören.

Blind und an Michelles Arm geklammert stolpere ich vorwärts. Da würde ich ja noch lieber von einem Haufen Piraten über die Planke geschickt werden, als mit diesen Gestalten hier durch Utah zu marschieren.

Ich muss an die Peter-Pan-Gondelbahn in Disneyland denken. Daran, wie ich mit meinem Bruder durchs Dunkel gesegelt bin und wir riefen: »Da ist er! Da ist Captain Hook!«

Mogli fand es toll.

Mit einem Mal bleiben wir stehen. Michelle legt mir die Hände auf die Schultern und dreht mich einmal im Kreis. Dann noch mal. Als wäre ich sieben und wir würden Blindekuh spielen.

Endlich nimmt sie mir die Augenbinde ab. »Okay«, seufzt sie, als hätte *sie* Grund, erleichtert zu sein. »Willkommen in der Wildnis. Zeit, deine Sachen selbst zu tragen.«

John reicht mir meinen Planenrucksack und hilft mir, ihn aufzusetzen. Sofort fällt mir auf, dass sich die Umgebung völlig verändert hat. Das Land ist nicht mehr so flach – wir stehen zwischen zwei knapp zehn Meter hohen Sanderhebungen – und die Erde ist blassorangefarben.

John registriert, wie ich mich umsehe. »Die Hügel sind aus Sandstein«, sagt er. »Und das hier um uns rum nennt man einen Arroyo. Ein Trockental.«

Michelle erklärt: »Hier gibt es manchmal Springfluten, aber momentan besteht dafür keine Gefahr.« Mit kritischem Blick mustert sie den stahlgrauen Himmel. »Heute Abend soll es allerdings noch Regen geben.«

Auch die Vegetation ist höher als vorher. Einige der Pflanzen hier sehen aus, als hätten aus ihnen mal richtige Bäume werden sollen, wenn sie nicht in der Wüste gelandet wären. Wir gehen an einer kleinen Gruppe davon vorbei, und es riecht nach … Kiefern, aber irgendwie auch wieder nicht. Es sind definitiv keine Kiefern, beschließe ich, als ich die Beeren an den Zweigen bemerke. Sie sehen aus wie kleine, harte graue Erbsen.

»Das ist Wacholder«, informiert mich John.

Als würde mich das interessieren. Am liebsten würde ich ihm sagen, dass er die Klappe halten und mich gefälligst nicht beobachten soll.

Mit gesenktem Kopf gehe ich weiter, damit er nicht sieht, was ich mir sonst noch angucke, aber er scheint gerade in Plauderlaune zu sein. »Wir sind hier auf dem Land der Paiute«, erklärt er.

Ich habe keine Ahnung, was das heißen soll, und will es auch nicht wissen. Also starre ich bloß zu Boden und lege einen Schritt zu. Die Gurtriemen des Rucksacks graben sich in meine Schultern, und ich frage mich, wann dieser Albtraumtag endlich vorbei ist.

Aber kapiert dieser Ökofreak einen Wink mit dem Zaunpfahl?

Natürlich nicht.

Er redet weiter über Wacholder. Erklärt, dass diese *Paiute* ihn für alles Mögliche benutzen. Die Borke für Dächer und zum Weben, das Holz als Bau- und Treibstoff, die Beeren zum Kochen und um Asthmabeschwerden zu lindern, die Zweige gegen Husten und Erkältung …

Klappe, Klappe, Klappe.

Als er endlich mal Luft holt, frage ich: »Wie weit ist es noch?«

»Sind wir bald da?«, trällern John und Michelle wie aus einem Mund und fangen dann beide an zu lachen.

»Ja, echt witzig«, schnaube ich. »Und was soll eigentlich dieser Quatsch, dass wir nicht über die Zukunft reden dürfen? Sollen wir keine Pläne für die Zukunft machen? Reden nicht ständig alle von der Zukunft?«

Keiner der beiden antwortet.

»Warum könnt ihr mir nicht einfach sagen, wie weit es noch ist? Mann, ich krepier gleich. Das war ein echt langer, mieser Tag.«

Die zwei sagen immer noch nichts, aber dann, nach weiteren zwanzig Schritten, seufzt Michelle schließlich: »Ich weiß und du schlägst dich wirklich prima.«

»Tu ich nicht. Ich bin kurz vorm Zusammenklappen.«

Wir wandern weiter.

Viel mehr als nach einem Joint oder Alkohol sehne ich mich nach meinem Handy. »Könnt ihr mir wenigstens sagen, wie spät es ist? Ich hasse es, wenn ich das nicht weiß.«

Michelle sieht zur Sonne hoch, die hinter einer dünnen Wolkendecke glüht. »Ungefähr sechs. Vielleicht Viertel nach.«

»Die Sonne geht gegen acht unter«, erklärt John. »Aber der Regen kommt schon früher, schätze ich.«

»Yep«, stimmt Michelle zu und sieht mich an. »Und bis dahin solltest du deine Plane aufgespannt haben. Am besten beeilen wir uns ein bisschen.«

»Noch schneller?« Ich stehe kurz vor dem Heulkrampf. »Neeeiiiin …«

»So ein nasser Schlafsack macht keinen Spaß«, sagt John.

Ich stapfe weiter, erschöpft, hungrig, leidend, und denke: *Mom und Dad haben sich abzocken lassen.*

*Und zwar richtig übel.*

# 13

»Leichtgläubig«, hatte Meadow gesagt. »Eltern sind so was von leichtgläubig.«

Sie meinte damit nicht nur ihre eigenen, sondern sämtliche Eltern, die sie jemals für dumm verkauft hatte, worunter auch gelegentlich Lehrer fielen. Bei Letzteren war es allerdings schwieriger. »Dackelblick und Gebettel um Verständnis kann man nicht zu oft einsetzen, sonst riechen sie Lunte«, hatte sie mal erklärt, als wir uns für einen kleinen Joint auf die Toilette im Siebtklässlerflügel verzogen hatten. Ich war immer noch in der Sechsten, aber Meadow achtete darauf, dass wir zwischen unseren Gebäudeteilen hin und her wechselten, um zu vermeiden, dass uns jemand verpetzte. »Der Vorteil bei Eltern ist«, sagte sie oft, »dass sie einem glauben *wollen.*«

Und sie hatte recht.

Den Beweis dafür erhielt ich eines Tages beim Abendessen, als Anabella mich über den Tisch hinweg musterte und fragte: »Hängst du jetzt wirklich mit dieser Meadow rum?«

Das war kurz vor den Winterferien, und Meadow hatte mir in den Tagen zuvor ständig damit in den Ohren gelegen, dass ich mal bei ihr übernachten solle, aber ich wusste nicht, wie das gehen sollte. Meine Mom würde das niemals bei jemandem erlauben, den sie nicht kannte.

Und dass sie Meadow kennenlernte, war keine Option.

»Du hast eine Freundin namens *Meadow*?«, fragte Mom sofort interessiert.

»Sie ist in der Siebten«, sagte ich. »Wir haben uns im Klub der Leidensgenossinnen getroffen.«

Mom guckte fragend, also erklärte Anabella: »Wegen ihrer Namen.«

Mein Vater sah mich eindringlich an. »Bist du etwa immer noch so unzufrieden damit? Dein Name ist halt ein bisschen ungewöhnlich, na und? Das macht dich einzigartig.«

»Ich bin jetzt in der Junior-Highschool, Dad.« Ich sah von ihm zu Mom und zurück. »Habt ihr zwei damals auch nur eine Sekunde darüber nachgedacht, wie dieser Name klingt, wenn ich mal nicht mehr klein und süß bin?«

Mom, die sich offenbar keiner Schuld bewusst war, sagte nur: »Tja, ich bin mir sicher, diese Meadow ist auch ein ganz einzigartiges Mädchen.«

Anabella schnaubte.

Natürlich sittsam und gemessen, wie eine Dame.

»Wieso, stimmt was nicht mit ihr?«, sprang meine Mutter auch prompt darauf an.

»Sie wirkt halt …« Meine perfekte Schwester hob den Blick zur Decke, auf der Suche nach der perfekten Formulierung, um sie mir mit ihrer perfekten Aussprache um die Ohren zu hauen. »… ein bisschen prollig.« Sie aß einen Happen von ihren Chow-Mein-Nudeln. »Und das ist noch nett ausgedrückt.«

»Sie ist überhaupt nicht prollig!«

»Hast du mal gesehen, wie die sich zukleistert? Mit Eyeliner und allem!«

»Eyeliner?«, keuchte meine Mutter.

Ich verdrehte die Augen. »Sie ist in der Siebten, Mom! Da kann man sich schon mal schminken.«

»Ich tu's nicht«, brüstete sich Anabella umgehend. »Und von meinen Freundinnen auch keine.«

Ich warf ihr einen verächtlichen Blick zu. »Wie schön für euch.«

Jetzt beugte meine Mutter sich vor und blickte mir prüfend ins Gesicht. »Schminkst du dich etwa auch?«

»Nein!«

Das war sogar fast die Wahrheit. Meadow hatte mir schon zweimal ihren schwarzen Eyeliner in die Hand gedrückt, aber nachdem ich ein bisschen was aufgetragen hatte, machte ich mir den ganzen Tag Sorgen, ich könnte auf dem Schulhof Anabella über den Weg laufen. Wenn ich allein beim Essen saß oder einsam und verloren in irgendeiner Ecke stand, interessierte das meine Schwester nicht die Bohne, aber einen Hauch von Schminke um meine Augen würde sie auf den ersten Blick bemerken.

»Und Meadow ist echt nett!«, platzte es aus mir heraus. »Die nimmt sich wenigstens Zeit für mich und redet mit mir.«

Ich starrte meine Schwester böse an. »Was man von manch anderen Leuten nicht behaupten kann.«

»Was ist denn los mit euch?« Mom hob die Augenbrauen. »Habt ihr euch gestritten?«

»Nein«, murmelten wir beide.

Mit gesenktem Kopf aß ich mein Orangenhühnchen, bis meine Mutter vorschlug: »Warum lädst du sie denn nicht mal ein?«

Ich guckte hoch und hörte auf zu kauen. Mom meinte tatsächlich mich. »Was, zu uns nach Hause?«

»Natürlich.«

Ich zwang mich zu einem Lächeln. »Klar, wenn das in Ordnung ist.«

»Na sicher«, flötete Mom. »Wo wohnt sie denn?«

»Ich hab keine Ahnung.« Das wiederum war die ganze Wahrheit.

»Na ja, allzu weit weg kann es ja nicht sein. Wie wäre es mit diesem Wochenende? Wir können sie auch abholen.« Ich verdrehte die Augen. »Du brauchst keine Spieltreffen mehr für mich zu organisieren, Mom. Ich bin doch nicht mehr im Kindergarten.«

Mom runzelte die Stirn. Als wüsste sie beim besten Willen nicht, was sie noch mit mir anfangen sollte.

Jetzt sezierte mich auch Dad mit seinem Blick. »Willst du etwa nicht, dass wir sie kennenlernen?«

Anabella schnaubte kaum hörbar und da hielt ich es nicht mehr aus. »Sei gefälligst nicht so arrogant!«, fauchte ich sie an. »Du kennst sie überhaupt nicht!«

Sie lächelte mich an wie die böse Königin das Schneewittchen. »Dann bring sie doch mit nach Hause.«

»Ist sie denn nicht nett?«, fragte mein Bruder.

Seine Erstklässlerstimme klang so unschuldig, dass ich ihn am liebsten fest umarmt hätte. »Doch«, sagte ich. »Sie ist sehr nett.«

»Meinst du, sie spielt ›Dschungelbuch‹ mit mir?«

»Vielleicht. Ich kann sie ja mal fragen.«

»Aber ich bin Mogli«, sagte er.

»Der bist du doch immer«, antwortete ich lächelnd.

»Und du bist Balu!«

Ich lächelte weiter. »Na klar.«

Er rutschte aufgeregt auf seinem Stuhl hin und her. »Dann soll sie herkommen!«

Anabella feixte. »Genau, soll sie. Sie kann ja Kaa spielen.«

Ich knallte meine Gabel auf den Tisch. »Wenn hier irgendwer eine fiese Schlange ist, dann ja wohl du!«

»Kinder!«, rief Mom und starrte uns an, als wären wir zwei vollkommen Fremde.

Meine Wangen glühten, aber ich versuchte, ruhig zu bleiben, und sagte zu meiner Mutter: »Ich frage sie mal, ob sie herkommen will.«

Das war gelogen. Meadow durfte auf keinen Fall einen Fuß in dieses Haus setzen. Meine Eltern würden schon allein bei ihrem Anblick durchdrehen. Aber am Tag darauf erzählte ich Meadow davon – ohne sie einzuladen –, und sie sagte: »Na perfekt! Wenn die mich erst mal kennengelernt haben, darfst du bestimmt auch mit zu mir kommen. Ich krieg das schon hin, keine Sorge!«

»Nein! Ich –«

»Vertrau mir einfach, Wren. Ich bin super in so was.«

Die ganze Geschichte machte mich schrecklich nervös. Aber am darauffolgenden Samstag stand Meadow mit einer Schleife im Haar vor unserer Haustür. Sie trug Perlenohrstecker und war kein bisschen geschminkt. Und im Lenkerkörbchen ihres Fahrrads hockte eine angeleinte *Katze*.

Mein Bruder war hin und weg von der Katze und meine Mutter war hin und weg von Meadow.

Sie ließ sie sogar auf ihrem kostbaren Klavier spielen – einem Familienerbstück, das die meisten Menschen nicht mal anfassen dürfen.

Sogar Anabella knickte ein und gab zu, dass sie sich möglicherweise in Meadow getäuscht hatte. »Vielleicht hab ich sie mit jemand anderem verwechselt«, flüsterte sie mir zu.

Meadow blieb drei Stunden, sagte höflich Bitte und Danke und verabschiedete sich schließlich von meiner Mom mit den Worten »Vielen Dank, dass Sie mich in Ihr hübsches Zuhause eingeladen haben, Mrs Clemmens. Es war wirklich schön bei Ihnen!«

Dann stieg sie auf ihr Fahrrad und winkte noch einmal Richtung Haus, wie in einem Fünfzigerjahrefilm. Kurz bevor sie losfuhr, raunte sie mir mit einem verschlagenen Grinsen zu: »Das werden die besten Ferien aller Zeiten!«

Und sie hatte recht.

# 14

Der Marsch durch den knochentrockenen Arroyo zieht sich ewig hin. Mir ist heiß. Ich schwitze. Um meinen Kopf schwirren kleine Fliegen. Mein Rucksack wiegt sicher fünfundzwanzig Kilo. Immer wieder bleibe ich stehen und trinke aus der Feldflasche, die sie mir gegeben haben, bis Michelle mich warnt: »Das ist deine Ration sauberes Wasser für die ganze Woche.«

»Die ganze *Woche*?« Gut, die Flasche ist groß, aber für eine Woche reicht das doch nie und nimmer. Und irgendwo in meiner blauen Plane steckt noch eine leere – warum haben wir die nicht einfach beide gefüllt?

Ich will gerade nachfragen, als sie erklärt: »Wenn du vor Ort Wasser findest, musst du es erst aufbereiten.« Sie guckt streng. »Mein Rat wäre, dir das hier aufzusparen. Welches, das so gut schmeckt, bekommst du so schnell nicht wieder.«

»Ich brauche es aber jetzt!«

Sie zuckt mit den Schultern und geht weiter. »Wie du meinst.«

Ihr Verhalten ärgert mich. Als wäre es ihr total egal, ob ich verdurste. Also ignoriere ich sie und trinke. Dann noch einen Schluck. Und noch einen.

Michelle und John ist klar, was ich hier veranstalte, aber keiner von beiden sagt ein Wort oder runzelt auch nur die Stirn. Sie marschieren einfach weiter.

»Erinnerst du dich noch an unser Stufensystem?«, fragt Michelle.

»Du meinst, dass ich ein Kaninchen bin?«, frage ich zurück.

»Genau. Also, die Kaninchen sind bei uns getrennt von den Lehrlingen der anderen Stufen.«

»Ihr bezeichnet uns als *Lehrlinge*?«

Sie zuckt mit den Schultern. »Na ja, Feriengäste trifft es wohl nicht ganz.«

»Lehrlinge genauso wenig«, grummele ich. »Macht euch doch nichts vor und nennt uns gleich Sträflinge.«

John hinter mir sagt: »Du warst ganz offensichtlich noch nie im Gefängnis.«

Ich drehe mich um. »Du etwa?«

Er lächelt nur.

»Na super«, stöhne ich.

Meine Eltern sind definitiv Idioten. Leichtgläubige Idioten. Geben ihre Tochter einfach so in die Obhut von *Verbrechern*.

»Um mal zurück zum Stufensystem zu kommen«, sagt Michelle. »Sobald du einige Fertigkeiten erlernt hast, steigst du zum Kojoten auf und darfst mit den anderen Mädels zusammenarbeiten. Bis dahin werden die Grizzlys nicht mit dir interagieren, also auch nicht mit dir reden.«

Das ist ja, als würde ich schon wieder an einer neuen Schule anfangen. Aber wen interessiert's? Ich will mich einfach nur irgendwo hinlegen und meine Ruhe haben, sonst nichts. Mein Kopf tut weh, meine Füße auch, und es ist, als hätte ich mir einen riesigen, schweißnassen Felsen auf den Rücken geschnallt.

»Kapiert?«, fragt John.

»Ja, kapiert.«

»Und noch was«, sagt Michelle. »Zählen. Wenn du zur Latrine musst und dabei nicht beaufsichtigt werden willst, dann musst du zählen, und zwar so laut, dass wir dich hören.«

Ich werde ein kleines bisschen munterer. »Aha, aber eine Toilette gibt es immerhin?«

John lacht. »So was in der Art.«

»Ein Loch im Boden«, erklärt Michelle. »Eigenhändig von den Mädels gegraben.«

»Und wenn du da hingehst«, ergänzt John, »musst du so lange zählen, bis du zurück im Lager bist.«

»Du kannst auch singen«, wirft Michelle ein.

»Oder eine Geschichte erzählen«, fügt John hinzu. »Hauptsache, wir hören dich.«

»Wozu denn?«

Michelle stapft weiter. »Damit wir sicher sein können, dass du nicht wegläufst. Wenn du erst zu den Kojoten gehörst, musst du nicht mehr zählen.«

»Und wie lange dauert das so?«

»Ein paar Tage, eine Woche? Hängt ganz von dir selbst ab.«

»Also muss ich die nächste Woche oder wie lange auch immer jedes Mal laut zählen, wenn ich mal muss? Und was, wenn ich … na ja … Verstopfung habe oder so?«

John kichert. »Kommt vor. Dann zählst du eben etwas länger.«

»Das ist ja ein Albtraum«, murre ich.

Weiter geht's, und als ich schon überzeugt bin, jeden Moment tot umzufallen, verlassen wir den Arroyo und durchqueren einen Wacholderhain. Der schmale Pfad – kaum als solcher zu erkennen – führt bergauf, bergauf, bergauf.

Mein Rucksack scheint seit dem Anfang der Wanderung sein Gewicht verdoppelt zu haben, und ich bin so groggy, dass ich kaum noch laufen kann. Dann steigt mir ein Geruch in die Nase. »Rauch!«, flüstere ich. »Ich rieche Rauch.«

Michelle dreht sich um. »Gut erkannt«, lobt sie mich und wirkt tatsächlich ein bisschen … stolz. »Herzlichen Glückwunsch. Du hast es geschafft.«

»Heißt das, wir sind da?«

Sie nickt, als wir die letzte Steigung überwinden. »Willkommen in deinem neuen Zuhause, Wren.«

# 15

Mein »neues Zuhause« sieht aus wie ein Obdachlosenlager aus blauen, zwischen struppigen Bäumen aufgespannten Planen, die mit Steinen beschwert und an zwei Seiten offen sind. In der Mitte brennt ein Feuer, um das sechs Mädchen auf flachen Felsen hocken und irgendwas von Blechtellern essen, und zwar mit … Stöckchen?

Ja, Stöckchen.

Die Mädchen wirken vollkommen unterschiedlich, außer dass sie allesamt mit einer dicken Schicht Dreck überzogen sind. Mann, sehen die verwildert aus.

Staubig, erdig, schmierig.

»Hey, ihr Grizzlys!«, ruft Michelle. »Das hier ist Wren, unser neues Kaninchen.«

Ich stehe einfach nur da, wie benommen angesichts dieser surrealen Szene.

In welchem Universum ergibt das, was Michelle gerade gesagt hat, einen Sinn?

Und doch tun alle so, als wäre es völlig normal. »Hi, Wren!«, rufen ein paar von ihnen, während die anderen sich wieder ihren Tellern zuwenden.

Die Grizzlyversion von Schule.

Allerdings wirken sie älter als ich – einige sogar *viel* älter. Und obwohl ich mich nach dem längsten Tag meines Lebens fühle wie der Tod auf Latschen, sehen sie noch schlimmer aus. Ihre Hosen mögen mal beige gewesen sein wie meine, aber jetzt sind sie mindestens zwei Schattierungen dunkler. Und ihre Bandanas, die sie sich entweder um den Kopf oder seitlich am Gürtel festgebunden haben, hängen schlaff und speckig da.

John setzt sich ans Feuer, während ein Asiate und eine Frau mit stoppelkurzen Haaren auf uns zukommen. An der Farbe ihrer Hosen – olivgrün, nicht beige – erkenne ich, dass die beiden Aufseher sind, keine Sträflinge.

»Willkommen an Bord«, begrüßt mich Stoppelkopf.

Sie hat ein schiefes Lächeln, das den Blick auf einen krumm gewachsenen Eckzahn freigibt, was sie ein bisschen vampirmäßig wirken lässt. »Ich bin Dvorka, eine der Betreuerinnen.«

»Und mein Name ist Jude«, sagt der Mann. Er hat sich sein Bandana um die Stirn gebunden und sein schwarzes Haar steht dahinter zu Berge.

Michelle sieht prüfend zum Himmel hoch und gibt mir zu verstehen, dass ich mitkommen soll. »Wir müssen aufbauen, bevor der Regen losgeht.«

»Soll er doch!«, ruft eins der Mädchen, als wir am Feuer vorbeigehen. »Ich schlafe heute Nacht bei Mia und mit meiner Plane fangen wir lecker Himmelswein auf!«

»Yipp-yipp-ahuuuuu!«, heult eine andere.

Schon kapiert.

Kojoten halt.

Die ganze Zeit über habe ich nirgends einen Tropfen Wasser gesehen – weder Flüsse noch Seen, nicht die kleinste Pfütze. Daher ist mir trotz meiner miserablen Verfassung eins klar – wenn wir uns mit »vor Ort gefundenem« Wasser begnügen müssen, dann ist ein ordentlicher Regenschauer tatsächlich ein Grund für Freudengeheul.

Michelle bleibt stehen und blickt sich um. »Das da ist ein guter Platz«, sagt sie. Ich kann nichts Besonderes daran finden, es ist einfach eine Stelle ein Stück abseits der anderen Planen. »Nimm dein Seil, dann bauen wir dir einen Unterschlupf.«

Ich habe keine Ahnung, was sie von mir will.

»Dein Seil«, wiederholt sie. »Mit dem du deine Plane verschnürt hast. Das brauchen wir für dein Zelt.«

Ich starre sie nur an.

»Wie wär's mit *jetzt*?«, drängt sie.

Ich lasse das Bündel von meinem Rücken zu Boden plumpsen und starre darauf. Ich bin so müde.

»Möglichst, bevor es anfängt zu schütten?«

Ich fange an, das Fallschirmseil zu lösen, aber das ist gar nicht so leicht. Es verheddert sich ständig. Und habe ich schon erwähnt, wie müde ich bin?

Michelle steht daneben und guckt mir zu.

»Kannst du mir mal bitte helfen?«, frage ich. Sieht sie denn nicht, wie weh mir alles tut? Ist sie wirklich so herzlos?

Anscheinend ja. Sie nickt mir nur zu und sagt: »Du schaffst das schon.«

Ich hasse sie. Einmal bis zum Mond und zurück. Mittlerweile bin ich so wütend, dass ich es endlich schaffe, das Seil mit ein bisschen Gewalt loszureißen. Wenn sie mir nicht helfen will, dann will *ich* ihre Hilfe nicht.

Ich binde die Enden an zwei Baumstämmen fest, kippe den Inhalt der Plane aus und werfe sie über das Seil.

Sie hängt durch. Ziemlich übel.

»Komm, ich zeige dir mal einen Zauberknoten«, sagt sie. »Damit die Leine nicht verrutscht.«

Aber ich will nichts von irgendwelchen dämlichen Zauberknoten wissen. Und von Michelle sowieso nicht! Mit zusammengebissenen Zähnen mache ich das Seil an einer Seite los, ziehe es straff und binde es wieder fest.

Und Steine zum Beschweren der Plane brauche ich auch nicht. Ich ziehe das Plastik glatt und schaufele ein bisschen Sand auf die Ränder. Das ist ja keine Quantenphysik. Höchstens stinknormale Physik. Eben ein Zelt aus einer Plane.

»Wren, ich weiß, dass du gerade sauer bist, aber lass dir doch wenigstens ein paar Tipps geben.«

Ich sehe sie nicht an. Rede nicht mit ihr. Stattdessen ziehe und knote ich weiter, schaufele und streiche glatt. Mein Zelt hängt in der Mitte immer noch komplett durch, aber was soll's?

Für mich sieht es völlig okay aus.

»Wren –«

»Was?«

»Es fängt gleich an zu regnen.«

»Ja, und ihr habt mir diese wundervolle Plane zum Schutz gegeben. Tausend Dank.«

Meine Worte triefen nur so vor Sarkasmus, doch Michelle reagiert gar nicht darauf. »Das reicht aber n–«

»*Mir* reicht's so.«

Sie fängt an, mir zu erklären, dass ich einen Graben um meine Plane ziehen muss. Ich soll mir einen Stein suchen und damit buddeln. Ich bin seit 03:47 Uhr wach, und sie verlangt allen Ernstes von mir, dass ich buddele. Mit einem Stein!

»Lass mich in Ruhe!«, schreie ich sie an.

Als Nächstes brabbelt sie etwas von einer Unterlage, mit der ich irgendwas veranstalten soll.

»LASS MICH IN RUHE!«, schreie ich noch lauter.

Und endlich tut sie es.

Ich atme erleichtert auf. Dann ziehe ich meinen Schlafsack aus der Hülle. Es ist ein Mumienschlafsack, groß und bauschig. Ich lege ihn auf die Isomatte und mache es mir darauf gemütlich, esse einen Müsliriegel aus meinem Proviant und spüle mit Wasser aus meiner Feldflasche nach.

Meine Kopfschmerzen machen mich fertig, und von dem Riegel wird mir ein bisschen schlecht, aber wenigstens kann ich einfach mal liegen. Ohne Schuhe, Hose oder irgendwas anderes auszuziehen, krabbele ich in den Schlafsack. Alles dreht sich um mich.

Müde.

Ich mache die Augen zu. Und obwohl ich dagegen ankämpfe, kommen mir die Tränen, sodass ich eine Weile stumm vor mich hin schluchze, bis ich mich nur noch leer fühle.

Gerade als ich wegdämmern und mich von der Dunkelheit am Ende des schlimmsten Tages aller Zeiten einhüllen lassen will, bricht über mir ein Grollen los.

Es klingt wie eine Warnung.

Dann öffnet der Himmel seine Schleusen und es fängt an zu regnen.

# 16

Zuerst macht mir der Regen Angst, weil er so laut ist – als würden Tausende Schrotkugeln von meiner Plane abprallen. Aber dann … beruhige ich mich wieder. Ich bin in Sicherheit.

*Siehst du?*, sage ich im Stillen zu Michelle, als mir ihr dämlicher Zauberknoten wieder einfällt. *Alles Bombe.*

Nach einer Weile jedoch beginnt meine Plane, in der Mitte immer stärker durchzuhängen, und das Wasser strömt daran herunter, weicht den Sand auf und rinnt in mein Zelt.

Es ist dunkel und zu meiner Ausrüstung gehört keine Taschenlampe. John hat versucht, Dax und mir irgendwas über den Mond als Nachtlicht zu erzählen, aber das bringt mir jetzt mal so gar nichts.

Ich kann das Wasser also nicht sehen, bloß spüren. Zuerst ist es nur ein kleines bisschen. Aber dann wird es mehr. Und noch mehr. Bald hat sich um meine Isomatte ein regelrechter See gebildet. »Nein!«, kreische ich und schäle mich aus meinem Schlafsack. »Nein! Aufhören! Neeeeiiiin!«

Komischerweise hört das Wasser nicht auf mich. Es strömt einfach weiter und sucht sich seinen eigenen Weg mitten durch mein Zelt.

»Hilfe!«, rufe ich. »Kann mir mal einer helfen? Ich ertrinke hier gerade!«

Alles, was ich höre, ist der Regen.

Tausend gnadenlose Schrotkugeln.

Ich raffe meinen Schlafsack zusammen und drücke ihn mir an die Brust. Grapsche nach meiner Jacke. Meinen Wechselkleidern. Nach allem, was aus Stoff ist.

Dann knie ich mich auf die Isomatte und versuche, im Dunkeln etwas auszumachen. *Ich will mein Handy!* Mein Handy mit der eingebauten Taschenlampe, die angeht, wann immer ich will, und sich nicht hinter Wolken versteckt oder ihre Form von einer Kugel zur Sichel zu unsichtbar verändert.

Nicht mal Streichhölzer habe ich bekommen. Vermutlich weil ihnen klar war, dass ich nicht bloß eines anzünden würde, um mich zu orientieren – sondern um alles in meiner Reichweite *abzufackeln*!

Um mich steht alles unter Wasser. Ich bin stinksauer, frustriert und kurz vor einer Panikattacke. Erwarten die etwa, dass ich in dieser Pfütze schlafe?

»Hilfe!«, schreie ich. »Helft mir doch!«

Ich halte die Luft an und warte, den Schlafsack und alle meine anderen Sachen an die Brust gepresst. Aber niemand kommt, niemand lädt mich in sein Zelt ein.

Tja, das war's dann wohl. Hier drin kann ich jedenfalls nicht bleiben. Die Plane sackt immer tiefer. Jede Sekunde wird das ganze Gebilde zusammenbrechen.

Da fällt mir ein, dass sich irgendwo zwischen meinen Sachen ein Regencape befinden muss. *Zieh das Cape über, und dann nichts wie raus hier*, schreit alles in mir, denn die Plane fühlt sich an wie eine Falle. Als wäre ich in einer Plastikhöhle gefangen.

Hektisch krame ich nach dem Cape.

Ich brauche dieses Cape.

Wo ist es?

Und mit einem Mal hört der Regen auf.

Von einer Sekunde auf die andere: vorbei.

Ich umklammere weiter meine Sachen und warte ab. Wer weiß, ob die Wolken sich ausgeregnet haben oder nur eine kleine Verschnaufpause einlegen? Ob sie weitergezogen sind oder gerade nachladen? Wieder halte ich die Luft an und überlege, was ich machen soll.

»Morgen wasche ich mir die Haare!«, ruft jemand. »Das wird der Hammer!«

»Mit Yuccashampoo!«, ertönt eine zweite Stimme.

»Meint ihr echt, das funktioniert?«

Michelles Stimme dringt durch die Dunkelheit: »Und wie!«

»Schlaft gut, Leute«, ruft das erste Mädchen.

»Yipp-yipp-ahuuuu!«

Dann wird es wieder still. Niemand fragt, ob es mir gut geht. Niemand kommt nach mir sehen. Niemand scheint auch nur zu wissen, dass es mich gibt.

»Ich brauche Hilfe!«, rufe ich.

Keine Antwort.

»Kann mir bitte kurz jemand helfen?«, schreie ich. »Der Boden ist klitschnass. Ich weiß nicht, was ich machen soll.«

Wieder Schweigen, dann sagt Michelle: »Du musst dir halt was einfallen lassen.«

»Ist das dein Ernst?«, schreie ich. »Ich liege hier im Schlamm! Wie soll ich denn da bitte schön schlafen?«

Ich warte auf Antwort, aber alles, was ich höre, ist das Tropf-Tropf-Tropf des Wassers von den Bäumen. »Ich hasse dich!«, brülle ich raus in die Finsternis. »Das ist Misshandlung. Dafür solltest du in den Knast wandern.«

Schweigen.

Ich erwäge kurz, eine Runde zu drehen und die anderen Zelte niederzureißen. Dann könnten sie mal sehen, wie das ist.

»Auf wen bist du jetzt gerade wirklich wütend?«, fragt Michelle.

»Auf dich!«, schreie ich. »Du wusstest genau, dass das passieren würde!«

Doch ich habe ein flaues Gefühl im Magen. Als läge dort ein Stein, schwer und kalt. Und als Michelle nicht mehr antwortet, fange ich an zu weinen. »Bitte! Was soll ich denn jetzt machen?«

Nur noch Schweigen.

Und das Tropf-Tropf-Tropf des Wassers von den Bäumen.

# 17

Ich schluchze mich in den Schlaf und wache schluchzend wieder auf. Am nächsten Morgen achte ich darauf, dass mich niemand weinen sieht, und hasse mich selbst dafür. Aber ich bin nun mal so furchtbar wütend und manchmal äußert sich das eben in Tränen.

Ich rede kein Wort – außer wenn ich über einem Loch im Boden hocke und zähle. Das Zählen ist demütigend, aber immer noch besser, als mein Geschäft vor Michelle oder Dvorka verrichten zu müssen, damit sie aufpassen können, dass ich mich nicht aus dem Staub mache.

Ha, aus dem Staub ist gut. Ringsum gibt es nichts anderes, so weit das Auge reicht. Wahrscheinlich würde ich im Nullkommanichts zum Festmahl für die Geier werden. Wenn es die überhaupt hier gibt.

Nachdem der Himmel in der Nacht versucht hat, mich zu ertränken, hänge ich meine nassen Sachen zum Trocknen in einen niedrigen Baum. Er hat stachelige Nadeln, einen dicken Stamm und tief hängende Äste. Er wirkt irgendwie aggressiv, als könnte er die ganze Welt nicht leiden. Und da das etwas ist, was meine Mutter auch oft von mir behauptet, fühle ich mich ihm sehr verbunden.

Männerdutt-John kommt zu mir und quasselt mich voll. »Clever, eine Pinyon-Kiefer dazu zu benutzen«, sagt er. »Ist ein unglaublich vielseitiges und wertvolles Gewächs. Die

Paiute haben seit jeher die Kerne als Nahrungsquelle verwendet, das Holz zum Heizen und Häuserbauen, und das Harz haben sie geschmolzen, um damit ihre Körbe wasserdicht zu machen … oder manchmal auch gekaut wie wir Kaugummi.«

Ich habe immer noch keine Ahnung, wer diese Paiute gewesen sein sollen, und es könnte mir nicht egaler sein, was sie mit diesem Gestrüpp veranstaltet haben. Entweder will John sich wichtigmachen oder mich zum Reden bringen. Tja, beeindruckt von seinem Wissen bin ich jedenfalls schon mal nicht, und auf solche billigen Tricks falle ich bestimmt nicht rein. Als hätte ich mich nicht schon das ganze letzte Jahr mit Beratungslehrern und Therapeuten rumschlagen müssen, die dasselbe versucht haben. Der Unterschied hier ist bloß, dass die Sache nicht nach einer Dreiviertelstunde vorbei ist, und darum werde ich erst recht nicht mitspielen.

»Hast du mal dran gerochen?«, fragt John, steckt das Gesicht zwischen die Nadeln und nimmt einen übertrieben langen Atemzug.

Ich antworte nicht. Hat er ja schließlich auch nicht gemacht, als ich fast in meinem albernen Zelt ertrunken bin. Als ich um Hilfe gebettelt habe und niemand gekommen ist.

Ich hasse ihn.

Ich hasse sie alle.

Später versucht Michelle, mit mir zu reden. Sie erklärt, warum mir in der Nacht zuvor niemand geholfen hat. »Wir zwingen euch Lehrlinge nicht zum Zuhören, Wren. Gegen den Regen können wir nichts tun. Genauso wenig wie gegen die Sonne und den Wind. Wir zeigen euch gern, wie ihr euch davor schützen könnt. Aber wenn ihr unseren Rat nicht annehmen wollt, dann ist das eure Sache.«

Ich starre stur geradeaus.

Früher oder später kriege ich sie schon klein.

Ringe ihr eine Entschuldigung ab.

Bringe sie dazu zu sagen: *Na komm, wir fangen noch mal von vorne an.*

Sie ist nicht meine Mom, darum hält sie länger durch, aber ihr ist klar, dass sie im Unrecht ist. Sie weiß, dass das gestern Nacht Misshandlung war!

»Tja«, sagt sie seufzend. »Die Müsliriegel werden dir jedenfalls bald zu den Ohren rauskommen … wenn dein Vorrat überhaupt so lange reicht. Die restliche Verpflegung muss gekocht werden, und um das zu können, brauchst du Wasser und musst außerdem lernen, wie Feuerbohren funktioniert. Hast du wenigstens schon mal in dein Handbuch geguckt?«

Ich starre stur geradeaus.

»Okay … wenn du willst, dass einer von uns dir zeigt, wie man Feuer macht oder Wasser findet, sag Bescheid.«

Dann geht sie.

Jetzt fehlt nur noch, dass Jude seine Betreuerkünste an mir ausprobiert. Aber er kommt nicht.

Was mich irgendwie genauso nervt.

Was sollen diese Spielchen?

Am nächsten Tag gibt Dvorka mir einen Umschlag und erklärt, dass ich einen Brief nach Hause schreiben darf. Hastig lasse ich mich drei Seiten lang darüber aus, was meine Eltern mir angetan haben, indem sie mich in dieses Wüstengefängnis gesteckt haben. Dass ich ohne Essen und Trinken im Dreck lebe, dass ich erst in die Hocke gehen und husten musste und jetzt in die Hocke gehen und *zählen* muss, wenn ich aufs Klo will. Dass es niemanden hier interessiert, ob ich draufgehe, und ich aller Voraussicht nach bis zum Ende der Woche tot sein werde, wenn es so weitergeht. Ich erzähle vom Regen und der Überflutung unter meiner blöden Zeltplane, und davon, dass mir niemand geholfen hat. Ich erzähle, dass die anderen Mädchen sich über einen Skorpion unterhalten haben, den sie erschlagen mussten, und dass Mom und Dad diejenigen sind, die mit der Schuld leben müssen, wenn ich hier draufgehen sollte. Und außerdem warne ich sie, meinem Bruder ja nichts Schlechtes über mich zu erzählen. Ein paar Sachen unterstreiche ich, krakele andere wieder durch und schließe mit »Eure todunglückliche, sterbende Wren«. Dann klebe ich den Umschlag zu und überreiche ihn Dvorka, in der Hoffnung, dass das mein Ticket hier raus ist.

Dvorka nimmt ihn und sagt: »Na, hast du geschrieben, wie fies und gemein wir sind und dass wir versuchen, dich umzubringen?«

Meine Miene muss mich verraten haben.

»Sie werden anrufen, wir werden uns unterhalten, und dann ist alles wieder gut«, sagt sie und wedelt mit dem Umschlag. »So was machen alle unsere Lehrlinge am Anfang durch. Tut gut, es sich von der Seele zu schreiben.«

Am liebsten würde ich ihr den Brief wieder wegnehmen und in Fetzen reißen, aber sie hat sich schon zum Gehen gewendet.

Später hetzen sie mir eine Therapeutin auf den Hals. Ich sitze gerade friedlich auf einem Stein im Schatten der aggressiven Kiefer, als plötzlich eine Frau auf mich zukommt. Ich versuche, mich weitestgehend vor der Sonne und dem Wind zu schützen, aber in Wirklichkeit ist es hier auch nicht besser, weil der Baum nach Badreiniger riecht.

Ich hasse diesen Geruch.

Er erinnert mich an Momente, in denen ich würgend über dem Klo gehangen habe.

Die Therapeutin heißt Tara.

Sie hat Haare in der Farbe von erdverkrusteten Karotten und Sommersprossen.

Ich kann sie auf Anhieb nicht leiden, aber zumindest kommt sie direkt zur Sache. »Willst du darüber reden?«, fragt sie.

Ihre Stimme klingt wie warmer Honig, süß und weich.

Ich funkele sie wütend an. Wie unfair, jemanden mit so einer Stimme auf die Leute loszulassen.

»Du platzt fast vor Wut, das sehe ich dir an«, erklärt sie in ihrem coolen australischen Akzent.

Na toll, jetzt muss ich natürlich auch noch ihren Akzent gut finden.

Warum kann ich nicht so eine Stimme haben?

»Kannst du irgendwie nachvollziehen, warum deine Eltern dich hierher geschickt haben?«

Ich starre stur geradeaus.

Vielleicht sollte ich nach Australien auswandern. Mir einen Akzent und ein paar Sommersprossen zulegen.

»Wir wollen dir alle helfen, Wren. Damit du aus deinen Gefühlen schlau wirst. Wir wollen dir zeigen, wie richtige Kommunikation funktioniert. Wie man durchs Leben kommt, ohne ständig rumzuschreien, den anderen die Schuld in die Schuhe zu schieben oder türenknallend aus dem Zimmer zu stürmen, sondern indem man sich *verständigt.*«

Sie wartet. Eine gefühlte Stunde lang.

Ich starre weiter stur geradeaus und atme den Badreinigergeruch ein.

»Ich verstehe, dass das mit dem Regen letzte Nacht nicht schön für dich war. Und ich verstehe auch, dass du wütend auf alle hier bist.« Sie hält inne. »Aber mal ganz ehrlich, bist du nicht vielleicht auch ein kleines bisschen sauer auf dich selbst? Dann gäbe es nämlich zwei Blickwinkel, aus denen wir das Ganze betrachten können.«

Darauf lasse ich mich ganz sicher nicht ein – was die hier

mit mir machen, ist Misshandlung, und das wissen sie ganz genau!

Tara sitzt einfach nur da und ich genauso. Schließlich sagt sie: »Hörst du die anderen Mädchen manchmal lachen?«

Allerdings.

Wissen die eigentlich nicht, wie mies es mir geht?

Ist das wirklich *jedem* hier egal?

»Die waren alle selbst schon in deiner Situation und haben ganz genauso gelitten. Horch mal in dich hinein, Wren. Du musst diese ganze Wut nicht mit dir rumschleppen. Nicht nur die über den Regen. Auch über das, was dich hierhergebracht hat. Wie wär's, wenn du sie einfach ablädst und ohne sie weitermachst?«

Typisches Therapeutengeschwafel.

Ich sehe sie immer noch nicht an und schließlich steht sie auf. Jetzt flüstert sie fast. »Das werden lange, unglückliche acht Wochen, wenn du dich deinen Gefühlen nicht stellst, Wren.«

Dann geht sie und ich sitze wieder allein unter den stinkenden Zweigen. Ich frage mich, was meine Eltern wohl machen werden, wenn sie den Brief bekommen.

Ob Anabella sich heimlich ins Fäustchen lacht.

Ob Meadow und Nico eine Ahnung haben, wo ich abgeblieben bin.

Ob es überhaupt irgendjemanden interessiert.

# 18

Nico.

Wir haben uns letzten September kennengelernt, als ich auf dem Nachhauseweg von der Schule war. Er saß mit seinem Kumpel in einem tiefergelegten Mercedes auf dem Schülerparkplatz und kiffte.

»Halllllöchen«, rief er aus dem Fenster.

Ich hatte so was von keine Lust auf die ganze »Wer, ich?«-Geschichte. Meine ersten zwei Wochen an der Highschool, in denen ich mich krampfhaft bemüht hatte, nicht wie eine naive kleine Neuntklässlerin zu wirken, waren anstrengend genug gewesen.

»Ja, genau dich meine ich, schöne Frau«, rief er trotzdem.

Ich versuchte, nicht rot zu werden – was wie meistens zum Scheitern verurteilt war.

Er trug eine Ray-Ban. Sein dunkles Haar war an den Seiten kurz, mit einrasierten Wellen, und oben länger und lässig gescheitelt. Die Spitzen waren blond gefärbt. Es sah unglaublich gut aus.

Er schenkte mir ein Lächeln, plus Grübchen.

Mein Herz fing an zu klopfen.

*Cool bleiben*, ermahnte ich mich im Weitergehen. *Cool bleiben.*

»Hast du ein Smartphone?«, rief er.

Ich warf ihm einen Blick zu. Einen »Ich bitte dich«-Blick.

»Meins ist nämlich überhaupt nicht smart«, rief er mir nach. »Es kennt deine Nummer nicht!«

Lächelnd drehte ich mich um und er presste sich die flache Hand aufs Herz. »Bitte sag mir, dass du einen Feuerlöscher dabeihast!«

»Was?« Ich lachte.

»Bei mir hat's gerade gefunkt!«

»Klappe!« Ich lachte noch mehr.

Er ließ den Motor an und fuhr langsam neben mir her. »Wie heißt du?«

»Wren.«

»Echt, wie das Vögelchen?« Er wandte sich seinem Kumpel zu. »Biggy-Boy, mein Herz fängt gerade an zu zwitschern.«

»Klappe«, sagte ich noch mal.

»Steig ein«, forderte er mich auf.

Und das tat ich.

Eine halbe Stunde später hatte ich eine beachtliche Menge Fireball-Likör intus. Ich war betrunken – und verliebt.

»Er hat dich *geküsst*?«, keuchte Meadow am nächsten Morgen. »Zu mir hat er noch nie auch nur Hallo gesagt, und, glaub mir, es ist nicht so, als hätte ich mich nicht drum bemüht.«

Es war schön, wieder mit Meadow an einer Schule zu sein.

Zum Glück war unser Streit Geschichte.

Sie hatte mir echt gefehlt.

Den Kopf in die Hände gestützt, rekapitulierte sie: »Okay, um das noch mal zusammenzufassen: Du hast ihn auf dem Parkplatz angebaggert –«

»Ich hab ihn nicht angebaggert! Sondern er mich!«

»Auch gut. Jedenfalls habt ihr geflirtet. Und dann hat er dich nach Hause gefahren, und bevor du ausgestiegen bist, hat er dich geküsst? Also, so richtig?«

Ich kicherte. »Verrückt, oder?«

»Aber hallo! Und … wie war's so?«

Ich versuchte, es zu beschreiben, aber auch das war zum Scheitern verurteilt.

»Weiß er, dass du erst vierzehn bist?«

»Nee, ich hab ihm gesagt, ich wäre sechzehn!«

»Dann denkt er, du gehst in die Elfte? So siehst du aber nicht aus.« Sie runzelte die Stirn. »Wren, bist du sicher, dass das nicht 'ne Nummer zu groß für dich ist?«

Irgendwie witzig, dass ich sie damit so aus dem Konzept gebracht hatte. Sie fand es toll, ein Jahr älter als ich zu sein, mehr zu wissen, das Sagen zu haben. Aber jetzt hatte ausnahmsweise mal ich die Nase vorn. Gutes Gefühl. »Na ja«, sagte ich lachend. »Dann muss ich eben über mich hinauswachsen.«

»Du kapierst das nicht.« Sie senkte die Stimme. »Der ist in der Zwölften.«

»Na und?«

»Wenn er rausfindet, dass du erst in die Neunte gehst, serviert er dich ab. Sogar wenn du in der Zehnten wärst! Die aus der Oberstufe gehen nicht mit Babys aus – so ist das einfach.«

Ich lächelte verschmitzt. »Tja, umso besser, dass ich schon in die Elfte gehe.«

Sie wirkte alles andere als überzeugt, aber das war mir egal. Nico war jede Lüge wert.

Am nächsten Tag sah ich ihn in der Mittagspause mit einer anderen. Und als ich später, natürlich rein zufällig, mit ihm zusammenstieß, sagte er, er habe rausgefunden, dass ich erst vierzehn sei, und wolle nicht als »Kinderschänder« dastehen. Ich redete auf ihn ein, aber nichts, was ich sagte, kam hinter seiner Ray-Ban an. »Geht echt nicht.« Er lächelte und da war es wieder, das Grübchen. »Vielleicht, wenn du älter bist.«

Auf der nächstbesten Toilette brach ich weinend zusammen. Was war denn so schlimm daran, dass ich vierzehn war? Warum konnte ich nicht älter sein? Was sollte ich jetzt machen?

Unser Kuss ging mir einfach nicht aus dem Kopf. Nicht an dem Tag und auch nicht am nächsten oder übernächsten. Ich habe ihn bis heute nicht vergessen, und in manchen Nächten denke ich immer noch vor dem Einschlafen daran, stelle mir vor, ich läge in Nicos Armen und schmeckte Whisky und Zimt auf seinen Lippen.

# 19

Meine größte Sorge an der Highschool galt meiner Schwester.

Dieser Petze.

Trotz all ihrer Sport-AGs und Zusatzkurse und der Wahl zur Schülersprecherin fand sie ein paar Wochen nach meinem Kuss mit Nico die Zeit, mich vor der Mathestunde auf dem Flur abzufangen. »Dieser Nicholas Simms ist ein ganz übler Typ, Wren«, flüsterte sie und sah sich verstohlen um. »Weißt du eigentlich, wie viele Mädels der schon durchhat?«

Es ist immer am klügsten, sich Anabella gegenüber dumm zu stellen. »Ich hab keine Ahnung, was du meinst.«

»Der hat es schon bei jedem Mädchen auf dieser Schule versucht, mich mit eingeschlossen! Und zwar auf ziemlich penetrante Weise, echt widerlich! Fall bloß nicht auf ihn rein, Wren. Der Typ bringt nichts als Ärger. Und außerdem ist er ein Kiffer!«

»Woher weißt du das denn?«

»Das sagen alle. Er hat einen megaschlechten Ruf!«

»Und du glaubst einfach alles, was hier so getratscht wird? Ich meine ja nur, wenn ich den Leuten immer abkaufen würde, was sie so über *dich* erzählen …«

»Mich? Wieso, was erzählen die denn?«

Ich lachte. »Das willst du gar nicht wissen.«

»Doch! Sag schon!«

Ziemlich unterhaltsam, sie so schockiert zu sehen. Was für

eine Panik sie schob, dass jemand etwas Schlechtes über sie sagen könnte! Natürlich kam das nie vor, aber es machte echt Spaß, sie ein bisschen auf den Arm zu nehmen. »Mach dir keinen Kopf«, gab ich mich weiter geheimnisvoll, »ich glaube denen ja nicht. Mir ist klar, dass das nur Gerede ist. Also beruhig dich, okay? Und mit Nico läuft nichts.«

»Der ist ein Möchtegern-Gangster! Und sein Kumpel, Sam Biggs – ich hab gehört, der war schon mal in eine Messerstecherei verwickelt.«

Ich lachte. »Biggy ist harmlos. Total lieb und lustig und absolut harmlos.«

Als hätte ich eine Ahnung, wovon ich da redete. Als hätten die beiden in den zwei Wochen seit DEM KUSS auch nur ein Wort mit mir gewechselt. Ich hatte mich in der Nähe ihrer Clique herumgedrückt, in der Hoffnung, sie würden mich irgendwann aufnehmen. Das musste Anabella mitgekriegt haben.

»Siehst du?«, fügte ich dann hinzu. »Alles nur Klatsch und Tratsch, und du trägst auch noch dazu bei, es weiterzuverbreiten.« Es hatte schon geklingelt, und der Flur begann, sich zu leeren, also lächelte ich ihr zu und sagte: »Sei froh, dass ich den Blödsinn über dich nicht glaube.« Dann huschte ich in meine Klasse.

Dies war das erste Mal, dass ich so etwas wie Macht über meine Schwester hatte. Das Gefühl war so gut, dass ich innerlich gar nicht mehr aufhören konnte zu kichern. Meadow merkte es mir an, als wir in der Mittagspause unter der Sportplatztribüne einen Joint rauchten. »Was ist eigentlich mit dir los?«, wollte sie wissen und nahm einen tiefen Zug.

»Nichts.« Aber jetzt platzte das Kichern komplett aus mir heraus.

»Erzähl schon!«

Vor zwei Wochen hätte ich dazu keine Extraeinladung gebraucht, aber ich wusste, dass sie Nico das mit meinem wahren Alter gesteckt hatte. Er hatte meinen Verdacht schulterzuckend bestätigt. Wenn Meadow nicht diejenige mit dem Gras gewesen wäre, hätte ich ihr auf der Stelle die Freundschaft gekündigt, aber so drückte ich noch mal ein Auge zu. Die Pausen mit ihr waren so ziemlich das Einzige, was mich durch den Schultag brachte. Und da sie das Zeug ihren Eltern stibitzte, die beide die totalen Oberkiffer waren, war es auch noch gratis – das würde ich mir bestimmt nicht noch einmal versauen. Die Lektion hatte ich in der achten Klasse gelernt, und zwar auf die harte Tour. Keine Nachhilfe nötig.

Allerdings hatte ich in den letzten zwei Wochen noch etwas begriffen: Ich konnte Meadow nicht trauen. Kein Stück. Ihr von Nico zu erzählen, war ein Riesenfehler gewesen, also behielt ich die Sache mit Anabella für mich. Sosehr ich meine Schwester auch hasste.

Ich war stoned und irgendwie auch verwirrt von all diesen Gefühlen. Also schüttelte ich sie ab und reichte Meadow den Joint zurück. »Da gibt's nichts zu erzählen, aber sag mal … ist hier was anderes drin als sonst?«, wechselte ich das Thema. »Irgendwie macht mich das ganz duselig.«

Nach der Schule wartete ich an Nicos Mercedes, um ihn abzupassen.

»Kleine«, seufzte er, als wäre ich ein ungezogener Welpe, »wir hatten das doch geklärt.«

Neben ihm stand Biggy und schwitzte in der Nachmittagssonne. »Hey«, sagte ich zu ihm, »stimmt's, dass du schon mal in eine Messerstecherei verwickelt warst?«

Er grinste. *»Eine?«*, fragte er zurück, und dann lachten die beiden sich schlapp.

Ich stieß mich von der Motorhaube ab. »Meine Schwester

hält euch für Kiffer und Möchtegern-Gangster. Sie findet, ich soll mich von euch fernhalten.«

Nicos Grübchen erschien. »Und trotzdem bist du hier.«

»Mutig, was? Ihrer Meinung nach bist du nämlich penetrant und widerlich.« Ich sah ihm direkt in die Ray-Ban. »Weswegen du bei ihr wohl auch keine Chance hattest.«

Er stutzte, schob seine Sonnenbrille ein Stück runter und sah mich über den Rand hinweg an. »Und wer genau ist deine Schwester?«

Ich versuchte, ein Lächeln zu unterdrücken – mein Plan ging auf. »Anabella Clemmens.«

Er starrte mich an. »Ana Clemmens ist deine Schwester?«

»Was hab ich denn eben gesagt?« Ich verschränkte die Arme. »Du untermauerst gerade ziemlich ihre These, dass du nicht besonders helle bist.«

»These?«, wiederholte er und zog eine Augenbraue hoch.

Biggy lachte. »Alter. Ana Clemmens.«

»Bei der würde so mancher gern was untermauern«, sagte Nico nickend. »Klar, jetzt seh ich's auch. Schwestern. Aber ein Unterschied wie Tag und Nacht.«

Ich zuckte mit den Schultern. »Sagen wir lieber konventioneller Anbau und Bio.«

Er lachte. »Von mir aus.«

»Alter«, wiederholte Biggy. »Ana Clemmens.«

Nico schob seine Ray-Ban wieder hoch und schloss sein Auto auf.

»Steig ein«, forderte er mich auf und zeigte mir erneut sein Grübchen.

Das ließ ich mir nicht zweimal sagen.

# II

# 20

Es ist jetzt fünf Tage her, dass ich in die Wüste verschleppt wurde. Ich habe eine Strichliste auf meiner Hose angefangen, die sowieso schon total verdreckt ist. Heute war der diagonale Strich dran, und ich konnte mir fast einreden, dass ich schon knapp ein Achtel meiner Strafe abgesessen habe. Aber meine Aufseher bestehen darauf, dass noch sieben Wochen und vier Tage übrig sind. Wie fies ist das denn? Meine einzige Hoffnung ist, dass meine Eltern meinen Brief lesen und endlich was unternehmen.

Den größten Teil des zweiten Tages war mir schlecht. Einmal musste ich sogar kotzen. Wenn ich nicht gerade damit beschäftigt war, meine Sachen zu trocknen und mir die Survival-Hippies vom Leib zu halten, die mir ständig Gespräche aufzwingen wollten, habe ich fast nur geschlafen. Das hat zumindest ein bisschen geholfen. Der dritte Tag war am schlimmsten, weil mir immer noch übel war und ich wie verrückt Kopfschmerzen hatte, aber nicht schlafen konnte. Die meiste Zeit über habe ich geweint, auch wenn ich mir Mühe gegeben habe, dass niemand es mitbekommt.

Gestern ist dann mein Appetit zurückgekehrt, und zwar mit Karacho, und heute habe ich endlich keine Kopfschmerzen mehr, aber dafür auch nichts mehr zu essen. Jedenfalls nichts, was man nicht kochen muss. Oder mit Wasser anrühren.

Ach ja, Wasser.

Das ist auch alle.

Michelle hat meine Feldflasche einmal aufgefüllt, mit der Warnung, dass es bis zur nächsten Frischwasserlieferung noch lange hin sei und ich bis dahin besser lernen solle, auf anderen Wegen welches aufzutreiben.

Ich habe sie nur angeschwiegen. Irgendwann würde es schon wieder regnen. Oder Michelle klein beigeben. Alles andere würde schließlich quasi an Folter grenzen, stimmt's?

Aber es hat nicht geregnet. Stattdessen fühlt es sich an, als würde man tagsüber in einem riesigen Föhn hausen und nachts in einem Tiefkühler. Michelle und die anderen Betreuer scheinen sich keine Sorgen zu machen, dass jemand sie anzeigen könnte. Sie ermahnen mich, Sunblocker aufzutragen, versichern mir, dass mein Schlafsack für minus zwanzig Grad gemacht ist, und bedauern, dass sie mir leider nichts mehr zu trinken geben können.

Eigentlich hatte ich vor, bei den anderen Sträflingen Wasser zu klauen, wenn sie Holz sammeln oder dabei sind, ihren Stundenplan abzuarbeiten oder was auch immer, aber bislang hat sich keine Gelegenheit ergeben. Alle bewachen ihre Flaschen wie einen Goldschatz.

Fazit: Ich bin halb verhungert und verdurstet und ernähre mich von trockenen Bohnen und Reis – da kann man auch gleich Schotter kauen. Und an die Essensvorräte der anderen komme ich genauso wenig. Die sind so gut versteckt wie Nicos Drogen.

Es ist Nachmittag, und ich sitze noch immer unter meiner Zeltplane, als Dvorka sich vor mich hockt und mir eine Blechtasse reicht.

Mit einem Fingerbreit Wasser drin.

Ich starre ihr in die Augen. Ihre Stoppelhaare sind schon

ganz schön nachgewachsen. Verständlich, dass sie sie so kurz hält. Meine hab ich zum Zopf geflochten, aber selbst der fühlt sich inzwischen fettig an. Was mich tierisch nervt.

Schließlich schnappe ich mir die Tasse und kippe das Wasser hinunter.

»Na komm«, sagt sie sanft. »Lass deine Wut einfach mal ein Weilchen hier und wir gehen zusammen Wasser suchen.«

So hat sie sich das also vorgestellt. Der mickrige Schluck sollte mich bloß anfixen. Ich kann Nico und Biggy lachen hören. *Die erste Dosis ist gratis.*

»Wren?«, fragt Dvorka, noch immer so sachte, als versuchte sie, mich aus einem Traum zu wecken. »Jemand zu Hause?«

Nicos Lachen in meinem Kopf gefällt mir nicht. Nicht wenn es so klingt.

Ich sehe Dvorka an und nicke.

»Du brauchst beide Feldflaschen, deinen Campingtopf und das durchsichtige Stück Schlauch aus deiner Ausrüstung. Ach, und ein Bandana.«

Es dauert ein bisschen, bis ich den Schlauch gefunden habe. Er ist mit Gummibändern zu einem festen Bündel zusammengeschnürt und erinnert mich an den Biounterricht, wo ich immer in der letzten Reihe sitze und versuche, mich möglichst unsichtbar zu machen. Ob es wohl überhaupt schon jemandem aufgefallen ist, dass ich nicht mehr zur Schule komme? Dass ich einfach verschwunden bin?

Das flaue Gefühl in meinem Magen sagt Nein.

Dvorka wartet vor dem Zelt. Sie verzieht die geschlossenen Lippen zu einem Lächeln, sagt aber nichts und versucht zum Glück auch nicht, mich aufzumuntern. Wir gehen in die entgegengesetzte Richtung der Latrine, einen Kamm hoch und gelangen auf eine ebene Fläche, die man meilenweit überblicken kann.

Meilen um Meilen.

Und Meilen.

Und *Meilen.*

Nichts als Wüste.

Als sie mich aufkeuchen hört, bleibt Dvorka stehen und erkundigt sich: »Alles okay?«

Ich knicke ein. »Ich hab Hunger. Und Durst. Und mir ist ein bisschen schwindelig.«

Sie nickt. »Du bist echt eine Zähe, weißt du das?«

Es klingt nicht, als wollte sie sich einschleimen oder einen auf beste Kumpels machen, um mich zu irgendwas zu bewegen. Sondern als meinte sie es ernst. Also gebe ich zu: »Im Moment kommt's mir nicht so vor.«

»Kann ich mir vorstellen. Aber du hast einen starken Willen.«

Ich schnaube. »Mein Vater nennt das immer Dickkopf.«

»Ein Dickkopf muss gar nichts Schlechtes sein. Kommt ganz drauf an, wie du ihn einsetzt«, sagt sie und lächelt wieder.

Diesmal sieht man kurz ihren Vampirzahn. »Jetzt zum Beispiel dafür, Wasser zu finden.«

Ich sehe mich um. »Und wie geht das?«

Wieder der Vampirzahn. »Fangen wir erst mal mit der Richtung an. Wenn die Sonne im Osten auf- und im Westen untergeht, zeig mir doch mal, wo Norden ist.«

Ich habe keine Ahnung, wie spät es ist, aber ich weiß, dass die Sonne schon wieder im Untergehen ist, also deute ich dorthin, wo meiner Meinung nach Norden sein müsste.

»Ein kluger Dickkopf«, sagt sie nickend. Nicht, um sich anzubiedern. Einfach, als sei das Fakt.

Ein positiver Fakt.

Über *mich.*

»Wir sind hier raufgekommen«, sagt sie, »um nach Wasser Ausschau zu halten.«

Ich lasse den Blick schweifen, die Hand über der Stirn wie ein Seemann. »Ich sehe keins.«

Sie lacht. »Ich auch nicht. Aber dafür die Nordwand eines Canyons, ein trockenes Flussbett und eine Reihe von Pappeln.«

Ich gucke, wohin sie zeigt. »Das hilft aber auch nicht gegen meinen Durst.«

»Natürlich könnte ich dich direkt hinführen, aber ich will, dass du lernst, selbst Wasser zu finden.«

Mir fällt etwas ein, was mein Vater gern sagt: *Man kann ein Pferd zum Wasser führen, aber trinken muss es selbst.* Wie ich diesen Spruch hasse. Und was weiß er denn schon? Als hätte er mich jemals zum Wasser geführt.

Aus irgendeinem Grund stachelt mich das an. »Was heißt das, Nordwand eines Canyons? Spielt das irgendeine Rolle?«

»Dort ist es kühler, weil weniger Sonne hereinfällt. Darum hält sich Regenwasser länger, bevor es verdunstet, manchmal monatelang. Und Regenwasser kann man bedenkenlos trinken.« Sie mustert mich, als wollte sie sichergehen, dass ich mich nicht langweile. »Pappeln wachsen nur bei genügend Feuchtigkeit. Das Flussbett mag trocken sein, aber an den Bäumen erkennt man, dass es dort irgendwo Wasser geben muss. In der Nacht, als es geregnet hat, war das Bett sicherlich überflutet.«

»Und mit überfluteten Betten kenne ich mich schließlich aus«, grummele ich.

Sie lacht. »Schlagfertig bist du auch noch«, merkt sie an. »Was ist denn mit deinem Wasser passiert? Dem, das durch dein Zelt gelaufen ist?«

»Das ist … verdunstet?«

»Ganz genau. Und was ist mit dem ganzen Wasser passiert, das von hier oben runter in die Schlucht und bis in das Flussbett gelaufen ist?«

Ich starre auf den ausgetrockneten Fluss. Nie im Leben würde man jetzt darauf kommen, dass da mal Wasser drin gewesen ist. Dabei hat es doch echt *geschüttet.* Haben das etwa alles die Bäume aufgesogen?

Unmöglich.

Ist es komplett verdunstet?

Kommt mir auch nicht richtig vor.

Ich denke daran, wie wir an meinem ersten Tag auf dem Weg zum Lager durch den Arroyo gestapft sind. Wie sandig und locker der Boden dort unter meinen Füßen war.

Und plötzlich geht mir ein Licht auf. »Es ist versickert!« Wie aufgeregt ich bin, ist ja lächerlich. »Das heißt, jetzt ist es unter der Erde!«

Dvorka schenkt mir ein breites Vampirzahnlächeln. »Na dann führ uns mal zum Wasser, Wren!

# 21

Unten angelangt, durchqueren wir das Flussbett, und am Nordufer zeigt Dvorka mir, wie man Wasser findet. Wir fangen bei ein paar grünen Pflanzen an und arbeiten uns von dort aus weiter zu einer kleinen Pfütze Regenwasser zwischen ein paar Felsen. »Da es Regenwasser ist und noch dazu ziemlich frisch, kannst du das einfach so trinken«, erklärt sie mir. »Was aus dem Flussbett kommt, müssen wir vorher filtern und reinigen.«

Ich sterbe vor Durst.

Jetzt habe ich das Wasser direkt vor der Nase, aber die Pfütze ist zu flach, um eine Feldflasche oder meinen Campingtopf hineinzutauchen.

Sie greift in ihre Hosentasche und zieht einen Schlauch hervor, wie ich auch einen dabeihabe. »Wollen wir?«

Ah! Ein Strohhalm.

Ich tauche das eine Ende in die Pfütze und sauge am anderen. Kühl und klar steigt das Wasser auf. Es schmeckt köstlich und fühlt sich herrlich an im Mund.

Während wir vor uns hin schlürfen, sehen Dvorka und ich uns an, und mit einem Mal kommt mir eine Kindheitserinnerung daran, wie meine Mutter und ich uns einen Milchshake geteilt haben.

Plötzlich fangen meine Augen an zu brennen und ich habe einen Kloß im Hals und kann nicht mehr trinken.

Auch Dvorka nimmt ihr Schlauchende aus dem Mund. »Alles okay?«

Ich nicke, schüttele den Kopf, nicke wieder.

Sie wartet kurz ab, bevor sie fragt: »Willst du darüber reden?«

Ich schüttele erneut den Kopf und fange wieder an zu trinken. Diesmal konzentriere ich mich auf das Ende meines Schlauchs, anstatt Dvorka anzusehen. Sie bedrängt mich nicht weiter und zwingt mich dadurch nicht zum Lügen. Was beinahe dazu führt, dass ich ihr schon von mir aus die Wahrheit sage.

»Guck mal.« Sie lehnt sich zurück. »Ich hab was mitgebracht, was du mögen könntest.« Sie zaubert eine Konservendose aus ihrer Hosentasche hervor.

*»Pfirsiche?«*, quietsche ich.

Sie lacht. »Dann kann die Party ja losgehen!«

Sie kramt auch noch Cracker und eine Tube Erdnussbutter raus. Zum Essen benutze ich meine Finger und ein Stöckchen, schlürfend und mampfend und zufrieden seufzend. Dvorka lacht wieder und sagt: »Das erste Wasser ist ein Meilenstein, den muss man feiern.«

Als alles aufgegessen und mit dem Rest des Pfützenwassers runtergespült ist, packt Dvorka den Müll ein und erklärt: »Und jetzt füllen wir die Feldflaschen auf.«

Mit anderen Worten: Jetzt graben wir ein Loch ins Flussbett. Mit einem Stein. Aber seltsamerweise macht mir das gar nichts aus. Irgendwie finde ich es sogar aufregend. Wie eine Schatzsuche.

Nach etwa zehn Zentimetern wird die Erde feucht und nach dreißig sickert von den Seiten Wasser ins Loch und sammelt sich am Grund.

»Jippie!«, rufe ich.

Dvorka gräbt ihr eigenes Loch. »Mach weiter«, sagt sie. »Je tiefer du kommst, desto leichter kannst du es auffangen. Und denk dran, breit genug zu graben, damit dein Campingtopf reinpasst.«

Ich befolge ihre Ratschläge, und als mein Brunnen fertig ist, lässt sie mich das Wasser mit dem Topf herausschöpfen und durch mein Bandana in die Feldflaschen gießen. Das trübe Wasser hinterlässt einen dünnen Schlammfilm auf dem Stoff.

Als die Flaschen voll sind, drückt Dvorka mir zwei Tabletten in die Hand. »Damit reinigst du das Wasser, eine pro Liter. Es dauert eine halbe Stunde, bis die Wirkung einsetzt, so lange musst du dich also gedulden, wenn du keinen Durchfall riskieren willst.« Als Nächstes zeigt sie mir, wie man das Flaschengewinde und die Verschlusskappe sterilisiert, und gibt mir ein kleines Metallröhrchen mit mehr Tabletten. »Die solltest du immer bei dir tragen.«

Ich stecke das Röhrchen in die Tasche. Aus irgendeinem Grund erscheint mir dieser Moment einschneidend, als hätte Dvorka mir ein geheimes Passwort verraten oder so. Klar ist das Ganze weder geheim noch gibt es ein Passwort – hier geht es bloß um Pillen, die einen vor Dünnpfiff schützen –, trotzdem fühlt es sich an, als wäre etwas Wichtiges in meine Obhut übergeben worden. Oder als hätte sie mich ins Vertrauen gezogen. Vielleicht liegt es daran, *wie* sie mir das Röhrchen überreicht hat. Keine Ahnung.

Ich fülle den Campingtopf ein zweites Mal und klemme den Deckel darauf. Dieses Wasser kann ich später filtern und reinigen.

»Clever.« Wieder zeigt sie ihren Vampirzahn. »So weit voraus denken die wenigsten Kaninchen.«

Auf dem Rückweg will ich wissen, was ich tun kann, um

bald kein blödes Kaninchen mehr zu sein, und sie fragt zurück, ob ich denn nicht das Handbuch gelesen hätte.

Nein.

»Steht alles dadrin«, sagt sie. »Aber die wichtigsten Schritte auf dem Weg zum Kojoten sind Wasser und Feuer.«

»Können wir dann heute Abend das mit dem Feuer machen?«

»Bis man das hinbekommt, kann es ein paar Tage dauern. Manchmal auch noch länger.«

»Im Ernst? Wieso?«

»Ist halt leichter gesagt als getan. Lies erst mal dein Handbuch. Lern die Grundlagen. Ich helfe dir dann gern, aber stell dich lieber schon mal darauf ein, dass es frustrierend wird.« Wieder das Vampirzahnlächeln. »Aber wer weiß? Vielleicht kriegst du es ja schon am ersten Tag hin. Und dein Dickkopf macht sich noch mal bezahlt.«

Lustig, wie sie dem Wort eine ganz neue Richtung gibt. Bis jetzt bedeutete es immer nur Schlechtes. Dass ich böse war. Aufsässig. Feindselig. Streitlustig. Vorlaut. Ach, und *zickig* nicht zu vergessen.

Das hier ist eine vollkommen neue Sichtweise.

Eine neue Weise, *mich* zu sehen.

Als wir uns dem Lager nähern, greift Dvorka abermals in eine ihrer Zaubertaschen und drückt mir drei Packungen Käsewürfel, einen Müsliriegel und ein paar Trockenaprikosen in die Hand. »Ich weiß, dass deine Vorräte aufgebraucht sind«, sagt sie. »Und ich finde, du hast mal einen Abend Pause von trockenen Bohnen und Reis verdient.«

Ich bedanke mich bei ihr und drehe mich schnell weg, damit sie meine feuchten Augen nicht sieht.

»Wenn du erst Feuer machen kannst«, flüstert sie, »wird sich deine ganze Welt verändern.«

Ich nicke und gehe zu meinem Planenzelt, wo ich mein Essen verstaue und das Handbuch hervorkrame.

Ich werde rausfinden, wie man Feuer macht. Und dafür setze ich meinen *Dickkopf* ein.

Wartet's nur ab.

Ich schaffe das innerhalb von einem Tag.

# 22

Mein Handy fehlt mir. Ich kann es nicht leiden, wenn ich nicht weiß, wie spät es ist, und ohne Google läuft sowieso nichts. Wer sagt mir, wie lange es draußen noch hell ist? Bleibt mir genug Zeit, um heute noch rauszufinden, wie man Feuer macht?

»Dein Zeitmesser ist die Sonne«, hat Michelle nur gesagt, als ich mich darüber beklagt habe.

Genau, und der Mond ist mein Nachtlicht.

Ziemlich eindeutig, warum die Frau mir so auf den Keks geht, oder?

Aber immerhin habe ich Wasser und Essen und (noch) Tageslicht und niemand stört mich. Die anderen Mädchen hängen unter ihren Planen rum und schreiben irgendwas in ihre Notizblöcke, also fange ich an, durch mein Wildnishandbuch zu blättern, das genau genommen nur aus ein paar gelochten und mit Klammern zusammengehaltenen Blättern besteht. Die Einleitung lasse ich aus. Dann kommt ein Grußwort von jemandem namens Soaring Eagle, das wird auch übersprungen. Der nächste Teil, übertitelt mit »Der Beginn eurer Reise«, genauso. Langsam bin ich ein bisschen genervt. Ich blättere das Buch von vorne bis hinten durch, aber es gibt kein Inhaltsverzeichnis. Wenn wir Lehrlinge sein sollen und das hier unser Lehrbuch ist, müsste es dann nicht ein Inhaltsverzeichnis geben? Ich will nicht das

Gefasel von diesem Adlertypen lesen, ich will wissen, wie man Feuer macht!

Dann kommen Kalenderblätter.

Drei Stück.

April.

Mai.

Juni.

Neben jedem Tageskästchen steht in winziger Schrift gedruckt, wann die Sonne auf- und untergeht, wann morgens und abends die Dämmerung einsetzt, wann der Mond auf- und untergeht und wie lang der Tag insgesamt ist. Na, wer sagt's denn? Heute geht die Sonne um 19:54 Uhr unter. Ich freue mich dermaßen über meine Entdeckung, als hätte ich ein Geschenk bekommen.

Als Erstes suche ich nach meinem Stift und streiche die fünf Tage aus, die ich schon hier bin: den dritten, vierten, fünften, sechsten und siebten April. Dann gehe ich wieder zurück zum dritten und zähle von dort aus acht Wochen ab, halte jedoch inne, als mein Finger auf dem zweiundzwanzigsten Mai landet.

Meinem Geburtstag.

Meinem *Geburtstag.*

Ich soll hier im *Dreck* fünfzehn werden?

Schon packt mich wieder die Wut und ich hasse meine Eltern mehr denn je. Spinnen die eigentlich? Wie konnten sie mir das antun?

Ich denke drei Monate zurück zum vierzigsten Geburtstag meiner Mutter im Januar. Dad hatte mich extra noch daran erinnert, dass wir an diesem Abend feiern wollten, und mir vierzig Dollar gegeben, damit ich ihr auf dem Nachhauseweg von der Schule ein Geschenk kaufen konnte. »Denk dir was Schönes aus, Wren«, hatte er gesagt. »Vierzig werden ist nicht ohne. Und wenn dir partout nichts einfällt, dann sind Parfüm und eine nette Karte immer eine sichere Bank.«

Mom hatte in letzter Zeit ziemlich auf mir rumgehackt und war seit dem Halbjahreszeugnis ständig wütend oder enttäuscht. Ich würde die neunte Klasse nicht schaffen. »Wie kann das sein?«, hatte sie gezetert. »Du bist doch so clever! Wie kannst du da so schlechte Noten mit nach Hause bringen?«

Außerdem war in den Winterferien noch etwas anderes passiert, weswegen sie mir nicht mehr so recht traute. Und natürlich half auch die Petze kräftig nach.

Ich hatte mir fest vorgenommen, an ihrem Geburtstag die lächelnde, fröhliche, reumütige Wren zu geben, alles um die Uhr wieder auf null zu stellen, denn die tickte mittlerweile wie eine Zeitbombe. Selbst nachdem mein neuer, *teurer* Therapeut berichtet hatte, was für großartige Fortschritte ich machte, blieb Mom argwöhnisch und wollte ständig wissen, wo und mit wem ich unterwegs war.

Mein Plan war es gewesen, im Einkaufszentrum irgendeine kitschige Karte und Parfüm zu kaufen, aber dann kamen Meadow und ich nach der Schule an einem Piercingladen vorbei.

Er lag gegenüber dem Einkaufszentrum in einem alten Haus mit Buntglasfenstern und riesigen Kristallen in Tropfenform, die vom Verandadach hingen. Wir waren mal wieder stoned und geblendet vom Licht, das die Kristalle reflektierten. So glitzernd und bunt. Als hätte ein trauriger Riese Regenbogentränen geweint. Ich konnte gar nicht aufhören daraufzustarren.

»Wenn du das Parfüm klaust«, flüsterte Meadow, »kannst du dir so eins stechen lassen.« Sie zog ihr Shirt hoch, sodass ich ihr Bauchnabelpiercing sehen konnte. Verziert mit einem

Glaskristall. Es sah aus wie eine winzige Höhle mit einem Edelstein darin.

Ich war hin und weg.

»Wann hast du das denn machen lassen?«

»Gestern. Hier.«

Meadow ließ ihr Oberteil wieder sinken und ging auf den Laden zu. »Komm. Tanner ist echt cool.«

»Tanner?« Ohne den Blick von den Regenbogentränen zu lösen, folgte ich ihr die Verandastufen hinauf und ins Haus.

Tanner war ganzkörpertätowiert und hatte vierteldollargroße Tunnel in den Ohrläppchen. »Äh …«, machte er und sah sich verstohlen um, als würde er beobachtet, obwohl wir offensichtlich allein waren. »Ihr seht mir ziemlich minderjährig aus.«

»Ich war doch gestern hier.« Meadow präsentierte ihm ihren Bauchnabel.

Er schien sich nicht zu erinnern, sagte aber trotzdem: »Ah, okay.«

Meadow deutete mit dem Daumen auf mich. »Sie will auch eins.«

»Oh Mann, ich weiß ja nicht. Da brauche ich eine Unterschrift von den Eltern.«

»Ich hab was Besseres«, erwiderte Meadow. »Wie beim letzten Mal?«

»Ah, okay«, sagte er wieder, als sie ihm einen Beutel Gras überreichte.

»Und sie hat vierzig Dollar«, ergänzte sie mit einem Blick zu mir.

Ich gab ihm das Geld.

»Ist gut«, sagte er und steckte es ein. »Aber dann schnell.«

Es ging wirklich schnell. Und tat nicht mal sonderlich weh. Ich verließ das Studio mit einem Glaskristall im Bauchnabel, genau wie Meadows. Der Partnerlook gefiel mir. Was auch immer wir für Probleme miteinander gehabt hatten – Schwamm drüber. *So* fühlte es sich an, eine Schwester zu haben.

»Siehst du?«, lachte Meadow auf dem Weg nach draußen. »Ist doch viel besser als Parfüm.«

»Aber das Parfüm brauche ich trotzdem.«

»Na, dann los!«

Wir gingen ins Einkaufszentrum, aber im dritten Laden ließ langsam die Wirkung des Joints nach, und ich geriet in Panik. »Warum sperren die das denn alles in Vitrinen?«, zischte ich.

»Damit es keiner klaut?«, antwortete Meadow und kam sich anscheinend superwitzig vor. »Versuchen wir's bei Ross.«

Doch auch bei Ross war das Parfüm weggesperrt.

»Was soll ich denn jetzt machen?«

Sie zuckte mit den Schultern. »Was anderes besorgen?«

»Was denn?« Mir lief die Zeit davon.

»Ist das denn so wichtig?« Sie führte mich in den hinteren Teil des Ladens, zu ein paar hohen Regalen voller Dekokram. »Hier«, sagte sie und griff nach einem Glasvogel. »Der ist doch hübsch. Das findet sie mit Sicherheit total süß von dir und wird ganz sentimental. Problem gelöst.«

Ich warf einen Blick auf den Preis: acht Dollar neunundneunzig.

»Sie weiß doch nicht, wie billig der war! Das ist *Kunst*. Na komm, mach schon.«

Ich steckte den Vogel nicht direkt ein. Zuerst stellte ich ihn auf Hüfthöhe zurück ins Regal und prägte mir die Positionen der Überwachungskameras ein, während wir uns zur Tarnung ein paar Klamotten nahmen. Ich griff wahllos nach drei Tops und marschierte damit zurück in die Dekoabteilung, wo ich mir im Vorbeigehen den Vogel schnappte, ohne auch nur langsamer zu werden. Er war ungefähr so groß wie eine Birne, und ich steckte ihn hinter den Klamotten in meine Jackentasche, sodass niemand etwas sehen konnte. Dann stellte ich mich in der Schlange vor den Umkleidekabinen an.

»Die Luft ist rein«, sagte Meadow, nachdem sie sich prüfend umgesehen hatte.

Als mir die Verkäuferin eine Nummer für die Tops geben wollte, fragte ich sie nach der Uhrzeit. Sie antwortete, und ich rief erschrocken: »Oh nein, schon so spät? Dann muss ich ja jetzt los. 'tschuldigung!«

Die Klamotten ließ ich bei ihr liegen und hielt auf den Ausgang zu, den Arm auf den Glasvogel gepresst, damit er nicht verrutschte, während Meadow und ich ein Gespräch über die Zeit vortäuschten. »Hättest du gedacht, dass es schon so spät ist? Ich hätte längst zu Hause sein müssen. Jetzt kriege ich sicher einen Riesenärger!«

Wir schafften es aus der Tür.

Wir schafften es den Gang runter.

Wir hatten es geschafft!

Bis sich uns wie aus dem Nichts ein Kaufhausdetektiv in den Weg stellte.

Meadow sagte nur: »Wir müssen uns trennen«, und zack, war sie die Rolltreppe runter und überließ mich meinem Schicksal.

Der Rest war der reinste Albtraum. Meine Eltern glaubten mir nicht, dass ich das Geld verloren hatte. Oder dass ich den Vogel nur in die Tasche gesteckt hatte, um die Hände freizuhaben, und ihn dann dort vergessen hatte. Sie glaubten mir kein einziges Wort. Nicht mal, dass es mir leidtat. Ich war ganz offiziell die Enttäuschung des Jahrhunderts, eine Schande von einer Tochter.

Tja, und mit einem Mal, während ich auf den Kalender

starre, kann ich schon irgendwie verstehen, warum meine Mutter wollte, dass ich meinen fünfzehnten Geburtstag im Dreck verbringe.

Das hier ist ihre Rache.

Gemeine, bittere Rache.

# 23

Ich bin stinksauer, dass meine Eltern mich aus Rache hierher geschickt haben. Aber *mich* als kindischen Trotzkopf hinstellen – solche Heuchler.

Ich blättere weiter durch das Handbuch, immer noch auf der Suche nach der Anleitung fürs Feuermachen. Dann sitze ich halt in dieser Wüste fest, aber vielleicht ja wenigstens nicht ewig als Kaninchen. Wenn ich sehe, was die anderen Mädchen alles dürfen – miteinander reden zum Beispiel –, fühle ich mich so ausgeschlossen.

So einsam.

»Feuerbohren«, da ist es, drei Seiten lang. Es gibt eine Zubehörliste, ein Schaubild und eine Anleitung. Folgende Sachen muss ich mir irgendwie besorgen (oder selbst basteln): ein Feuerbrett, eine Spindel, einen Drillbogen, Schnur, ein Handstück, ein Feuergefäß und ein Zundernest.

Ich habe keine Ahnung, was das alles sein soll, aber die Beschreibung und das Schaubild helfen ein bisschen. Das Feuerbrett – einfach ein flaches Stück Holz – und die Spindel – ein Stock in Form eines großen, stumpfen Bleistifts – müssen aus demselben Weichholz geschnitzt sein. Nicht dass ich eine Ahnung hätte, welches Holz weich ist und welches nicht, aber in Klammern stehen glücklicherweise ein paar Vorschläge: Pappel, Yucca oder das Kernholz vom Wüstenbeifuß scheinen gute Kandidaten zu sein.

Schon ulkig, dass ich mittlerweile sogar zwei dieser Gewächse erkenne.

Beim Bogen dagegen – der einem ziemlich primitiven Geigenbogen ähnelt – spielt es keine Rolle, aus welchem Holz er gemacht ist.

Als Feuergefäß reicht ein trockenes Blatt oder ein kleines Stück trockenes Holz – Sorte egal.

Und das Zundernest kann aus trockenem Gras oder Wacholderborke bestehen.

Wacholder. Mein Herz macht einen kleinen Hüpfer. Wacholder kenne ich auch!

Das Handstück ist ein handtellergroßer Stein mit einer Vertiefung darin – entweder natürlich oder hineingeschlagen –, und hinter »Schnur« steht in Klammern »in der Ausrüstung vorhanden, kann jedoch auch aus Yuccablättern gefertigt werden«.

In der Ausrüstung vorhanden?

Ich studiere das Schaubild. Wenn ich irgendwo in meinen Sachen eine Schnur hätte, würde das die Sache extrem erleichtern, denn ich habe keinen Schimmer, wie man so was aus Yuccablättern fabriziert. Allein die Dinger als »Blätter« zu bezeichnen. So eine Yucca sieht aus wie eine riesige Wüstenananas mit langen, spitzen Stacheln. Daraus eine Schnur basteln? Unmöglich.

Also mache ich mich daran, meine Ausrüstung zu durchforsten, die mittlerweile ein einziges Chaos ist. Tütchen mit getrockneten Linsen, Bohnen und Makkaroni fliegen zwischen Klamotten, Notizblock, Klopapier, Deo, Insektenspray und Sunblocker herum, was mich aus irgendeinem Grund richtig nervt. Und dann dieser Dreck überall. Alles total sandig und staubig.

Ich suche und suche, aber ich finde keine Schnur, und als

ich es nicht länger unter meiner Plane aushalte, stehe ich auf und sehe mich draußen nach einem handtellergroßen Stein mit Vertiefung um.

Ein Stück außerhalb des Camps gesellt sich Michelle zu mir. »Sprich mich einfach nicht an«, warne ich, und sie lässt es bleiben.

Was mir nach einer Weile aber auch irgendwie unangenehm ist.

»Was ist Wüstenbeifuß?«, will ich schließlich wissen.

Sie deutet auf einen der großen, hässlichen Sträucher, von denen es hier massenweise gibt.

»Echt jetzt?«

Sie zuckt mit den Schultern und lächelt.

Ich runzele die Stirn. »Okay, du darfst reden, aber kein Grund, gleich in Plauderstimmung zu geraten, klar? Ich will nicht hören, was das hier für eine wunderschöne Landschaft ist oder wie sehr ich's hier gerade vergeige oder dass ich mal drüber nachdenken soll, was mich hergebracht hat.« Ich breche einen abgestorben aussehenden Ast von einem Beifußbusch. »Rache, übrigens. *Das* ist der Grund, warum ich hier bin. Meine Eltern wollten's mir heimzahlen, dass ich meiner Mutter ihren vierzigsten Geburtstag versaut habe.«

Sie nickt knapp, sagt aber nichts.

Ich deute auf einen weiteren Beifußstrauch. »Wie soll ich denn aus dem Zeug ein Feuerbrett machen?« Ich versetze dem Busch einen Tritt. »Da bräuchte ich ja eine Axt oder ein Messer oder eine Säge.«

Sie zieht ein Klappmesser aus der Tasche und lässt es mit dem Daumen aufschnappen. »Indem du um Hilfe bittest.«

»Warum hab ich nicht so eins?«

»Was glaubst denn du?« Sie lässt meinen Blick nicht los. »Wenn du ein Elch bist, kriegst du dein eigenes.«

»Als Kojote noch nicht?«

Michelle runzelt die Stirn. »Kojoten ist nicht immer zu trauen.«

Ich drängele nicht weiter, sondern lasse mir von ihr helfen. Sie weist mich auf einen Beifußbusch hin, der mitten durchgebrochen und halb abgestorben ist, und zeigt mir, wie man mithilfe des Messers und eines Steins ein flaches Stück davon abspaltet. Das Ergebnis ist rau, splittrig und eher eine Art Schindel als ein Brett – vielleicht sieben, acht Zentimeter breit, fünfundzwanzig lang und höchstens zwei dick –, aber es sieht in etwa aus wie auf dem Schaubild im Handbuch, und das entlockt mir zumindest innerlich ein Lächeln.

Mein erstes Feuerbrett.

»Darf ich mir das Messer ausborgen, um den Stock hier zurechtzuschnitzen?«, frage ich. Den Zweig, den ich abgebrochen habe, könnte man doch prima als Spindel verwenden.

»Du brauchst einen, der gerader ist«, erwidert sie. »Und möglichst glatt.«

Also suche ich mir einen neuen Zweig und dann darf ich loslegen. »Immer von dir weg schnitzen«, mahnt sie. Nachdem sie mich eine Minute dabei beobachtet hat, fragt sie: »Hast du so was schon mal gemacht?«

Am liebsten würde ich lügen, damit sie mich nicht für total jämmerlich hält, aber mein Kopf schüttelt die Wahrheit hervor.

»Macht doch nichts, hier.« Sie nimmt mir Stock und Messer ab und zeigt mir, wie es richtig geht. »Locker aus dem Handgelenk und ganz flach.« Sie schnitzt noch ein bisschen weiter, dann gibt sie mir die Sachen zurück und beobachtet, wie ich ihre Anweisungen umzusetzen versuche. »Genau.«

Das Messer ist scharf. Es macht Spaß, damit das Holz zu formen. *Schnick. Schnick. Schnick.* Als die Spindel fertig ist, würde ich am liebsten trotzdem weitermachen. *Schnick. Schnick. Schnick.*

»Wie wär's, wenn du dir gleich auch einen Löffel schnitzt, wo du schon mal dabei bist?«, fragt Michelle.

Ich stürze mich auf die neue Aufgabe, spalte ein Stück Holz vom Stamm, runde es ab, schnitze eine flache Vertiefung hinein und schmirgele das Ganze zum Schluss an einem Felsen glatt.

»Super geworden!«, bewundert sie mein Werk. Dann sagt sie: »Bei deinem Feuerbrett fehlen noch ein Führungsloch und eine Kerbe«, und zeigt mir, wohin das alles gehört.

Am Ende kehre ich mit einem Löffel, einem Feuerbrett und einer Spindel ins Camp zurück. Außerdem habe ich einen gut als Handstück geeigneten Stein und einen Zweig für den Drillbogen gefunden, in den ich schon eine Kerbe für die Schnur geritzt habe, und Michelle hat mir geholfen, trockenes Gras und Wacholderborke für das Zundernest zu sammeln.

Die Sonne versinkt gerade hinter dem Horizont, als die blauen Planen in Sicht kommen. »Es ist neunzehn Uhr vierundfünfzig«, verkünde ich. »In fünfundzwanzig Minuten wird es dunkel.«

Irgendwie gibt es mir ein gutes Gefühl, das zu wissen. Als hätte ich endlich einen Zugang zu all dem hier gefunden. Und ich habe alles beisammen, was ich zum Feuermachen brauche.

Außer der Schnur natürlich.

Aber die muss schließlich irgendwo in meinem Zelt sein!

Michelle grinst kurz. »Na, da hat wohl jemand sein Handbuch gelesen.«

Ich versuche, sie für diesen Kommentar zu hassen, aber gerade gelingt es mir einfach nicht.

# 24

Ich sitze in meinem albernen Zelt, futtere meine letzte Packung Käsewürfel und starre ins brennende Lagerfeuer, um das die anderen Mädchen sich versammelt haben. Sie plaudern und lachen, als plötzlich eine von ihnen quietscht: »Mokov!«

Zuerst denke ich, sie hätte vielleicht einen exotischen Vogel gesichtet, aber dann tritt ein Mann mit zwei langen silbergrauen Zöpfen und einer Lederweste aus der Dunkelheit. Unter der Weste trägt er ein dunkelgrünes Thermohemd und seine Hose und seine Wanderstiefel sehen genauso aus wie die der übrigen Betreuer. Aber ich erkenne sofort, dass er irgendwie anders ist.

Sämtliche Mädchen springen auf. »Mokov!«

»Hallo, Grizzlys«, begrüßt er sie lächelnd.

Mit einem Mal taucht Dvorka vor meinem Zelt auf. »Komm mit«, raunt sie. »Das darfst du nicht verpassen.«

Hastig krabbele ich nach draußen. »Wer ist das?«

»Mokov. Jetzt ist Märchenstunde.«

Ich bleibe stehen. *»Märchen?«*

Sie winkt ungeduldig. »Genau genommen Sagen. Er ist ein Paiute.«

»Was soll das eigentlich sein?«

»Ein Stamm der amerikanischen Ureinwohner«, flüstert sie. »Na los, komm!«

Da ich noch immer bloß ein Kaninchen bin, darf ich nicht auf einem der Steine und Baumstämme am Feuer sitzen, sondern nur in zweiter Reihe auf dem Boden. Dvorka leistet mir Gesellschaft.

»Möchtest du was essen?«, fragt eine der Grizzlys diesen Mokov-Typen. »Oder trinken?«

»Das Land hat mich reichlich genährt«, lehnt er ab.

Ich ziehe eine Grimasse und spähe zu Dvorka rüber.

»Nicht vorschnell urteilen«, flüstert sie. »Einfach zuhören.«

Mokov breitet die Arme aus. »Setzt euch, Mädchen. Und erzählt, wie es euch ergangen ist.«

Alles hockt sich wieder hin und himmelt ihn an. »Wir haben Regenwasser gesammelt und uns die Haare gewaschen«, fängt eine von ihnen an.

»Mit Yuccawurzel!«

»Das war toll!«

Er nickt anerkennend und fragt dann: »Aber – seid ihr eurem Ziel näher gekommen?«

Jetzt gucken sie alle weg, die meisten zu Boden.

»Das ist nicht einfach«, antwortet eine.

»Ich bin immer noch so wütend«, ergänzt eine andere.

Er nickt wieder, nachdenklich diesmal. »Wut ist wie ein trockenes Flussbett. Man sollte ihr nur dann folgen, wenn sie einen zur Quelle der Vergebung führt.«

Die Grizzlys schweigen, die Köpfe gesenkt. Nur ich starre ihn weiter an.

Hier hinten wird er mich ja kaum sehen.

»Wir haben Zuwachs bekommen«, bemerkt er mit einem Mal und blickt mir direkt in die Augen. »Willkommen.«

Dvorka versetzt mir einen Stoß mit dem Ellbogen, also winke ich kurz.

Und komme mir vor wie ein Obertrottel.

Eins der Grizzly-Mädels späht zu ihm hoch. »Erzählst du uns was?«

Jetzt heben auch die anderen wieder die Köpfe und fangen an zu betteln wie kleine Kinder. »Biiiiiiittte!«

Ich blinzele zu Dvorka rüber. »Meinen die das echt ernst?«

Sie zuckt mit den Schultern. »Mokovs Geschichten sind eben unübertroffen.« Dann fügt sie hinzu: »Traditionellerweise werden die Sagen nur im Herbst und Winter erzählt, aber Mokov findet, wir sollten sie wenigstens in gekürzter Fassung zu hören bekommen.« Sie senkt die Stimme noch weiter und wir beobachten die anderen. »In den meisten Ureinwohnerstämmen dreht sich in spiritueller Hinsicht alles um die Natur. Für sie steckt in allem Leben und ein eigener Wille. Oft erscheinen Menschen und Geister in ihren Legenden in Gestalt von Tieren.« Sie wirft mir einen eindringlichen Blick zu. »Die Erzähler haben seit jeher die Geschichten der Stämme überliefert. Das sind wichtige Zeugnisse ihres Glaubens. Darum sind die Sagen heilig und werden auf traditionelle Weise erzählt. Man darf sich nicht darüber lustig machen.«

Sie wirkt absolut ernst.

Geradezu besorgt.

Geschichten über sprechende Tiere kommen mir zwar vor wie der letzte Babykram, aber ich nicke Dvorka zu und flüstere: »Verstanden.«

Die Grizzlys warten mit angehaltenem Atem, dass dieser Mokov anfängt zu erzählen. Sogar das Feuer scheint entschlossen zu sein, die andächtige Ruhe nicht mit Knistern und Knacken zu stören. Es wirkt, als tanzten die Flammen auf der Stelle und hielten gespannt inne, während der Rauch kerzengerade darüber aufsteigt.

Endlich geht es los.

»In alter Zeit gab es auf unserem Land kein Feuer«, erzählt Mokov. »Eidechse lag in der Sonne, um sich zu wärmen, als plötzlich etwas vom Himmel fiel. ›Was ist das?‹, fragte er, während es langsam um ihn zu Boden rieselte.

Bald versammelten sich auch die anderen um ihn und sahen zu. ›Das ist Asche!‹, stieß Kojote hervor. ›In einem anderen Land muss es brennen!‹

›Wir brauchen dieses Feuer auch!‹, sagte Ratte. ›Es wird uns in den langen Winternächten wärmen!‹

›Aber wie?‹, wollte Kaninchen wissen. ›Wie bringen wir es in unseren Besitz?‹

Und so schmiedete Kojote einen Plan. Er und die anderen folgten dem Wind nach Westen, in Richtung des Feuers. Entlang des Weges stellte Kojote seine Begleiter einen nach dem anderen als Posten auf. ›Warte hier‹, gebot er zuerst Ratte. ›Warte hier‹, sagte er ein Stück weiter zu Kaninchen. Und immer so weiter, bis Kojote schließlich allein das Feuer erreichte. Dort wurde getanzt. Geduldig wartete er auf eine Gelegenheit, das Feuer zu stehlen. Klug, wie er war, band er sich einen falschen Schwanz aus Rindenfetzen und Gräsern um und gesellte sich zu den Tanzenden. Niemand nahm von ihm Notiz, bis er den Schwanz in die Glut hielt und mit dem Feuer floh.

Die Tanzenden, die ihr Feuer nicht teilen wollten, setzten ihm nach. Kojote aber rannte zum ersten Posten und übergab ihm die Flammen. Dieser wiederum lief zum nächsten und tat dasselbe. So ging es weiter bis zu Kaninchen und schließlich Ratte.

Doch die Verfolger waren ihnen immer noch auf der Spur und verlangten ihr Feuer zurück. Ratte huschte einen glatten, hohen Fels hinauf und warf das Feuer in einen Haufen trockenen Reisigs. Dorthin konnten die Leute nicht gelangen, und sie begannen, Ratte anzuflehen, ihnen ihr Feuer zurückzugeben.

Ratte beschloss, dass das Feuer niemandem allein gehören solle, und schleuderte die brennenden Zweige in sämtliche Richtungen, sodass der Funke landauf, landab jeden Wüstenbusch entfachte.« Mokov breitet die Arme aus. »Und darum kann man noch heute mit dem Holz der Wüstenbüsche Feuer entzünden.«

Als er geendet hat, sagt niemand ein Wort. Alle sitzen schweigend da und starren ins Feuer.

»Wow«, sagt eins der Grizzly-Mädels schließlich. »Daran werde ich jetzt jedes Mal beim Feuermachen denken.«

»Noch eine Geschichte!«, drängt jemand anders.

»Au ja, bitte! Noch eine!«, quengeln die Grizzlys.

Also erzählt Mokov eine Geschichte über einen todbringenden Krieger im steinernen Hemd, der die Mitglieder eines Stammes ermordete, bis schließlich Schlange seine Schwäche herausfand und alle rettete. Zur Strafe wurden die Nachkommen des Kriegers in Schildkröten verwandelt.

Als Nächstes folgt eine Geschichte darüber, wie Buschratte zu seinen Flecken gekommen ist. Sie handelt ziemlich offensichtlich von Leuten, die einen Hang zu Betrügereien haben, aber ich bin trotzdem total gefesselt. Irgendwie erkenne ich mich selbst in Buschratte wieder – was wahrscheinlich genau der Sinn der Sache ist und für uns alle hier gilt –, aber seltsamerweise macht es mir nichts aus. Im Gegenteil, ich höre aufmerksam zu, beobachte, wie Mokov im Feuerschein die Hände bewegt und zum Himmel hebt, wie seine Zöpfe sich wie silberne Schlangen auf seiner Brust winden, wie die Schatten seine Falten vertiefen … Es ist, als wäre er selbst geradewegs der alten Zeit entstiegen, von der er erzählt.

Und dann seine Stimme. Warm, weich und tief fließt sie

dahin und zieht uns alle in ihren Bann. Als er fertig ist, wird mir klar, dass seine Sagen eine ganz ähnliche Wirkung wie Schlaflieder haben. Schlaflieder aus einer anderen Welt.

Mom singt Mo oft vor, ganz sanft und leise.

Früher hat sie mir auch vorgesungen.

Plötzlich ist es, als steckte ein Felsklumpen in meiner Kehle, denn Mokovs Stimme weckt genau dasselbe Gefühl in mir – Erinnerungen an *meine* alte Zeit.

Mokov erhebt sich und wünscht uns eine friedliche Nacht. Wir stehen mit ihm auf und sehen ihm nach, als er in der Dunkelheit verschwindet.

# 25

Schon vor Sonnenaufgang werde ich wach und begebe mich laut zählend zur Latrine. John sitzt mit zerzaustem Männerdutt am Feuer und rührt in seinem Campingtopf. Alle anderen schlafen noch.

John behält mich unauffällig im Auge, als ich anschließend am Rand des Lagers Zweige und Holzstückchen sammele und damit zu einer Lichtung etwas abseits der Zelte gehe. Dort lege ich ein paar Steine zum Kreis und schichte darin Reisig und Holz zu einer kleinen Pyramide auf, genau wie es im Handbuch steht. Jetzt muss ich nur noch diese blöde Schnur finden. Was mir immer noch nicht gelungen ist, weil mein »Zimmer« der reinste Saustall ist.

Wie oft habe ich das in meinem Leben schon zu hören gekriegt?

Aber diesmal stimmt es – in meiner Behausung herrscht absolutes Chaos. Überall Dreck und Staub. Zu Hause hätte Mom mir erst gedroht, dann hätte sie gebettelt, aber am Ende wäre sie eingeknickt und hätte selbst sauber gemacht. Tja, darauf brauche ich hier wohl nicht zu hoffen. Außerdem ist es mittlerweile so übel, dass es sogar mich nervt.

Also zerre ich den ganzen Kram unter dem Zelt hervor, schüttele aus, staube ab, sortiere und kann endlich die Unterlage glatt auf dem Boden ausbreiten, bevor ich alles wieder zurückräume.

Aber nirgends in meiner Ausrüstung finde ich die angeblich vorhandene Schnur. Als ich John davon erzähle, sagt er nur, sie hätten mir auf jeden Fall welche zur Verfügung gestellt und er dürfe mir nicht mehr davon geben. »Aha, ihr macht also nie Fehler, was?«, gebe ich zurück. »Ich würde ja ein Stück von der nehmen, an der meine Zeltplane hängt, aber die ist so schon kaum lang genug.«

»Tut mir leid, Wren.« Mehr nicht.

Inzwischen sind auch Jude und die anderen Grizzlys wach. Sie sitzen mit ihren Campingtöpfen am Feuer und kochen sich Haferbrei. Jude wirkt in letzter Zeit alles andere als zufrieden; selbst vom gegenüberliegenden Ende des Camps aus erkenne ich die dunklen Ringe unter seinen Augen. Was wohl mit ihm los ist?

Ach, wen interessiert's?

Mich jedenfalls nicht.

Meine Aufmerksamkeit wandert wieder zum Haferbrei auf dem Feuer. Es riecht so gut.

Es riecht *unfair.*

Ich habe Haferflocken. Und Wasser. Einen Campingtopf und einen Löffel. Ich könnte mir auch Haferbrei machen, wenn ich nur mal ein Fitzelchen von ihrem Feuer abhaben dürfte.

Was natürlich nicht geht, weil ich immer noch ein Kaninchen bin.

Was ich auch so lange bleiben werde, bis ich es selbst hinkriege, Feuer zu machen.

Was nun mal nicht ohne die verdammte Schnur möglich ist, die ich mit Sicherheit nicht aus Yuccablättern zusammenpfriemeln werde.

Hungrig und wütend stapfe ich zurück zu meinem Zelt. Doch als ich mich hinknie, um meinen aufgegangenen

Schnürsenkel neu zu binden, hebt sich meine Laune schlagartig.

*Schnur.*

Nicht die, die sie mir angeblich »zur Verfügung gestellt« haben.

Meine Schnürsenkel!

Die sind nicht flach und aus Baumwolle wie normale Exemplare, sondern rund und widerstandsfähig und mehr als lang genug, um sie um meinen Bogen zu wickeln.

Hastig fädele ich den Senkel aus den Ösen meiner Wanderstiefel und halte ihn hoch, damit ihn die Haferbreibrigade auch gut sehen kann. »SCHNUR!«, schreie ich. »Ich mache jetzt FEUER!«

Einige lachen und winken mit ihren Löffeln. Jude hebt halbherzig den Daumen, während John »Sehr einfallsreich!« ruft.

Von Dvorka ist nichts zu sehen und Michelle kommt gerade erst aus ihrem Zelt gekrochen. Sie wirkt total verkatert.

»Na, du Faulenzerin?«, rufe ich. »Also, *ich* bin schon seit Stunden wach!«

Meine Stimme erinnert mich auf verrückte und irgendwie besorgniserregende Art an die meiner Mutter. Und wer sagt denn bitte »Faulenzerin«?

Außer uncoolen Moms.

Aus dem Handbuch erfahre ich, dass, wenn ich die Spindel auf dem Brett schnell genug drehe, irgendwann Glut entsteht, die mein Zundernest in Brand setzt.

Also raffe ich alles, was ich brauche, in meinem Bandana zusammen und nehme außerdem das Handbuch mit zu meinem Feuerkreis. Dort setze ich mich auf den Boden, binde den Schnürsenkel an beiden Enden des krummen Stocks fest und schlinge die Mitte einmal um die Spindel, wie auf dem

Schaubild gezeigt. Okay, jetzt habe ich so was wie einen vorsintflutlichen Geigenbogen, in dem sich ein Stöckchen verfangen zu haben scheint.

Als Nächstes setze ich die Spitze der Spindel ins Führungsloch meines Feuerbretts, drücke mit der Linken das Handstück auf das obere Ende, halte mit dem rechten Fuß das Feuerbrett an Ort und Stelle, ziehe am Bogen …

Und das ganze Gebilde bricht zusammen.

Keine Ahnung, warum.

Ich sehe mir das Schaubild noch einmal gründlicher an, setze alles wieder zusammen, atme tief durch und ziehe erneut.

Dasselbe Spiel.

Ich fluche, ohne zu wissen, dass Michelle hinter mir steht und vermutlich drauf und dran ist, mir Konsequenzen für meine vulgäre Ausdrucksweise anzudrohen. Aber sie sagt nur: »Deine Schnur ist zu locker. Die muss viel straffer gespannt werden, als man denkt.«

Also hocke ich mich wieder hin, binde die Schnur los und zurre sie fester.

»Noch straffer«, sagt Michelle. »Bis du die Spindel kaum noch reinbekommst.«

Also ziehe ich mit aller Kraft und verknote das Ende der Schnur.

Michelle nickt. »So dürfte es klappen.«

Sie hat recht, diesmal muss ich richtig kämpfen, bis die Spindel wieder sitzt, aber dafür hält tatsächlich alles zusammen, als ich anfange, den Bogen zu bewegen. Die Holzspitze der Spindel quietscht auf dem Feuerbrett. *Wwuiii, wwuiii, wwuiii, wwuiii, wwuiii, wwuiii, wwuiii.*

Mehr passiert nicht.

Nur dieses Quietschen.

»Schneller«, weist Michelle mich an. »Und das Handstück fester draufdrücken. Du brauchst Reibung, jede Menge Reibung.«

Ich knie mich richtig rein, ziehe den Bogen hin und her, hin und her, so schnell ich kann. Die Schnur wickelt sich an der Spindel auf und ab und wieder beginnt das Gequietsche. *Wwuiii, wwuiii, wwuiii, wwuiii, wwuiii, wwuiii, wwuiii.*

Und da, als würde ein Flaschengeist aus dem Holz aufsteigen: Rauch.

»Rauch!«, rufe ich, leicht besorgt, dass das Feuerbrett jede Sekunde in Flammen aufgehen könnte.

»Weiter!«, drängt Michelle. »Jetzt bloß nicht nachlassen.«

Und dann erinnere ich mich, dass das Feuerbrett ja auch gar nicht brennen, sondern nur Glut entstehen lassen soll, die ich irgendwie in dieses Zundernestdings bugsieren muss, damit *das* in Flammen aufgeht.

Aber wann kommt denn mal diese Glut? Ich sehe nichts als Rauch. Und langsam wird echt mein Arm lahm!

»Nicht aufhören!«, feuert mich Michelle an.

»Aber es funktioniert doch nicht! Wo ist denn die Glut?«

»Im Feuergefäß!«

Ich lasse los und gucke nach.

»Neeeeiiin!« Michelle klatscht sich die Hand vor die Stirn.

Ich hebe das Feuerbrett hoch und sehe ein kleines Aschehäufchen auf dem Stück Holz darunter. »Das da?«

Sie seufzt. »Es ging ja gerade erst los.«

»Gerade erst los? Mir fällt jetzt schon fast der Arm ab.«

»Versuch's noch mal.«

Und das tue ich.

Diesmal entsteht tatsächlich Glut – ein winziger roter Funke inmitten der schwarzen Asche. Schnell schiebe ich ihn in das Zundernest, aber er verlischt.

Also probiere ich es noch mal.

Ein neuer Funke.

Der ebenfalls verlischt.

Noch ein Versuch, mit demselben Ergebnis. »Warum müssen wir das überhaupt machen?«, schreie ich Michelle an. »Mir fällt gleich der Arm ab! Was ist denn eigentlich so schlimm an Streichhölzern? Tabletten zur Wasserreinigung dürfen wir schließlich auch benutzen – warum dann keine Streichhölzer zum Feuermachen? Das ist doch echt bescheuert!«

Sie mustert mich. »Hast du schon gefrühstückt?«

»*Was* denn bitte?«, brülle ich. »Alles, was noch übrig ist, muss man erst kochen! Eure Regeln sind das Allerletzte!« Ich deute auf das große Lagerfeuer, das fröhlich vor sich hin lodert. »Warum darf ich das da nicht benutzen?«

Sie erhebt sich, klopft den Staub von ihrer Hose und sagt: »Bald weißt du, warum.« Ganz ruhig. Neutral. Als wäre es ihr vollkommen schnuppe, wie es mit mir weitergeht. »Dann wird alles anders, glaub mir.« Sie dreht sich um. »Wenn du es schaffst, hier draußen ein Feuer zu entzünden, dann kannst du es auch in dir«, sagt sie im Gehen.

»Was soll das denn wieder heißen?«

Ohne stehen zu bleiben oder eine Erklärung abzugeben, ruft sie: »Haferflocken kann man übrigens auch kalt essen. Einfach in Wasser einweichen. Ist zwar keine Delikatesse, aber es geht.«

Ich kicke das Feuerbrett zur Seite, dann den Bogen.

Ich hasse es hier. Ich hasse *alles.*

# 26

Ich esse die eingeweichten Haferflocken, die klumpig und absolut eklig sind. Und natürlich gibt es auch keinen Zucker oder sonst irgendwas, um ein bisschen Geschmack reinzubringen. Es ist einfach nur fade Pampe.

Wenn ich wenigstens ein paar von Dvorkas getrockneten Aprikosen aufgehoben hätte, aber die sind schon lange weg. Und das Milchpulver, das ich dazugebe, macht das Ganze nur noch schlimmer. Ich muss daran denken, wie ich Mo als Baby gefüttert habe. Wie er mit der Zunge mehr Haferbrei wieder aus dem Mund rausgeschoben als runtergeschluckt hat. Jetzt wird mir auch klar, warum.

Dabei war sein Brei nicht halb so fies wie der hier.

Und er musste auch nicht mit einem rauen Holzlöffel essen.

So widerlich es ist, ich habe immer noch Hunger, also mache ich mir eine zweite Portion. Ich stelle den Campingtopf in die Sonne und hoffe darauf, dass die Wärme das Zeug irgendwie genießbarer macht. Dann gucke ich aus dem Schatten eines Wacholderbaums dem Rest der Grizzlys bei irgendeinem dämlichen Vertrauensspiel zu. Für das sie Augenbinden tragen. Und mit ausgestreckten Händen durchs Camp staksen wie Zombies.

Da bleibe ich doch lieber bei meinem Nährschlamm.

Nach einer Weile überprüfe ich, ob sich im Campingtopf

etwas getan hat. Nein, die Flocken sind immer noch hart, aber ich beschließe, sie trotzdem zu essen.

Plötzlich höre ich Schritte hinter mir, auf der anderen Seite des Wacholderbaums. Hastige Schritte. Von einem *Menschen*. Wer würde denn in dieser Hitze auf die Idee kommen zu rennen? Vermutlich ist es nur ein Tier, denke ich, doch kurz darauf höre ich ein Keuchen.

Definitiv ein Mensch.

Irgendetwas raschelt in den Wacholderzweigen. Noch mehr Gekeuche.

»Hey!«, rufe ich, denn jetzt erkenne ich ein Paar Wanderstiefel.

Die aussehen wie meine.

Ich stehe auf und kapiere immer noch nicht, was los ist, bis ich jemanden fluchen höre. Und gleich noch einmal. Dann sagt eine Stimme: »Verpfeif mich nicht, Wrenegade.«

Ich halte die Luft an. Mir fällt nur eine Person ein, die mich jemals so genannt hat.

»Was ist denn hier los?«, ertönt hinter mir Michelles Stimme. Und dann sieht sie ihn.

Schnaubend hechtet Dax aus dem Wacholder, grapscht sich eine von meinen Feldflaschen und flüchtet quer durchs Camp in die Wüste.

»Hey! Das ist meine!«, schreie ich und will ihm hinterher, aber keine Chance – in meinem Stiefel fehlt noch immer der Schnürsenkel.

»Fluchtversuch!«, ruft Michelle und reißt ihr Walkie-Talkie vom Gürtel, während John sich ebenfalls seine Wasserflasche schnappt und Dax' Verfolgung aufnimmt.

»Ein Junge!«, kreischt eins der Grizzly-Mädchen wie ein kleines Kind. Im nächsten Moment segeln die vertrauensbildenden Augenbinden in hohem Bogen durch die Luft und sämtliche Grizzlys stürmen los, um einen Blick auf Dax zu erhaschen. »Ein Junge«, hauchen sie, als könne das alles nur ein Traum sein.

Für sie mag er ja ein Zauberwesen sein, für mich dagegen ist er ein hinterhältiger Dieb. Dieses Wasser hatte ich gerade erst gefiltert! Und es war alles, was ich noch übrig hatte!

»Aus welcher Gruppe der wohl ist?«, fragt eins der Mädchen versonnen.

»Schlangen«, antworte ich.

Daraufhin reißt sie die Augen auf. »Oho. Richterlicher Beschluss.«

»Ein echter Bad Boy«, kommentiert eine andere.

Eine dritte kichert. »Sind sie das nicht alle?«

Die ganze Gruppe lacht. Dann wendet sich ein Mädchen an mich: »Woher weißt du denn, dass er bei den Schlangen ist?«

»Wir wurden zusammen vom Flughafen abgeholt. Er heißt Dax.«

»Daaaax«, raunen sie und sehen weiter zu, wie er sich entfernt, während John, dessen Männerdutt sich gelöst hat, ihm mit wehendem Haar nachjagt.

In dem Moment kommt Dvorka angestapft, um unserem kleinen Kaffeeklatsch ein Ende zu setzen. Eins der Mädchen beugt sich noch mal schnell zu mir vor und sagt: »Jetzt krieg doch endlich mal das mit dem Feuer auf die Kette. Wir können hier gut eine kleine Schwester gebrauchen.«

»Denkt an die Regeln!«, schreitet Dvorka mahnend ein.

»Wie weit ist es von hier bis zum Schlangen-Camp?«, fragt jemand. »Vielleicht sollten wir mal eine kleine Erkundungstour planen.« Aber mir ist klar, dass sie nur von ihrem Regelbruch ablenken will – schließlich dürfen sie nicht mit mir reden –, denn während Dvorka erwidert, das sollten sie sich mal schön aus dem Kopf schlagen, grinst das Mädchen mich heimlich an und deutet mit dem Kinn in Richtung meiner Feuerausrüstung. »Na los!«, formt sie mit den Lippen.

Seit ich hier bin, habe ich mich die ganze Zeit ausgeschlossen und unbeachtet gefühlt. Als bildeten die anderen eine Einheit und nur ich gehörte nicht dazu. Aber jetzt flattert es aufgeregt in meinem Magen. Die anderen Grizzlys *wollen*, dass ich zum Kojoten werde und mit ihnen zusammen am Lagerfeuer sitze.

Sie drücken mir die Daumen.

Hastig löffele ich meine Haferpampe und mache mich gleich wieder an die Arbeit. Ich setze die Spindel auf und suche mir eine einigermaßen stabile Fußstellung auf dem Feuerbrett. Dann fange ich an, den Bogen zu bewegen. Schneller. Stärker. Schneller. Rauch steigt auf, kitzelt mich in der Nase. Bald geht mein Atem keuchend und mein Arm wird lahm.

*Schneller*, scheint der Rauch mich anzuspornen. *Bring mich zum Brennen.*

Hinter mir ertönt ein Scheppern. *Deng, deng, deng.*

Ein Löffel, der auf den Boden eines Campingtopfs geschlagen wird.

Ein weiterer Löffel samt Topf schließt sich an. *Deng, deng, deng. Deng, deng, deng.*

Sie schlagen den Takt für mich.

*Deng, deng, deng. Deng, deng, deng.*

Ein dritter Topf gesellt sich hinzu, dann ein vierter. Sie feuern mich an, weiterzumachen, mir mehr Mühe zu geben, schneller zu werden.

*Deng, deng, deng. Deng, deng, deng.*

Mein Arm tut weh, mein Herz rast, und ich schnaufe, als wäre ich meilenweit gerannt, aber ich darf nicht aufhören.

*Deng, deng, deng. Deng, deng, deng.*

Dvorkas Stimme neben mir sagt: »Du hast es. Jetzt mach was draus.«

Ich zittere am ganzen Körper vor Erschöpfung. Zittere, als ich den Funken rüber in das Zundernest bugsiere. Zittere, als ich ganz sachte hineinpuste. Die Glas- und Rindenfasern ziehen sich zusammen und glühen rot auf. Wieder puste ich und das Nest beginnt zu qualmen. Ich puste ein drittes Mal und bete um eine Flamme, bete, dass es funktioniert.

Und da – *Wusch!*

»FEUER!«, schreie ich aus voller Kehle. Ich schiebe das Zundernest unter meine Holzpyramide, wo die Flamme knisternd anwächst.

»FEUER!«, brülle ich erneut und führe ein Siegestänzchen auf, untermalt von tosendem Campingtopfgetrommel.

# 27

Der Aufstieg vom Kaninchen zum Kojoten wird mit einer Zeremonie gefeiert. Dabei kommt eine Augenbinde zum Einsatz – war ja klar –, und es geht, gemeinsam mit den anderen Kojoten, auf eine Wanderung an einen geheimen Ort.

Ein bisschen nervös bin ich schon. Kojoten sind schließlich bekannt für ihre Hinterhältigkeit. So ein Rudel stellt sich gerne mal freundlich, um kleine, ahnungslose Tiere an entlegene Stellen zu locken, um sie dort einzukreisen, zu töten und in Stücke zu reißen.

Quasi die Wildnisversion von Schule.

Der Weg ist anstrengend. Ich bin blind und es geht stetig bergauf. Um mich herum Geflüster.

Ich hasse Geflüster. Ob in der Schule, zu Hause, im Supermarkt … ich denke immer sofort, es geht um mich. Selbst wenn es noch so unwahrscheinlich ist, fühlt es sich trotzdem so an.

Schließlich drücken mich die Kojoten runter auf die Knie, und als jemand mir die Augenbinde abnimmt, sitze ich mit drei anderen Mädchen und Michelle in einem kleinen Kreis. Auf dem Boden zwischen uns liegen ein Beifußzweig, ein Lederband mit einer weißen Perle daran, eine Feldflasche und ein durchsichtiges Tütchen mit M&M's.

M&M's!

»Willkommen«, sagt eins der Mädchen. Eine Afroamerikanerin, deren flauschiges Haar sich über dem zum Stirnband gebundenen Bandana türmt. Es ist das Mädchen, das die Regeln gebrochen hat, um mir zu sagen, dass ich mich mit meinem Feuer beeilen soll, aber jetzt klingt sie geradezu förmlich. Wie die Richterin in einem Prozess, der all meine Verbrechen ans Licht bringen wird. Und an dessen Ende ich zum Tode verurteilt werde.

Oder M&M's essen darf.

Alles sehr verwirrend!

»Ich heiße Mia«, sagt sie. »Ich bin siebzehn und seit drei Wochen hier. Meine Tante hat mich bei sich aufgenommen, nachdem meine Mom abgehauen war. Mein Onkel hat mich missbraucht. Ich hab mit Drogen angefangen. Wurde gewalttätig. Hab versucht, meinen Onkel umzubringen. Der Pastor in meiner Kirche hat Geld gesammelt, um meine Seele zu retten. So bin ich hier gelandet.«

Sie rattert das alles herunter wie eine Einkaufsliste.

Dies ist keine verrückte Geschichte, die sie sich zusammenspinnt, es sind Fakten.

Einfach nur Fakten.

»Ich bin Shalayne«, ergreift die Nächste das Wort. Eine Mogelblondine mit dunklem Ansatz. »Auch in der dritten Woche hier, auch siebzehn. Meine Eltern sind geschieden. Sie haben ständig versucht, mich gegen den jeweils anderen auszuspielen. Mit dreizehn hab ich angefangen zu trinken und zu kiffen. Hab noch nicht mal versucht, es zu vertuschen. Sie haben mich zur Therapie geschickt, zu den Anonymen Alkoholikern, auf Entzug. Hat alles nichts genützt. Dann hat mein Dad neu geheiratet. Ich hab versucht, ihm die Hütte abzufackeln. Da wurde ich hergeschickt.«

Wieder so eine Liste.

Einfach nur Fakten.

»Ich bin Hannah«, stellt sich das dritte Mädchen vor. Sie hat einen Pixie Cut und blaue Augen, groß wie Ozeane. »Ich bin sechzehn. Das ist meine zweite Woche hier. Ich hab mit acht angefangen, Alkohol zu trinken. Hab bloß das nachgemacht, was meine Mom mir jeden Tag vorgelebt hat. Dann kamen Drogen dazu, ich hab auch gedealt. Irgendwann hab ich wieder Kontakt zu meinem Dad bekommen. Der hat erst ein paar Monate lang versucht, mich selbst wieder hinzukriegen, dann hat er mich auf einen ›Ausflug‹ mitgenommen und am Basislager abgesetzt.«

Schweigen senkt sich über die Runde und alle wenden sich mir zu. Fragend deute ich auf meine Brust.

Die Antwort lese ich in ihren Blicken.

Ja. Ich bin dran.

Wie versteinert sitze ich da. Ich habe das alles noch nie laut ausgesprochen. Klar weiß Meadow Bescheid, und Nico und Biggy auch, aber wir *reden* ja nicht darüber. Jemandem, den ich nicht kenne, habe ich noch nie davon erzählt. Erst recht keinem Erwachsenen – all den Beratungslehrern oder den Therapeuten, zu denen ich geschickt wurde. Denen gegenüber habe ich immer nur gelogen und Ausflüchte gesucht. Stattdessen habe ich über Kleinigkeiten geredet, als wären die wichtig. Und ein bisschen geweint, damit sie kapierten, dass ich es ernst meinte. Diese Show kann ich im Schlaf abziehen. Oder stockbesoffen.

Ich blicke in die Runde.

Die anderen sehen mich immer noch an.

Ruhig.

Freundlich.

Erwartungsvoll.

»Ich bin Wren«, sage ich.

Mein Kinn fängt an zu zittern.

Wieso zittert denn jetzt mein blödes Kinn?

»Ich bin vierzehn.«

In meiner Kehle bildet sich ein Kloß.

Was ist denn los mit mir?

»Wir sind umgezogen. Ich bin auf die Junior-Highschool gekommen. Ich hatte keine Freunde.«

Wie erbärmlich das klingt.

Ich fühle mich wie die letzte Heulsuse.

Besonders verglichen mit den anderen! Mich hat niemand missbraucht, meine Eltern sind nicht geschieden, meine Mom ist keine Alkoholikerin … Ich habe null Tragik zu bieten.

Und immer noch sehen sie mich an.

Ruhig.

Freundlich.

Erwartungsvoll.

»Junior-Highschool ist die Hölle«, sagt Shalayne.

Mias flauschiges Haar wogt, als sie nickt. »Ja, aber deswegen bist du nicht hier.«

Ich senke den Blick.

»Hier denkt keiner schlecht von dir«, flüstert Hannah. »Uns ging es allen mal genauso.«

Verstohlen spähe ich zu Michelle rüber. Muss denn unbedingt eine Erwachsene dabei sein?

»Ja, mir auch«, sagt Michelle. »Was glaubst du denn, warum ich das alles hier mache? Mir ging es mal ganz genau wie dir, Wren. So etwas ist beängstigend und tut weh, aber wenn du einmal durch dieses Feuer gegangen bist, kann dir nichts mehr was anhaben.«

*Was hast du eigentlich immer mit deinem Feuer?*, würde ich sie am liebsten anschreien. Ich will einfach nur weg hier! Oder ihnen irgendeine Lügengeschichte auftischen!

Doch stattdessen bricht die Wahrheit aus mir hervor. »In

der sechsten Klasse hab ich meinen ersten Joint geraucht.« Mit einem Mal ist mein Hals ganz trocken und rau, mein Herz klopft wie wild und ich kriege kaum Luft. »Danach hab ich mit Alkohol angefangen. Und zu klauen, zu lügen … Irgendwann hab ich einfach alles und jeden nur noch gehasst. Dann bin ich an ein paar ältere Typen geraten. Meine Schwester hat mich verpetzt. Von da an ging alles bergab. Ich hab komplett am Rad gedreht. Tja, und jetzt bin ich hier.«

Die ganze Zeit habe ich mit dem Boden vor mir geredet, aber wenigstens ist es raus. Und mir ist kotzübel.

Ich fühle mich zittrig.

Angewidert von mir selbst.

Sie haben es geschafft. Nach all den Beratungslehrern und Therapeuten mit ihren gerahmten Diplomen an den Wänden, nach so vielen Stunden mit sinnlosem Gelaber, peinlichen Rollenspielen mit Handpuppen, nach all den Lügen und Ausflüchten, Ablenkungsmanövern und Schwindeleien, bin ich endlich mit der Wahrheit rausgerückt.

In der Wüste.

Im Dreck.

Ich drehe mich zur Seite und kotze.

# 28

Wenn man vom Kaninchen zum Kojoten aufsteigt, sind bei dem Ritual ganz bestimmte Schritte zu befolgen. Wie ernste Gesichter machen. Beifuß verbrennen. Süßigkeiten essen.

Was mich an die Sachen erinnert, die ich tun musste, um in Nicos Clique aufgenommen zu werden.

Hier, in unserem feierlichen Wüsten-Sitzkreis, fragt Mia: »Was bringst du mit in unsere Gruppe?« Als ich in Nicos Auto saß, fragte Biggy: »Und was haben wir davon?«

Darauf weiß ich jetzt genauso wenig eine Antwort wie damals. Beide Male nichts als gähnende Leere im Kopf. Mir fällt beim besten Willen nichts ein, was ich mit in die Gruppe bringen könnte.

Ich bin nutzlos.

Absolut nutzlos.

Michelle versucht, mir auf die Sprünge zu helfen. »Du kannst zum Beispiel Feuer machen. Und Wasser finden.«

»Das können doch alle«, murmele ich.

»Du bist hartnäckig, zielstrebig und willensstark«, fährt Michelle mit fester Stimme fort.

»Sie ist minderjährig, clever und schnell«, hat Nico gesagt.

Was er meinte, war, dass ich Drogen bei mir haben und ausliefern könnte, ohne gleich in den Knast zu wandern, falls ich erwischt werden sollte. Und wenn es doch mal brenzlig würde, könnte ich die Bullen vermutlich locker abhängen. Nur dass ich das damals gar nicht so verstanden habe. Stattdessen hüllten Nicos Worte mich ein, glatt und kuschelig weich, und er sah mich an, als würde er mich endlich wieder küssen wollen. Zwar hielt er sich in letzter Sekunde zurück, aber ich wusste, dass er gewollt hatte, und allein das bedeutete mir viel.

*Hartnäckig, zielstrebig und willensstark* … Was sagt mir diese Aufzählung? Natürlich klingt das alles erst mal gut, aber eigentlich sind es bloß leere Floskeln, die darüber hinwegtäuschen sollen, dass ich im Grunde nichts zu bieten habe.

Mia nickt, aber es ist ein skeptisches Nicken, eins, das mir vermittelt: *Okay, aber das reicht nicht.* »Kannst du kochen?«, will sie wissen.

Ich sehe ihr in die Augen. »Solange es eine Mikrowelle gibt.«

Die anderen Kojoten kichern.

»Was ist mit Feuerholz sammeln?«, fragt Shalayne.

»Oder graben? Mit 'ner Schaufel?«, schließt sich Hannah an.

Ich zucke mit den Schultern. »Schätze schon.«

»Gibt's vielleicht irgendwas, was du uns beibringen könntest?«, erkundigt sich Mia.

*»Beibringen?«*

Hannah nickt. »Ich hab den anderen zum Beispiel Zeichenunterricht gegeben.«

»Und ich mache ein hammermäßiges Rührei«, erklärt Shalayne. »Glaub mir, das ist extrem nützlich, wenn man nichts als gefriergetrocknetes Pulver zur Verfügung hat.«

Mia verrät nicht, was sie Tolles kann. Stattdessen fragt sie: »Kannst du irgendwas besonders gut?«

»Genau«, sagt Hannah. »Wenn du bei einer Talentshow wärst, was würdest du da machen?«

Ich ziehe eine Grimasse. »Mich auf dem Klo verstecken?«

Die Kojoten werden langsam nervös. Und ich komme mir vor wie der letzte Trottel. Wahrscheinlich bleibe ich jetzt für immer ein Kaninchen.

Michelle startet noch einen Versuch. »Ich habe gehört, du verstehst dich gut mit deinem kleinen Bruder.«

Ich würde ihr gern einen wütenden Blick zuwerfen, aber dafür tut plötzlich mein Herz zu sehr weh.

Und meine Augen fangen an zu brennen.

»Was machst du denn so mit ihm?«, fragt sie.

Ich zucke mit den Schultern. »Tja, Computer habt ihr hier draußen ja wohl nicht.« Obwohl, wenn ich so darüber nachdenke, hat das auch nie so viel Spaß gemacht, wie mit Mo »Dschungelbuch« zu spielen. Oder ihm vorzulesen. Mo hat eine riesige Sammlung von Disneybüchern und früher musste ich immer zu ihm in seine Höhle – das untere Etagenbett – krabbeln und ihm daraus vorlesen.

Das war vor unserem Umzug.

Bevor wir jeder unser eigenes Zimmer bekamen.

Bevor alles anders wurde.

»Wren?«, fragt Michelle.

Ich schüttele den Kopf.

Doch die anderen schweigen.

Und warten.

So was bin ich nicht gewohnt. Zu Hause würde ein solcher Moment sofort mit guten Ratschlägen gefüllt. Mit Anweisungen. Vorwürfen.

Aber hier warten alle bloß ab.

»Ich hab meinem Bruder oft Geschichten vorgelesen«, sage ich schließlich, mit leiser, unsicherer Stimme. »Er liebt Disneybücher.«

»›Nemo‹!«, ruft Hannah. »Den fand ich *so* toll!«

Jetzt posaunen die Kojoten ihre Lieblingsgeschichten heraus – »Aladdin«, »Toy Story«, »101 Dalmatiner«, »Zoomania« –, bis sie schließlich bei »Die Eiskönigin« ankommen und ich rufe: »Nein! Nicht ›Die Eiskönigin‹. Alles andere, aber nicht die!«

Mia nickt. »Fand ich auch doof.«

Die anderen beiden runzeln die Stirn. »Wie kann man denn bitte ›Die Eiskönigin‹ doof finden?«

Jetzt schaltet sich Michelle wieder ein. »Also, ich würde mal sagen, was wir uns daraus ableiten können, ist, dass Wren unsere Geschichtenerzählerin werden kann.«

»Was? Nein! So wie dieser Mokov würde ich das nie hinkriegen. Ich hab doch nur meinem Bruder vorgelesen.«

»Und der wollte wahrscheinlich tausendmal dieselben Storys, hab ich recht?«, fragt Michelle.

Ich nicke. »Allerdings.«

»Was bedeutet, dass du sie in- und auswendig kennst.«

Ich denke kurz nach. »Stimmt.«

Michelle lächelt zufrieden. »Hmm«, macht sie dann. »Disney in der mündlichen Überlieferung? Warum eigentlich nicht? Die Geschichten enthalten jedenfalls schön viele Metaphern. Und immer eine Moral.«

»Hey, komm ja nicht auf die Idee, sie totzuanalysieren«, warnt Hannah mit finsterem Gesicht. »Finger weg von unserer Kindheit!«

Michelle lacht. »Schon gut.«

»Wisst ihr eigentlich, wie lange es her ist, dass ich ›101 Dalmatiner‹ gesehen habe?«, sagt Shalayne mit verträumtem Blick. Dann wendet sie sich an mich. »Kannst du das auch auswendig?«

»Ja.«

»Und erzählst du so richtig mit verstellten Stimmen?«, fragt Hannah, die Ozeanaugen weit aufgerissen.

Ich fühle mich ein bisschen wie auf dem Präsentierteller. »Mhmh.«

Sie klatscht in die Hände. »Super!«

Shalayne lacht. »Wir könnten das Abendgebell übernehmen!« Hannah und sie werfen die Köpfe in den Nacken und jaulen, heulen und blaffen drauflos.

Michelle nickt Mia zu und Mia überreicht mir den Beifußzweig. »Schließ dich uns an, Wren. Wir laden dich ein, unsere Geschichtenerzählerin zu werden.«

Hannah und Shalayne stürmen gleich im Doppelpack auf mich ein. »Das heißt aber nicht, dass du nicht auch mal Feuer machen musst.« – »Oder Holz sammeln.« – »Oder Wasser holen.« – »Oder eine Latrine graben!«

Mia legt mir das Lederband mit der weißen Perle um den Hals, und die anderen ziehen ihre hervor – überall Lederbänder mit weißen Perlen.

»Für jede neu erreichte Stufe bekommst du eine Perle dazu«, erklärt Michelle. »Eine gelbe, wenn du zum Elch aufsteigst, und eine orangefarbene als Falke.«

Dann wird die Tüte mit den M&M's geöffnet und wir machen uns darüber her. Aber ich kann die ganze Zeit nur daran denken, wie anders hier alles läuft. Zuerst bekomme ich ein Kompliment für meinen Dickkopf anstelle einer Beschwerde und jetzt bin ich auch noch eine *Geschichtenerzählerin.* Zu Hause ist das höchstens eins der Synonyme meiner Eltern für *Lügnerin* und *Tatsachenverdreherin*, *Schwindlerin* und *Schaumschlägerin*, *Hochstaplerin* und *Simulantin.*

Ich stopfe mir eine ganze Handvoll M&M's auf einmal in den Mund und staune darüber, was für unterschiedliche Gefühle einem ein und dasselbe Wort vermitteln kann.

# 29

Als meine Mutter mich das erste Mal beschuldigte, nichts als Lügengeschichten zu erzählen, hatte ich eigentlich die Wahrheit gesagt. Ich war damals in der Siebten und auf Hunderte Fragen, die sie mir hätte stellen können, hätte ich ziemlich sicher mit einer Lüge geantwortet, aber bei dieser einen – ob ich mir ihre Diamantkette ausgeliehen hätte – war es nicht nötig gewesen. »Nein« war genau genommen die Wahrheit.

Ich hatte die Kette nämlich gestohlen.

Und verkauft.

»Ausgeliehen« traf es also definitiv nicht, denn zurückbekommen würde sie sie auf keinen Fall.

»Schon mal Anabella gefragt?«, entgegnete ich, als meine Mutter mir ganz offensichtlich nicht glaubte.

»Sie meinte, ich soll dich fragen.«

»Wieso das denn? Sie ist doch diejenige, die das Ding unbedingt tragen will. Beim Winterball.« Ich deutete auf meine Jeans und mein Minnie-Maus-T-Shirt. »Hierzu sähen Diamanten ja wohl irgendwie komisch aus. Aber bei Anabella …«

»Sie meinte, du hättest vielleicht was dagegen, dass sie die Kette trägt«, bohrte Mom weiter.

Das stimmte. Aber zum Glück ließ sich die Wahrheit, wie Meadow mich gelehrt hatte, ganz einfach umschiffen. »Wieso sollte mich das überhaupt interessieren? *Ich* will sie schließlich nicht tragen!« Ich zog ein beleidigtes Gesicht. »Und wieso glaubst du eigentlich immer ihr und nie mir?«

»Das stimmt doch gar nicht. Ich behandle euch beide vollkommen gleich.« Sie wand sich sichtlich. »Ich will nur sichergehen, dass du mir nicht … bloß irgendwelche Geschichten auftischst.«

»Na danke, dass du solches Vertrauen in mich setzt.« Ich sah ihr direkt in die Augen. »Ich habe mir deine Kette nicht ausgeliehen. Nimm doch Anabella ins Kreuzverhör.«

»Ihr ist es doch überhaupt erst aufgefallen, dass die Kette weg ist!«

»Wann?«

»Heute Nachmittag!«

»Ach, als du bei der Arbeit warst? Was hatte sie denn da an deinem Schmuckkästchen zu suchen?« Ich verschränkte die Arme. »Vielleicht war das ja bloß ein Trick, damit sie unschuldig wirkt. In so was ist sie nämlich ziemlich gut, falls dir das noch nicht aufgefallen ist.«

Sie stockte. Blinzelte. Schüttelte den Kopf. Und ging.

Kurz darauf plärrte ein Stück den Flur runter Anabella los: »Warum sollte ich mir denn heimlich eine Kette nehmen, von der du mir sowieso erlaubt hast, sie auszuleihen?«

Mom gab irgendwelche beschwichtigenden Laute von sich, aber was genau sie sagte, konnte ich von meinem Lauschposten vor Anabellas Zimmertür aus nicht verstehen.

»Ich hab mein komplettes Outfit auf diese Kette abgestimmt!«, rief Anabella. »Wren hat sie, Mom. Ganz sicher!«

»Hab ich nicht!« Ich stürzte ins Zimmer und schimpfte drauflos, sie sei ja wohl die mieseste Schwester auf dem ganzen Planeten, wenn sie versuchte, mir für so was die Schuld in die Schuhe zu schieben.

Dann wurde es richtig laut.

Aus dem Kettenvorfall lernte ich, dass man seinen Eltern besser keine Sachen klaute. *Sachen* sind gefährlich. Außerdem hat die blöde Kette nicht mal viel eingebracht, Pfandleiher sind echt die letzten Abzocker. Das einzig Gute daran war, dass ich Anabellas Prinzessinnenpläne zunichtegemacht hatte.

Der eigentliche Grund, aus dem ich die Kette geklaut hatte, war, dass man mit zwanzig Dollar Taschengeld pro Woche einfach nicht weit kommt. Darüber nörgelte selbst Anabella. Für mich als Siebtklässlerin gab es in der Mittagspause ohnehin nur das im Voraus bezahlte Mensaessen, aber Anabella war schon auf der Highschool, wo es mehr Auswahlmöglichkeiten gab. Was dazu führte, dass *sie* mit ihrem Gejammer etwas erreichte und ich nicht. Unfair wie immer.

Meadow hatte vollstes Verständnis für meinen Frust. »Das reicht ja wohl hinten und vorne nicht«, befand sie. »Einmal ins Kino, und schwups, ist alles weg.«

»Du sagst es!«

Es war Pause und wir hockten kiffend auf einem der winzigen Lehrerklos. In jedem Gebäudeteil unserer Schule gab es so eins, abschließbar, mit einem Klo, einem Waschbecken, Lüftung und sogar Raumspray. Doch da die Lehrer diese Toiletten kaum je benutzten, hatte Meadow ein System ausgeklügelt, wie wir dort ungestört sein konnten. Im Wesentlichen gehörte dazu ein »Außer Betrieb«-Schild, eine verschlossene Tür und eine großzügige Dosis ebenjenen Raumsprays.

Genial.

»Stibitz deinen Eltern doch mal ein bisschen Geld«, sagte Meadow jetzt.

»Nicht dein Ernst, oder?« Ich gab ihr den Joint zurück. »Da hätte ich viel zu viel Schiss, erwischt zu werden!«

»Diebstahl ist eine Kunst«, erklärte sie. »Darum sag ich ja

auch *stibitzen*, nicht ausplündern. Wenn du zum Beispiel an das Portemonnaie von deinem Dad gehst, nimmst du dir nur einen Schein. Bloß nicht zu gierig werden.« Sie hielt die Luft an und reichte mir wieder den Joint. Dann stieß sie langsam den Rauch aus. »Was glaubst du denn, wo seit über einem Jahr unser Gras herkommt? Ich *stibitze* aus dem Vorrat meiner Eltern. Wenn ich mir zu viel nehmen würde, wäre ich längst aufgeflogen.«

Gleich am selben Abend probierte ich es aus. Dad hatte sein Portemonnaie immer in der Hosentasche, aber Mom deponierte ihre Handtasche und ihre Schlüssel meistens auf dem Tischchen in der Flurnische. Mo schlief, Anabella hatte sich in ihrem Zimmer verschanzt, und Mom und Dad sahen fern. Also schlich ich mich in den Flur, schnappte mir ihr Portemonnaie, zog einen Zwanziger heraus und legte dann alles wieder so hin, wie ich es vorgefunden hatte.

Mit klopfendem Herzen ging ich ins Bett. Zwanzig Dollar! Einfach so! Ohne fragen zu müssen oder betteln oder Dankesbriefe schreiben … das waren die leicht verdientesten zwanzig Dollar aller Zeiten!

Und ich war mir sicher, dass Meadow recht hatte.

Meine Mutter würde nie dahinterkommen.

# 30

Zwar dauerte es bis zu den Osterferien, aber dann kam meine Mutter doch dahinter.

Zuerst hatte sie auf dem Bauernmarkt nicht genug Geld dabei.

»Wieso kaufst du überhaupt hier ein?«, versuchte ich, die Wahrheit zu umschiffen. »Die Hälfte von dem Zeug schmeißen wir doch sowieso nur weg.«

»Gar nicht wahr.« Jetzt schmollte sie regelrecht, als hätte ich ihre zarten Gefühle verletzt. Meine Mom schwört auf Bio und hält ständig Vorträge darüber, dass wir unseren »ökologischen Fußabdruck verkleinern« müssen, aber niemand aus der Familie mag ihre Kreationen aus Grünkohl, Auberginen oder Bohnensprossen, und nie im Leben würde diese Frau ein Fahrrad besteigen. Sie besitzt ja nicht mal eins. Und seit wir aus unserer kleinen Wohnung in San Francisco in das Riesenhaus in Orange County umgezogen sind, ist unser Fußabdruck sowieso von Eidechsen- auf T-Rex-Schuhgröße angeschwollen.

Außerdem arbeitet sie jetzt Vollzeit. Dad ist in der »bildgebenden Diagnostik« tätig, was bedeutet, dass er MRT- und CT-Aufnahmen macht, und Mom im medizinischen Rechnungswesen. Als sie beide Jobs in Südkalifornien angeboten bekommen hatten, erklärte Mom uns wieder und wieder, warum sie beschlossen hätten, die anzunehmen. Mo würde schließlich bald in die erste Klasse kommen, sodass sie nicht mehr so viel zu Hause sein müsse, und nicht zuletzt könnten wir uns durch die zwei Gehälter und den Wegzug aus San Francisco ein eigenes Haus leisten. Endlich hätten wir genug Platz. Vielleicht könnten wir uns sogar einen Hund anschaffen. Uns winkte eine rosige Zukunft. Der reinste Traum.

Nur dass leider nie jemand zu Hause war. Mo ging in die Nachmittagsbetreuung, Anabella fand sofort neue Freunde, ich lernte Meadow kennen, und aus dem versprochenen Hund wurde ein Kaninchen, das nach gerade mal drei Wochen das Zeitliche segnete.

Vorher, in San Francisco, hatte Mom jeden Dienstag Tacos und jeden Donnerstag Spaghetti zum Abendessen gemacht. Den Rest der Woche über war mit allem zu rechnen, aber an diesen beiden Tagen freute ich mich aufs Essen. Das ging der ganzen Familie so.

Nach dem Umzug hatten wir abends die Wahl zwischen Pizza, chinesischem und mexikanischem Lieferservice.

Irgendwann hörten wir sogar auf, das Essen auf richtige Teller umzufüllen. Wozu denn auch?

Mom und Dad waren zu beschäftigt oder zu müde, um mitzukriegen, dass Anabella und ich uns ständig in den Haaren lagen oder dass Mo nachts allein in seinem großen, neuen Zimmer aufwachte und weinte. Sie merkten auch nicht, dass ich zu ihm ging und ihm Geschichten erzählte – irgendwas Erfundenes –, bis er wieder einschlief.

Der viele zusätzliche Platz führte nur dazu, dass wir uns auseinanderlebten.

Mom wühlte noch immer in ihrer Handtasche nach Geld, um den Grünkohl zu bezahlen. Insgesamt fast dreißig Dollar – viel zu viel für das, was wir an Gegenwert bekamen, wenn man mich fragte. Am Abend zuvor hatte ich ihr zwei

Zwanziger aus dem Portemonnaie stibitzt, ohne zu merken, dass der Rest alles Eindollarscheine waren.

»Lass doch einfach die Rote Bete hier und den Grünkohl und … was auch immer das da für Wurzeln sind«, versuchte ich, sie abzulenken. »Das isst doch sowieso wieder keiner.«

»Genau«, stimmte Mo zu. »Grünkohl ist fies.«

Aber Mom hörte nicht auf uns und kramte weiter nach dem fehlenden Geld, während der Gemüsemann sich einem anderen Kunden zuwandte. »Ja, werd ich denn verrückt?«, murmelte sie. »Das kann doch nicht sein.«

Danach hielt ich mich ein paar Wochen lang zurück. Doch als ihr Portemonnaie mal wieder reichlich gefüllt war, fing ich wieder an mit dem Stibitzen. Allerdings war ich vorsichtiger und nahm weniger.

Eines Morgens jedoch, mitten im allgemeinen Gewusel, bevor alle zur Schule oder zur Arbeit aufbrachen, hielt Anabella mich am Ärmel fest, als ich in der Küche an ihr vorbeigehen wollte. »Ist das ein Jack-Wills-Pulli?«, keuchte sie. »Wo hast du den denn her?«

»Gehört Meadow.« Diese Lüge hatte ich mir schon für ein paar andere Klamotten zurechtgelegt, was gut war, denn sonst hätte mich ihre Frage kalt erwischt. »Ich darf mir von ihr ausleihen, was ich will. Wir sind nämlich wie Schwestern, weißt du?« Die kleine Stichelei konnte ich mir nicht verkneifen.

»Das ist aber schön, dass du so von Meadow denkst«, sagte Mom, die gerade Mo mit einer nassen Bürste die Haare glatt kämmte. »Schade, dass Anabella und du so einen unterschiedlichen Geschmack habt. Ich fand es immer toll, mit meiner Schwester Sachen zu tauschen.«

Anabella musterte mich argwöhnisch. »So ein Pulli kostet hundert Dollar«, merkte sie an. »Und der ist offensichtlich neu.«

Ich hätte sie erwürgen können. Warum kümmerte sie sich nicht einfach um ihren eigenen Mist? Der Pulli war tatsächlich neu, aber auf Vintage getrimmt. Meine Eltern hätten ihn ganz sicher für einen Fünf-Dollar-Fund aus dem Secondhandladen gehalten. Aber Anabella musste mich natürlich wieder reinreiten.

Diese Petze.

Mom war zwar abgelenkt, aber das bekam sie trotzdem mit. »Oje, dann pass besser auf, dass du keinen Traubensaft draufkleckerst!«

Auf dem Weg zur Tür nahm Anabella mich beiseite und zischte: »Hör mal, ich bin nicht blöd.«

»Ach, nicht?«

Wütend hielt sie mir den Zeigefinger unter die Nase. »Pass lieber auf«, drohte sie, bevor sie sich umdrehte und davonmarschierte – sie wurde von einer Freundin mitgenommen. »Ich hatte ja schon länger so einen Verdacht, aber jetzt bin ich mir sicher.«

Ich klammerte mich am Türrahmen fest. »Was für einen Verdacht?«

»Das weißt du ganz genau!«, rief sie aus der Einfahrt. »Und ich werde es beweisen!«

Ich schloss die Tür hinter mir und dachte: *Ich hasse dich.*

# 31

Ich wusste nicht genau, was Anabella zu beweisen versuchte, darum musste ich umso vorsichtiger sein. Ungünstiger hätte der Zeitpunkt kaum sein können.

»Ich bin aufgeflogen«, informierte Meadow mich am selben Tag, als wir uns auf der Lehrertoilette bei den achten Klassen einen Joint ansteckten. »Meine Eltern haben ihren Vorrat woandershin geräumt.«

Ich hielt mitten im Zug inne. »Wie ist das denn passiert? Hast du jetzt Hausarrest?«

»Na ja, zumindest lebe ich noch.« Meadow griff nach dem Joint. »Im Gegensatz zu dir, wenn das *deine* Eltern gewesen wären, stimmt's?«

Das war die Untertreibung des Jahrhunderts. Meadows Eltern lebten von den Zinsen eines Treuhandvermögens und hockten den lieben langen Tag vor Netflix. Meadow sagte zwar, die beiden würden sich nie vor ihrer Nase einen Joint anstecken, aber man musste nicht allzu genau hinsehen oder -schnuppern, um spitzzukriegen, dass das Fernsehzimmer im Keller der reinste Kiffertempel war.

»Ich weiß, wo wir was kriegen«, sagte Meadow, »aber dann müsstest du was dazugeben.«

»Kannst du vielleicht nicht erst mal gucken, wo sie ihr Zeug hingeräumt haben? Irgendwo muss das neue Versteck doch sein.«

Sie lachte. »Willst du, dass sie mich doch noch umbringen?«

»Quatsch! Aber –« Ich erzählte ihr von Anabella und ihrem Verdacht. »Darum muss ich jetzt erst mal aufpassen.«

Sie rauchte den Joint allein zu Ende. Ich hatte das Gefühl, dass sie ihn absichtlich nicht mehr an mich weitergab, um mir einen Denkzettel zu verpassen. Auch wenn ich mir nicht ganz sicher war, wofür genau.

Den Stummel schnippte sie ins Klo und drückte auf die Spülung. »Du kannst ja auch einfach aufhören, wenn du willst.«

Allein bei der Vorstellung überlief mich ein Kribbeln wie von tausend Spinnen unter meiner Haut. Kiffen mit Meadow war das Einzige, was mir die Schule überhaupt erträglich machte. »Schon gut, was kostet das denn?«

»Sag einfach, wie viel du hast. Dann gucke ich mal, was ich dafür kriege.«

Mit Mühe und Not kratzte ich fünfzehn Dollar zusammen und am nächsten Tag überreichte Meadow mir ein mickriges Tütchen Gras und die zugehörigen Blättchen.

»Das ist doch wohl ein Scherz, oder?«, vergewisserte ich mich.

»Schön wär's.«

Irgendwie musste ich sehen, wie ich an Bares kam, aber Anabella ließ mich nicht aus den Augen. Sie dachte vermutlich, dass sie sich dabei extrem geschickt anstellte, aber ich beobachtete sie genauso wachsam, weshalb mir nichts entging.

Ihre Tür, die sie nachts einen Spalt offen ließ.

Das Geld, das sie als Köder im Bad deponierte.

Sie glotzte sogar durch mein Zimmerfenster!

Verdammte Stalkerin.

Um an Moms Tasche auf dem Flurtischchen zu kommen,

musste ich an ihrem Zimmer vorbei. Ich hatte Anabella selbst schon ein paarmal dorthin schleichen sehen, darum war ich mir ziemlich sicher, dass sie mir irgendeine Falle gestellt hatte. Vielleicht nichts so Ausgeklügeltes wie eine Videokamera, aber sicher sein konnte ich mir nicht.

Immerhin hatte ich es mit Anabella zu tun.

Aber vermutlich ließ sie eher einen Zwanziger ein Stück weit aus Moms Portemonnaie lugen, um mich in Versuchung zu führen. Wie früher, wenn wir Schwarzer Peter spielten – da hat sie die schlechten Karten auch immer nach oben geschoben, damit ich sie nichts ahnend zog.

Tja, ich war aber nicht mehr ihre naive kleine Schwester. Was auch immer sie da veranstaltete, ich würde ihr nicht in die Falle tappen, und ich würde sie auch nicht darauf ansprechen. Dann würde sie sich nur etwas Neues ausdenken, um mich zu überführen.

Also hielt ich mich von Moms Tasche fern, rief scheinheilig: »Hey, Anabella, ist das dein Geld, das hier im Bad liegt?«, und tat, als säße ich fleißig an den Hausaufgaben, wenn sie vor meinem Fenster auftauchte.

Und ich lächelte.

Andauernd.

Es trieb Anabella in den Wahnsinn.

Dann fiel mir eines Abends ein, wie sich der Spieß umdrehen ließ. Ich konnte es selbst kaum fassen, wie genial meine Idee war. Da war in meinem Kopf nicht nur eine Glühbirne angegangen, sondern förmlich explodiert.

Ich wartete, bis Anabella mit ihrem albernen Zubettgehprogramm durch war – Zähneputzen, Zahnseide, noch mal Zähneputzen, Mundspülung, gurgeln. Gesicht waschen, Gesicht eincremen. Rest eincremen – Hände, Füße, Ellbogen, Arme, Schienbeine. Haare bürsten – *bürst, bürst, bürst* – und dabei bis hundert zählen. Haare hochbinden, für mehr Volumen am nächsten Tag. Fingernägel mit Bienenwachs einreiben.

Sich ein Bad mit Anabella zu teilen, ist der reinste Albtraum.

Als sie endlich fertig war, wartete ich noch eine gute Viertelstunde ab und ging dann zum Flurtischchen, gerade laut genug, dass Anabella es mitbekam. Dort blieb ich eine halbe Minute untätig stehen, bevor ich zurück in mein Zimmer huschte.

Anabella kam aus ihrem Zimmer geflitzt wie die Ratte, die sie schließlich auch ist. Ich schlich ihr nach wie eine Katze. Und gerade, als sie sich an Moms Tasche zu schaffen machte, schoss ich ein Foto mit meinem Handy und rief: »Mom! Dad! Kommt mal schnell!«

Mom und Dad kamen angerannt, als stünde das Haus in Flammen, und stießen prompt mit Anabella zusammen, die so perplex war, dass sie noch immer wie auf frischer Tat ertappt dastand.

»Anabella!«, keuchten sie. *»Du?«*

Das war einer der schönsten Abende meines Lebens.

# III

# 32

Ich bin gerade mal eine Nacht lang Kojote, als mich auch schon die Realität einholt. Die Sonne ist noch nicht ganz aufgegangen, da geht es los. »Raus aus den Federn, Grizzlys. Wir brechen das Lager ab.«

Keine Ahnung, was genau das heißen soll.

Klingt, als bräuchte man dafür einen Bulldozer.

Aber im Moment ist mir nicht nach Abrissparty. Ich liege gemütlich und warm in meinem Schlafsack und spähe unter meiner Zeltplane hervor in den sanften Schimmer des neuen Tages.

Auf der Feuerstelle knistern duftende Beifußzweige, die langsam zu Asche zusammenschrumpeln. Ich liege in einer Wolke rauchiger Zufriedenheit.

Wieder muss ich an gestern Abend denken. Daran, wie ich am Lagerfeuer in den Kreis der Grizzlys aufgenommen wurde. Wie ich danach die anderen kennenlernte – Brooke und Kelsey, die beide seit vier Wochen hier und inzwischen zu Elchen aufgestiegen sind, und Felicia, schon in Woche sechs und momentan der einzige Falke. Da ich mir Namen nicht so gut merken kann, bin ich froh über die Eselsbrücke: der Falke fängt mit F an.

Es gab sogar eine warme Mahlzeit! Nichts hat je so gut geschmeckt wie der Reis und die Linsen gestern Abend. Und mein neuer Posten als Geschichtenerzählerin brachte auch

Spaß. Ich habe mit »101 Dalmatiner« angefangen und besonders die anderen Kojoten fanden es toll.

»Aufstehen, Leute!«

Das ist Michelle, die schon so geschäftig ums Feuer flitzt, als hätte sie irgendwo einen geheimen Koffeinvorrat aufgetan und sich kräftig daran bedient.

»Na los, die Damen, es sei denn, ihr wollt auf leeren Magen loswandern!«

Die Grizzlys stöhnen, aber niemand steht auf.

Michelles eigenes Zelt ist bereits fertig abgebaut und zum Rucksack verschnürt. Genauso wie das von Dvorka, die gerade mit Johns beschäftigt ist. Am Horizont erscheint die Sonne und taucht das Lager in ihren Schein, während Jude unkoordiniert durch die Gegend stolpert.

»Was ist eigentlich mit John?«, frage ich. »Hat er gestern Dax geschnappt?«

Mia steckt den Flauschkopf aus ihrem Zelt. »Stimmt – gibt's was Neues?«

Shalaynes blondierte Zotteln tauchen ebenfalls auf. »Genau, erzählt mal!«

Hannah stöhnt. Michelles Zelt stand genau neben ihrem. »Habt ihr etwa nichts mitgekriegt? Das blöde Walkie-Talkie stand doch die ganze Nacht nicht still!«

»Und?«, fragt Shalayne. »Wie ist es ausgegangen?«

»John stößt später wieder zu uns. Dax ist in Gewahrsam und muss noch mal vor Gericht«, erklärt Michelle kurz angebunden. »So, auf geht's. Wird heiß heute.«

»Was ist mit meiner Feldflasche?«, frage ich. »Die hat Dax mir geklaut.«

»Darum kümmern wir uns später.«

»Aber –«

»*Aufstehen* jetzt.«

Ich bleibe, wo ich bin. »Würden wir ja vielleicht, wenn du nicht so eine tyrannische Meckerziege wärst!«

Im Lager wird es totenstill. Selbst das Feuer scheint sein Geknister einzustellen.

»Das war jetzt aber ziemlich daneben«, befindet Felicia.

Ohne ein Wort stehen die anderen auf und machen sich ans Abbauen.

»Echt jetzt?«, rufe ich, aber niemand antwortet. Alle arbeiten schweigend vor sich hin, rollen ihre Schlafsäcke zusammen und nehmen ihre Planen von der Leine. Ich kann es nicht fassen, aber die Zeichen sind unmissverständlich. Ich bin wieder genauso weit wie vorher.

Ausgestoßen. Geächtet.

Allein.

Aber wieso eigentlich?

Auch ich baue mein Zelt ab und packe zusammen, aber es läuft nicht gut. Diesen Rucksack habe ich mir ja erst einmal ganz am Anfang gebastelt und habe keine Ahnung mehr, wie es ging. Am liebsten würde ich wie wild auf die Sachen eintreten. Sie anschreien. *Alle* anschreien. Warum behandeln die mich wie einen stinkenden Fisch? Ist das irgendein Geheimlevel, von dem mir niemand was gesagt hat? In das man verbannt wird, wenn man was Falsches sagt? Aber ich hab doch gar nichts Falsches gesagt! Das war schließlich die Wahrheit. Michelle ist müde und hat miese Laune! Und die anderen auch! Warum sonst sollten sie mich jetzt zum Fisch degradieren?

»Brauchst du Hilfe?«

Es ist Mia. Mit einem Mal bin ich neidisch auf ihr Haar, das stolz wie eine Krone hinter ihrem Stirnband aufragt. Meine Haare dagegen sind fettig und eklig und selbst straff zurückgeflochten würde ich sie mir am liebsten abschneiden.

»Warum reden die nicht mehr mit mir?«, flüstere ich.

Mia faltet meine Plane auseinander und fängt noch mal von vorn an. »Das begreifst du schon noch.«

»*Was* begreife ich schon noch?«

»Wie sehr sich Michelle um uns kümmert. Und Dvorka genauso.« Sie senkt die Stimme. »Du bist jetzt ein Kojote. Wir dissen die Betreuer nicht. Niemals.«

»Aber ich hab sie doch gar nicht –«

»Doch« – unterbricht sie mich mit strengem Blick –, »hast du.«

Am liebsten würde ich zurückblaffen: *Aus welcher Märchenwelt kommst du denn, wenn du so was schon für respektlos hältst?* Aber dann geht mir wieder ihre Liste von gestern durch den Kopf: von ihrem Onkel missbraucht, drogensüchtig, Mordversuch – und ich fühle mich verlorener denn je.

Also lasse ich mir einfach schweigend von ihr zeigen, wie man das Bündel schnürt und wie man seine Feuerutensilien, den Campingtopf und ein bisschen was zu essen außen befestigt, damit man leichter drankommt.

»Danke«, sage ich, als alles gepackt ist.

»Als Nächstes müssen wir frühstücken«, erklärt sie. »Glaub mir, du wirst später froh sein, dass du was gegessen hast.«

Die anderen Grizzlys kochen sich schon ihren Haferbrei und flüstern miteinander. Dabei geht es mit Sicherheit um mich, denn sie verstummen sofort, als ich dazukomme. Mia bietet an, mir etwas mitzukochen, und als der Brei fertig ist, löffelt sie mir welchen in meinen Becher und teilt sogar ihren braunen Zucker mit mir.

Niemand sagt ein Wort.

Auf der anderen Seite des Lagers bespricht Michelle etwas mit Dvorka und Jude. Anscheinend was ziemlich Wichtiges. Vielleicht wollen sie mich ja loswerden. Das wäre doch gut, oder? Schließlich ist alles besser, als im Dreck zu schlafen. Oder?

Am Ende kommen sie ans Feuer und Dvorka fragt: »Alles klar?«

Alle nicken. Noch immer redet niemand.

In mir tobt ein Kampf. Am liebsten würde ich die anderen anbrüllen, wie daneben ich es finde, dass sie nicht mit mir reden. Zu Hause würde ich jedenfalls genau das tun. Da würde ich fluchend aus dem Zimmer stürmen, die Tür hinter mir zuknallen und alles hassen, hassen, hassen, bis die Wände wackeln.

Aber hier gibt es keine Türen.

Und kein Zimmer, in das ich mich verziehen könnte.

Sosehr ich mich auch bemühe, ich werde niemals die ganze Wüste mit meinem Hass füllen. Der Wind würde ihn einfach fortwehen.

Aber seltsamerweise will ich die anderen auch gar nicht hassen.

Und noch seltsamer: Ich will etwas sagen, was ich schon sehr, sehr lange nicht mehr gesagt habe.

Oder zumindest nicht ernst gemeint.

Allein beim Gedanken daran bildet sich wieder ein Kloß in meinem Hals. Ich verstehe nicht, warum ich das überhaupt will, beziehungsweise kann von *wollen* eigentlich gar keine Rede sein, doch aus irgendeinem Grund verspüre ich den Drang, aufzustehen und es auszusprechen.

Ich habe keine Ahnung, warum ich dazu *aufstehen* muss, aber so ist es.

Also tue ich es.

Und stehe da wie versteinert.

Alle beobachten mich.

Warten ab.

Ich kriege kaum Luft, als ich Michelle ansehe und mich erinnere, wie sie mir geholfen hat, meinen Bogen, meine Spindel und mein Feuerbrett zu bauen, wie sie mir ihr Messer anvertraut hat, wie sie gejubelt hat, als ich mein erstes Feuer zum Brennen gebracht habe, wie sie mich darin bestärkt hat, dass ich es kann.

»Tut mir leid«, stürze ich hervor. »Es tut mir leid, dass ich mich danebenbenommen habe.«

Dann steigen mir Tränen in die Augen, und ich setze mich wieder hin und gebe mir alle Mühe, diesen Ort dafür zu hassen, dass er mich dazu gebracht hat, so etwas zu sagen.

Dass er mich dermaßen durcheinanderbringt.

# 33

Nach meiner Entschuldigung ist es, als hätte jemand einen Schalldämpfer entfernt. Die Grizzlys reden wieder mit mir. Lächeln mir zu.

Wahrscheinlich sollte ich mich darüber freuen, aber es macht mich eher misstrauisch. Sind sie nichts als Mitläufer? Ist das hier so was wie eine Wüstensekte? Und Michelle der Guru? Versetzen sie unsere Haferflocken mit Drogen, die uns gefügig machen sollen? Habe ich deswegen fast geheult? Soll ich lieber versuchen, mein Frühstück wieder auszuwürgen?

Als wir fertig mit Packen sind, löschen wir das Feuer, zerstreuen die Asche und schütten die Latrine zu. Wir beseitigen alle Spuren, bis jeder »schädliche Einfluss auf die Umwelt« ausgeschlossen ist.

»Sehr gut.« Dvorka blickt sich zufrieden um. Dann verteilt sie Aufgaben. »Kojoten, ihr geht an die Trage, der Rest kümmert sich um die Vorräte.« Stirnrunzelnd sieht sie hoch zum Himmel. »Okay, los geht's!«

Auch ich werfe einen Blick auf die Sonne und versuche, die Uhrzeit zu schätzen. Wenn sie gegen sieben aufgegangen ist und um acht wieder untergeht, sind es von Osten nach Westen dreizehn Stunden, was bedeutet, es müsste jetzt etwa neun Uhr sein. Vielleicht halb zehn.

»Wren!«, ruft Mia. Sie ist mit Shalayne und Hannah schon an der Trage – einer zwischen zwei Holzpfählen aufgespannten Plane. Die Woche über hat die Trage nur an einer Pinyon-Kiefer am Rand des Lagers gelehnt, und ich bin davon ausgegangen, sie wäre für den Fall gedacht, dass sich jemand verletzt. Aber heute Morgen haben wir unsere Vorräte daraufgeladen. Eine Pfanne, mehrere Töpfe, ein paar große leere Plastikbehälter mit Zapfhähnen, den Klappspaten, Seil und zwei Rodelteller aus Metall.

Nach den Rodeltellern habe ich mich auch nicht weiter erkundigt. Ich habe einfach meine Aufgaben erledigt und mir gedacht, dass hier wahrscheinlich irgendwo mal Schnee gelegen hat. Wer weiß, wo oder wann.

Aber nun wüsste ich doch ganz gern, wofür sie gut sind. Denn Mia weist mich und die anderen Kojoten an, je ein Ende der Holzpfähle zu nehmen, und plötzlich spielt jedes Gramm eine Rolle.

»Im Ernst jetzt?«, frage ich. Ich schleppe doch schon drölfzigtausend Kilo Zeug auf meinem Rücken mit mir rum. »Und wozu brauchen wir denn bitte diese Rodeldinger?«

»Oben oder unten?«, wendet sich Mia an die anderen, ohne auf meine Fragen einzugehen.

»Ich bin für unten«, antwortet Shalayne. »Bis wir ins Flachland kommen jedenfalls.«

»Einverstanden«, sagt Hannah.

»Gut, dann unten«, beschließt Mia. »Auf drei.«

»Kann mir vielleicht mal jemand erklären, was wir hier machen?«

»Wonach sieht's denn aus?«, erwidert Mia. »Eins … zwei …« Sie zieht die Stirn kraus und mustert mich. »Komm, fass mit an, Wren!«

Ich kann wohl kaum so tun, als wüsste ich nicht, wovon sie redet. Also greife ich mein Pfahlende und auf drei heben wir vier die Trage an.

Auf der Plane purzelt alles durcheinander und rutscht klappernd in die Mitte. Ich komme mir vor wie einer dieser Sklaven, über die wir mal in der Schule gesprochen haben. Die, die früher reiche Leute in Sänften durch die Gegend tragen mussten.

Im Gänsemarsch setzt sich unsere Gruppe in Bewegung – wie eine staubverkrustete Sträflingskolonne mit Dvorka als Anführerin, Michelle als Schlusslicht und Jude in der Mitte zwischen unserer Trage und den anderen Grizzlys.

Wir sind noch nicht weit gelaufen, da ist meine Hand auch schon schweißnass und fängt an wehzutun. Mein Arm fühlt sich an wie ausgeleiert und ich bin stinksauer. Jetzt kapiere ich, warum alle so froh waren, dass ich zum Kojoten aufgestiegen bin. Es ging ihnen gar nicht um *mich*. Sie wussten bloß, dass ein Umzug anstand, und wollten, dass ich ihnen beim Schleppen helfe!

Jetzt hasse ich sie doch wieder. Und wie. Sie haben mich reingelegt und ich komme mir absolut blöd vor. Wie damals, als ich endlich dahinterkam, welche Nummer Meadow mit mir abzog.

Das hier ist ganz genauso.

Meadow hat mir vorgemacht, meine Freundin zu sein.

Ich dachte, sie würde mich mögen.

Aber das war alles nur eine Lüge.

Eine eiskalte, grausame Lüge.

# 34

Seit ich neuerdings für Gras bezahlen musste, reichte mein Taschengeld für vielleicht vier Joints pro Woche, was nicht annähernd genug war, um die Schule erträglicher zu machen. Außerdem blieb nichts übrig.

Moms Handtasche war keine Option mehr, Dad trug sein Portemonnaie immer bei sich, Anabella bunkerte ihre Kohle in irgendeinem achtfach gesicherten Versteck und das Geburtstagsgeld von Grandma blieb an meinem Dreizehnten plötzlich aus.

»Tja, vielleicht hättest du dich letztes Jahr mal bedanken sollen«, merkte Mom an, als ich die Karte aufklappte und mir kein einziger Dollar entgegenfiel.

Ihre Stimme war mit einer dicken Glasur »Ich hab's dir ja gesagt« überzogen, was mich tierisch ärgerte. Nicht mal an meinem Geburtstag war sie auf meiner Seite. Warum konnte sie nicht einfach mal kopfschüttelnd *die Karte* angucken und murmeln: »Was für eine Großmutter dreht einem denn gleich nach einem einzigen vergessenen Dankesbrief den Geldhahn zu?«

Ihre eigene Mutter war schon tot, und ich wusste, dass sie Dads Mom nicht besonders mochte – wäre es da zu viel verlangt, dass sie einfach mal sagt: »Du weißt ja, wie nachtragend und knausrig sie ist«, und mir selbst einen Schein in die Hand drückt?

Anscheinend. Der missbilligende Blick galt jedenfalls mal wieder nur mir.

An meinem Geburtstag!

Wir standen gerade am Klavier ihrer Großmutter im Wohnzimmer, also beschloss ich, es hintenrum zu versuchen. »Deine Mom fehlt dir bestimmt total, oder? Weißt du noch, wie sie immer mit Anabella und mir auf der Bank hier gesessen hat und uns *Die Geschichte vom Klavier* erzählt hat?« *Die Geschichte vom Klavier* war lang und handelte davon, was dem Instrument in seinem Leben schon alles widerfahren war, angefangen beim Zweiten Weltkrieg, in dem es in der nazibesetzten Wohnung meiner Urgroßmutter gestanden hat. Ich dachte mir, sie daran zu erinnern, würde ihr vielleicht vor Augen führen, dass ich von ihrer Mutter auch kein Geburtstagsgeld bekam, aber sie brach bloß in Tränen aus.

Meadow war diejenige, die mir den Hintern rettete. Zuerst bot sie an, ein paar meiner Sachen – den Jack-Wills-Pulli mit eingeschlossen – über Kleinanzeigen zu verkaufen, und als schließlich nichts mehr da war, von dem sie glaubte, dass es was einbringen würde, meinte sie: »Dann wird es wohl Zeit für ein bisschen K&U.«

»K&U?«

Sie senkte die Stimme. »Die hohe Kunst des Klauens und Umtauschens.«

»Klauen und Umtauschen? Wie geht das denn?«

Sie lachte. »Na, du klaust, ich tausche um.«

Ein bisschen kompliziert, so erklärte sie weiter, sei das Ganze schon, denn ohne Kassenbon bekomme man normalerweise nicht das Geld ausgezahlt, sondern bloß eine Gutschrift, und von dieser Gutschrift müsse man dann was anderes kaufen, das man später wieder zurückbringt, diesmal mit Kassenbon. Je nach Laden bekomme man dann entweder eine neue Gutschrift, weil auf dem Bon vermerkt sei, dass das Zurückgebrachte mit einer Gutschrift bezahlt wurde, aber manchmal gebe es auch eine Auszahlung.

Echt kompliziert also, wie gesagt. Und außerdem war dabei Ladendiebstahl im Spiel, den ich bis dahin noch nicht begangen hatte und der mir eine Heidenangst machte. Aber die siebte Klasse neigte sich dem Ende zu, und Meadow war fast fertig mit der achten, was bedeutete, dass sie in ein paar Monaten auf die Highschool wechseln würde, während ich ein weiteres Jahr an der Junior-High festsitzen würde, ganz allein. Ohne genügend Gras würde ich das nicht durchstehen.

Ich atmete tief durch. »Okay … wie gehen wir vor?«

Mit einer Tour durch den nächsten Walmart führte sie mich ins Thema ein. Wir taten so, als interessierten wir uns für den Inhalt der Regale, während Meadow mir in Wirklichkeit zeigte, wo die Überwachungskameras positioniert waren und wie ich vor ihnen verbergen konnte, was ich tat. Ich hatte keine Ahnung gehabt, dass dort überhaupt welche hingen, weil sie kein bisschen wie Kameras aussahen, sondern eher wie große, rußgeschwärzte Pokébälle, wie unter der Decke hängende Augäpfel, die jede Bewegung registrierten.

»Nicht hingucken!«, zischte Meadow.

Gar nicht so einfach, nachdem ich einmal wusste, dass sie da waren. Außerdem fand ich das Ganze irgendwie gruselig. Wer beobachtete einen da eigentlich? Ein Trupp Polizisten in irgendeinem Hinterzimmer? Oder nur ein einsamer Typ mit einer XXL-Cola und einem Berg Junkfood vor sich? Ob uns *in diesem Moment* jemand zusah? Ahnte er, was wir vorhatten? Wurde der ganze Kram aufgezeichnet?

»Nie direkt hinsehen«, flüsterte Meadow und schob mich weiter. »Guck dir den Bereich, in den du willst, von Weitem an, merk dir, wo die Kameras sind, und bleib cool. Cool bleiben ist sowieso das Wichtigste. Wenn du das nicht schaffst, sperren sie dich direkt weg.«

»Aber wir sind minderjährig, die können uns doch gar nicht wegsperren!«

Sie warf mir einen strengen Blick zu. »Die Karte willst du lieber nicht ausspielen, glaub mir, und vor allem willst du nicht im Jugendknast landen.« Sie zog mich mit sich. »Also, Konzentration jetzt. Das Ziel sind kleine, hochpreisige Artikel.«

Mir war klar, was sie meinte, trotzdem klang es komisch aus ihrem Mund. Als hätte sie einen Doktor in Ladendiebstahl oder so. Blinzelnd starrte ich sie an. »Was?«

»Na ja, Make-up. Marken-Kopfhörer, solche Sachen. Alles, was vergleichsweise viel kostet, aber unauffällig in deiner Tasche verschwinden kann. Je teurer, desto besser natürlich.«

Natürlich.

Sie führte mich weiter rum, gab mir Tipps, was ich sagen sollte, wenn ich erwischt wurde. »Einfach einen auf zerknirscht machen.«

»Zerknirscht?«

»Entschuldige dich. Sei reumütig. Tu unschuldig!« Dann packte sie mich beim Arm und zerrte mich Richtung Tür. »Komm, lass uns abhauen.«

»Nehmen wir denn nichts mit?«, raunte ich ihr zu.

»Spinnst du? So auffällig, wie du dich hier gerade benimmst? Vergiss es.«

Am nächsten Tag nahm sie mich mit in einen kleinen Supermarkt in der Nähe der Schule. »Warum hier?«, wollte ich wissen. Ich flüsterte, obwohl wir noch nicht mal über die Straße waren.

»Weniger Kameras und außerdem hatte ich hier schon ein paarmal Glück beim Umtauschen.«

Eine Weile blieben wir auf der anderen Straßenseite stehen, während sie mir ein paar letzte Anweisungen gab. Schließlich schickte sie mich allein los. »Ist unauffälliger«, erklärte sie. »Nicht nervös werden. Mach genau, was ich gesagt habe, dann wird's schon schiefgehen.«

Also ging ich in den Laden und nahm mir einen Einkaufskorb, ganz ihren Anweisungen entsprechend.

Ich kam mir vor wie ein minderbemitteltes Rotkäppchen.

Lässig schlenderte ich durch die Gänge und füllte mein Körbchen – ein Brot, ein Lippenstift von L'Oréal, eine Schachtel Karamellpopcorn, eine Dose Eistee. Als ich den Eistee hineinlegte, nahm ich gleichzeitig den Lippenstift wieder raus, bog um die Ecke und ließ ihn in meine Tasche gleiten. Dann sah ich mich noch ein bisschen weiter um, bevor ich zur Kasse ging.

Als ich an der Reihe war, lächelte ich der Kassiererin zu und sagte Hallo, während ich meinen Korb auf die Theke stellte.

Die Frau war älter als meine Mom, mit eng gekräuselten Löckchen. Sie erwiderte meinen Gruß gelangweilt und würdigte mich kaum eines Blickes, sondern legte direkt los.

»Ach Mist«, sagte ich und fing an, in meinen Jeanstaschen zu wühlen.

Sie hatte das Brot schon eingescannt, hörte aber auf, als sie den mickrigen Dollar in meiner Hand sah.

Ich machte ein verzweifeltes Gesicht. »Ich hab mein Geld zu Hause liegen lassen!«

Sie stornierte den Einkauf und stellte das Körbchen beiseite. »Der Nächste!«

Vollkommen nass geschwitzt und mit pochendem Herzen verließ ich den Laden. Ich huschte über die Straße, Meadows Stimme in Endlosschleife im Ohr: *Nicht umgucken, cool blei-*

*ben. Nicht umgucken, cool bleiben. Nicht umgucken, cool bleiben.*

Ich war halb über die Straße.

Niemand rief mir nach, ich solle stehen bleiben.

*Nicht umgucken, cool bleiben. Nicht umgucken, cool bleiben.*

Ich war fast ganz über die Straße.

Niemand legte die Hand auf meine Schulter.

*Nicht umgucken, cool bleiben. Nicht umgucken, cool bleiben.*

Ich erreichte die andere Straßenseite und riskierte schließlich doch einen Blick hinter mich.

Keiner da.

Und plötzlich war ich wie im Rausch. Eine knisternde Hochstimmung erfasste mich. Jede einzelne meiner Körperzellen kribbelte. Es war, als würde ich fliegen!

»Guck sich einer dieses Honigkuchenpferd an.« Meadow schob mich lachend die Straße runter. »So hab ich dich ja noch nie strahlen sehen.«

Ich drückte ihr den Lippenstift in die Hand.

»Nicht schlecht.« Sie grinste anerkennend.

Ich war im siebten Himmel. Total angefixt.

# 35

In diesem Sommer entwickelte ich mich zur Profidiebin. Es blieb nicht nur bei Sachen, die Meadow zurückbringen konnte, um meine Grasversorgung zu sichern. Ich klaute einfach, was ich haben wollte. Schokoriegel, Nagellack, Make-up, Klamotten … Als die achte Klasse anfing, war ich dabei nicht mal mehr aufgeregt. Oft machte ich es einfach nur, weil ich konnte.

Dann, einen Tag vor den Osterferien, kam Anabella in mein Zimmer. »Ich muss mich bei dir entschuldigen«, sagte sie.

Sie war jetzt in der Zehnten und behandelte mich die allermeiste Zeit wie Luft. Wenn Mom sie nicht dazu zwang, wechselte sie kaum je ein Wort mit mir. Und jetzt diese Entschuldigung? Da kam ich echt nicht mehr mit.

»Häh?«, fragte ich und sah von meinem Handy auf.

Sie kam einen Schritt weiter ins Zimmer und starrte zu Boden. »Weißt du noch, als du mir erzählt hast, dieser Jack-Wills-Pulli würde Meadow gehören, und ich dich mehr oder weniger eine Lügnerin genannt habe?«

»Ähm, jaaa …«

»Ich lag falsch. Tut mir leid.«

Mir schwirrte der Kopf. Was sollte das denn? »Wieso kommst du erst jetzt damit an?«, wollte ich wissen. »Das ist doch schon über ein Jahr her.«

Sie zuckte mit den Schultern und hob noch immer nicht den Kopf. »Ich sehe sie halt dauernd in der Schule in dem Teil rumlaufen.«

»*Was?*«, platzte es aus mir heraus, bevor ich mich zurückhalten konnte. Schnell versuchte ich, das Ganze mit einem Lachen zu überspielen. »Der muss ja mittlerweile total abgeranzt sein.«

»Nein, sieht immer noch top aus.« Plötzlich hielt sie mir ihr Handy vor die Nase, mit einem Foto von Meadow in meinem Pulli.

Alles in mir schrie: *Sie hat gesagt, sie hätte ihn für zwanzig Dollar über eine Kleinanzeige verkauft! Und mir gerade mal drei magere Joints dafür gegeben!* Aber irgendwie schaffte ich es, zu nicken und cool zu bleiben. »Yep. Stimmt.«

Sie musterte mich eingehend. »Tut mir echt leid, dass ich so fies zu dir war.«

»Kein Ding«, sagte ich in der Hoffnung, dass sie den Dampf nicht sehen konnte, der mir aus den Ohren quellen musste.

Sie wandte sich zum Gehen, aber kurz vor der Tür drehte sie sich wieder zu mir um. »Es wäre schön, wenn wir zwei irgendwann noch mal von vorn anfangen könnten. Ich find's furchtbar, wenn wir uns gegenseitig so hassen.«

»Aha, du hasst mich also? Wolltest du mir das mitteilen?« Ich widmete mich wieder meinem Handy. »Ist ja gut zu wissen.«

»Nein, Wren, hör mal, ich –«

»Geh einfach.«

Und das tat sie.

Ich saß auf meinem Bett und dachte über Meadow nach. Zermarterte mir das Hirn nach einer Erklärung dafür, wie sie an meinen Kapuzenpulli gekommen war, ohne mich angelogen zu haben. Zum Beispiel: Sie hatte ihn verkauft und war vor Kurzem im Secondhandladen darauf gestoßen. Aber es war, als versuchte ich, einen Schatten zu fangen. Sie wusste genau, wie sehr ich diesen Pulli gemocht hatte. Da hätte sie mir doch Bescheid gesagt!

Und plötzlich bekam auch die Farbe Risse, mit der ich andere Sachen übertüncht hatte.

Immer war ich diejenige, die klauen gehen musste, während sie die Sachen nur zurückgab. »Ist kompliziert«, hatte sie wieder abgewinkt, als ich vorgeschlagen hatte, den Umtausch selbst zu übernehmen. »Und du willst doch nicht, dass jemand Verdacht schöpft.«

Doch so richtig viel Sinn ergab das alles nicht. Wieso sollte jemand Verdacht schöpfen? Wir gingen schließlich nicht immer in denselben Laden, sondern hatten ein richtiges Rotationssystem. Und war es nicht sogar viel verdächtiger, wenn ständig dieselbe Person Sachen zurückgab? Und wieso gab sie mir eigentlich stets so genau vor, was ich stehlen sollte? Bis hin zum exakten Markennamen!

Alles war in Ordnung, solange ich keine Fragen stellte. Und wenn ich es doch tat, kam ich mir vor wie beim Basketball, wenn ich einen Korb machen wollte, während jemand anders mich mit ausgebreiteten Armen blockte. Links! Rechts! Über Kopf! Bei jedem neuen Versuch wurde mein Ball gnadenlos abgeschmettert.

Also gab ich auf. Was interessierte es mich denn auch? Irgendwie verwandelte sich das, was ich an Meadow weiterreichte, in Gras, und mehr zählte nicht. Ich hielt meinen Teil der Abmachung ein, sie ihren. Immerhin hatte mich das durch die Qualen der Junior-Highschool gerettet.

Aber Meadow jetzt in meinem Kapuzenpulli zu sehen, zu kapieren, dass sie mich belogen hatte … das machte mich sauer.

Stinksauer.

Und sie trug ihn schon das ganze Schuljahr? Es war kurz vor Ostern, und ich hatte sie nicht ein einziges Mal damit gesehen, was ja wohl Beweis genug dafür war, dass ich nichts davon wissen sollte.

Die Farbe bekam immer mehr Risse.

Und fing an abzuplatzen.

Doch da war noch etwas, was an mir nagte.

Warum hatte Anabella dieses Foto gemacht? Als Beweis. Aber warum brauchte sie einen *Beweis* für ihre Entschuldigung? Sie hätte doch einfach so sagen können, dass es ihr leidtat, das hätte vollkommen gereicht.

Aber sie hatte von Anfang an vorgehabt, mir das Bild zu zeigen.

Sie wollte, dass ich es mit eigenen Augen sehe.

So saß ich in meinem Zimmer und grübelte.

Und saß.

Und grübelte.

Und schließlich wurde mir eins klar.

Anabellas Entschuldigung war nur ein Vorwand gewesen.

Das war mal wieder typisch meine hinterhältige Schwester – sie wollte bloß Meadow verpetzen. Wie ich sie hasste.

Aber so gern ich das Ganze als weitere Gelegenheit abtun wollte, bei der Anabella mal wieder gezeigt hatte, dass sie die verabscheuungswürdigste große Schwester aller Zeiten war, konnte ich doch das grauenhafte Gefühl nicht ignorieren, das mir ein Loch in den Magen fraß: Meadow nutzte mich seit fast einem Jahr aus.

# 36

Am ersten Ferientag stand ich vor ihrer Tür.

»Meadow!«, brüllte ihr Dad, als er mir öffnete. »Deine Freundin ist hier!«

Lächelnd trat er beiseite und ließ mich rein. »Na, wie geht's dir? Lange nicht gesehen.«

Er hatte ganz schön zugenommen seit meinem letzten Besuch. Über dem Gummizug seiner Shorts wölbte sich eine Speckrolle und sein Gesicht wirkte aufgedunsen unter dem Dreitagebart.

»Ganz gut«, sagte ich. »Und selbst?«

»Man schlägt sich so durch.« Er sah sich um. »'tschuldigung für die Unordnung. War in letzter Zeit ein bisschen …« Er beendete den Satz nicht und schrie stattdessen erneut: »Meadow!«

»Na ja, ich kenne ja den Weg«, sagte ich und deutete fragend auf die Treppe.

»Ach so, klar, geh ruhig. Sie hat wahrscheinlich wieder ihre Kopfhörer auf.«

Am oberen Ende der Treppe wandte ich mich nach links. Meadows Eltern hatten ihr Schlafzimmer auch hier oben, aber Meadow hatte erzählt, sie würden sowieso immer unten vor dem Fernseher schlafen, darum hatte sie kein Problem damit, in ihrem Zimmer zu kiffen. »Die leben in ihrer eigenen Welt«, hatte sie erklärt, als ich zum ersten Mal bei ihr übernachtete, und es stimmte. Sie sahen *nie* nach ihr. Es war, als hätte Meadow die ganze obere Etage für sich allein.

Vor ihrer Zimmertür lauschte ich kurz und hörte tatsächlich das leise, blecherne Plärren von Musik aus Kopfhörern. Ich tippte einmal gegen das Holz, damit ich behaupten konnte, ich hätte angeklopft, dann drehte ich den Knauf und spähte durch den Spalt.

Meadow lag auf dem Bett, ihre Kopfhörer auf, die Augen geschlossen. Das Zimmer war ein einziges Chaos. Ich erkannte es kaum wieder. Es hätte nicht mal mehr eine Isomatte auf den Boden gepasst, anders als früher, wenn ich bei ihr übernachtet hatte.

Auf Zehenspitzen schlich ich ins Zimmer und schloss die Tür hinter mir. Überall stapelten sich die Beweise. Nagellack, Sonnenbrillen, Schmuck, Kleider … Ich schnappte mir einen Wäschekorb und fing an zu sammeln. Dann sah ich meinen Kapuzenpulli auf einem Haufen neben dem Bett und blieb stehen. Schluss mit dem Rumgeschleiche.

»Hey!«, rief Meadow und setzte sich auf. »Was machst du denn hier?«

Unsanft knallte ich ihr den Korb auf den Schoß. »Da! Wir wär's, wenn du ein Schild dranmachst? ›Eigentum von Wren‹!« Dann schnappte ich mir meinen Pulli und zog ihn über. »Du Lügnerin.«

»Maaann«, sagte sie und sah zu Boden.

»Darum hast du mich nicht mehr eingeladen! Darum willst du nie videochatten. Darum musst immer unbedingt du die Sachen zurückgeben. Weil du es gar nicht tust!«

»So ist das gar nicht. Es ist … kompliziert.«

»Darauf falle ich echt nicht mehr rein, Meadow. Es ist nämlich total einfach – du bist eine Heuchlerin.«

»Hör mal. Irgendwann konnte ich die Sachen nicht mehr

zurückgeben. Die Verkäufer wurden langsam misstrauisch. Ich hab es dir nur nicht gesagt, damit du nicht traurig bist.«

»Du hältst mich echt für total beschränkt, oder? Tja, bin ich aber nicht! Abgesehen davon, dass ich dir vertraut habe! Aber jetzt hab ich's kapiert. Du *musstest* überhaupt nie Gras kaufen! Deine Eltern haben ihren Vorrat nicht vor dir versteckt. Du hast die ganze Zeit weiter bei ihnen stibitzt!«

Sie ging zum Gegenangriff über. »Ja, und weißt du, was?«, erwiderte sie und stand auf. »Du hast vorher nicht *ein Mal* angeboten, was dafür zu zahlen! Du –!«

»Du hast es doch umsonst gekriegt!«

»Ich hab dir gezeigt, wie du deinen Eltern Geld klauen kannst, und bist du vielleicht mal auf die Idee gekommen, mir was abzugeben?«

»Du kriegst ja wohl auch doppelt so viel Taschengeld wie ich!«

»Und du bist losgezogen und hast dir Hundert-Dollar-Pullis gekauft! Kann *ich* mir nicht leisten!«

»Wenn dich das so gestört hat, wieso hast du dann nichts gesagt?«

Sie funkelte mich an. »Du hast dich nie auch nur mal bedankt!«

Das haute mich echt um. *»Bedankt?«* Nein, es war mir tatsächlich nie in den Sinn gekommen, mich bei ihr zu bedanken. Vielleicht hatte ich ja geglaubt, ich täte ihr einen Gefallen, indem ich mich auf dem Schulklo mit ihr zudröhnte.

»Ich dachte, wenn du siehst, wie viel das Zeug kostet, weißt du es vielleicht mal zu schätzen! Aber nein. Nie hab ich von dir ein Dankeschön gehört. Für gar nichts.«

Ich versuchte es anders. »Ich dachte, du hängst gern mit mir rum!«

»Was hab ich denn davon? Ich hab die ganze Arbeit gemacht und du hattest das Vergnügen!«

»Vergnügen? *Was?*«

Sie schnaubte und ließ sich zurück auf ihr Bett fallen. »Falls es dir noch nicht aufgefallen ist: Ich bin das Mastermind bei dieser Operation, du bist nur eine Schmarotzerin.« Sie machte eine Geste Richtung Tür. »Hau einfach ab. Und viel Glück beim Stoff beschaffen.«

*Sie* schickte *mich* weg?

»Verdreh gefälligst nicht die Tatsachen! Die Schmarotzerin bist du. Du hast mich fast ein Jahr lang belogen!«

Sie legte sich hin und setzte ihre Kopfhörer wieder auf. »Stimmt. Und du hast dich drei Jahre lang bei mir durchgeschnorrt.«

Ich stürmte aus dem Zimmer. Meadow war eine totale Heuchlerin und die mieseste Freundin der Welt! Die konnte mich mal! Unsere Freundschaft war nichts weiter als eine schlechte Angewohnheit, die ich loswerden musste. Mit der war ich fertig. Aber so was von!

In der ersten Woche fiel es mir noch leicht.

In der zweiten wurde es schwerer.

Ich bemühte mich, neue Freunde zu finden, clean zu bleiben.

Bevor es Sommer wurde, kehrte sie in mein Leben zurück.

# 37

Es kommt mir vor, als liefen wir seit mindestens vier Stunden mit der Trage herum, aber ein Blick zur Sonne verrät mir, dass es erst zwei sein können.

Zwei verschwitzte, staubige, elende Stunden in der Wüste.

Wir haben ein paarmal die Seiten gewechselt und die Griffe von unten auf die Schulter und wieder zurück verlagert, um unsere schmerzenden Armmuskeln zu entlasten. Mittlerweile hab ich mein Bandana um das Holz gewickelt, damit die wund gescheuerten Stellen an meinen Händen sich nicht noch zu richtigen Blasen entwickeln. Schmollend stapfe ich dahin, während die anderen Kojoten sich unterhalten. Sie plaudern über die Schule, beklagen sich über »Hater« und machen Witze über Jungs. Mia und Shalayne rattern Hip-Hop-Texte runter, dass ich nur mit den Ohren schlackern kann.

Mit gesenktem Kopf marschiere ich weiter. Haben die sie noch alle? Ist denen nicht klar, dass wir hier wie Sträflinge behandelt werden? Wie eine Kolonne Sklaven, die dazu gezwungen werden, einen Riesenhaufen Schrott durch die Wüste zu schleppen?

»Terrain«, das ist heute anscheinend Dvorkas Lieblingswort. Andauernd ruft sie uns irgendwelchen Kram über felsiges Terrain, Bergterrain, unebenes Terrain und Wüstenterrain zu … langsam habe ich echt die Nase voll. Als sie als Nächstes von botanisch interessantem Terrain anfängt, grummele ich: »Das einzige *Törö*, das ich jetzt hören will, ist das von einem Elefanten, der mich auf seinem Rücken hier raussträgt.«

Mia, die neben mir am hinteren Ende der Trage geht, lacht laut los.

Mit einem Mal geht es nicht mehr weiter, weil Hannah und Shalayne wie angewurzelt stehen geblieben sind. »Was zum –«, fauche ich, doch im nächsten Moment sehe ich den gelben Blütenteppich vor uns, groß wie ein Footballfeld. Ich blinzele, überzeugt, dass es eine Fata Morgana sein muss.

»Frühling in der Wüste«, sagt Michelle hinter uns. »Unvergleichlich.«

Ich starre sie an. »Aber …«

Sie lacht. »So ein kleines bisschen Regen kann eine Menge ausmachen, wenn das Land derart ausgedörrt ist.« Sie deutet mit dem Kinn nach vorn; wir sollen weitergehen. »Manchmal ist gar nicht viel nötig, um Verborgenes zum Aufblühen zu bringen.«

Sie sagt es mit Bedacht, als würde sie ihre Worte auf die sprichwörtliche Goldwaage legen. Zwar dringt schwach zu mir durch, dass sie mir damit irgendwas Tiefgründigeres vermitteln will, aber ich denke nicht weiter darüber nach. Was ich jetzt viel besser gebrauchen kann, ist der Auftrieb, den mir dieses Feld voller wunderschön leuchtender Blumen gibt.

Mia neben mir scheint es ähnlich zu gehen. »Wow«, haucht sie.

»Du hast das auch noch nicht gesehen?«, will ich wissen.

Sie schüttelt den Kopf. »Ist das erste Mal.«

Im Weitergehen frage ich: »Wir marschieren da direkt durch?«

»Wir wollen zu diesem Canyon da drüben«, antwortet Dvorka von vorne.

Zum ersten Mal sehe ich mich richtig um. Bis jetzt bin ich die ganze Zeit mit gesenktem Kopf gelaufen und war so versunken in meine Gedanken und meinen Hass auf Dvorka und ihr bescheuertes *Terrain*, dass ich außer dem Schmerz in meinen Armen und dem Schweiß, der mir das dreckige Oberteil unter dem Rucksack an die Haut klebt, kaum etwas mitbekommen habe. Staunend registriere ich, dass die Blumen nicht die einzige Veränderung in der Landschaft sind. Links und rechts von uns erheben sich glatte Sandsteinwände, die von gewellten orangefarbenen und weißen Streifen durchzogen sind. Der Anblick erinnert mich an Karamell mit Sahne.

Die Karamellwände verwirren mich. Wie können wir uns in einem Canyon befinden – oder zumindest auf einen zugehen –, wenn wir den ganzen Morgen auf ebenem Boden oder bergauf gegangen sind?

Ich begehe den Fehler, Michelle zu fragen. »Sind Canyons aber normalerweise nicht *unten*?« Kaum dass die Worte aus meinem Mund sind, komme ich mir blöd vor, also winke ich schnell ab: »Ach, schon gut.«

»Nein, du hast recht«, erwidert sie. »Wir denken bei einem Canyon meistens an eine tiefe Schlucht, weil sich viele Leute zum Beispiel oben an den Rand des Grand Canyons stellen und von da aus runtergucken. Aber wenn du dem Colorado River folgen würdest, anstatt einfach mit dem Auto an die Kante zu fahren, würdest du den Grand Canyon von unten betreten. Das ist dasselbe wie hier, nur in größerem Maßstab. Der Colorado River hat den Grand Canyon in die Erde gegraben, genau wie das Hochwasser diesen Sandstein hier zur Schlucht geformt hat.«

Mia wirft Michelle einen Blick zu und grinst dann mich an. »Diese Blümchen hier sind also unser Fluss, den wir runterschippern.«

Ich versuche, mich auf das Bild einzulassen, aber plötzlich werden Stimmen in meinem Kopf laut.

Die mir sagen, dass wir flussaufwärts gehen, nicht flussabwärts.

Die mir sagen, dass es keine Blümchenflüsse gibt. Ich weiß ja nicht mal, was das für Blumen sind. Sie ducken sich ganz niedrig an den Boden, die Blätter wirken rau, und wenn man drauftritt, richten sie sich sofort wieder auf, als wäre nichts gewesen. Als würden sie sich von ein paar läppischen Fußtritten nicht unterkriegen lassen.

Vorne fängt irgendwer an, *Follow the Yellow Brick Road* aus dem »Zauberer von Oz« zu pfeifen. Es ist Felicia, der Falke. Die zwei Elche stimmen mit ein. Michelle hinter uns lacht und pfeift ebenfalls mit.

Ich komme mir vor wie ein trotteliger Zwerg aus Schneewittchen, der in einem Albtraum mit der bösen Hexe des Westens gefangen ist.

»So 'n Quatsch!«, ruft plötzlich Shalayne. »Beim ›Zauberer von Oz‹ war das ein Mohnfeld.« Dann verändert sie ruckartig ihren Griff an der Trage und bringt uns andere damit aus dem Gleichgewicht. »Die waren rot«, schimpft sie, »und Dorothy ist davon eingeschlafen!«

»Aber die Ziegelsteinstraße war gelb!«, trällert Brooke, der Elch.

»Ja, und aus Ziegelsteinen, nicht aus Blumen«, erwidert Shalayne. »Und wir sind auch nicht unterwegs nach Oz. Wir sind in der verschissenen Wüste, unterwegs in noch mehr verschissene Wüste, und zwar seit ungefähr fünfzig Stunden nonstop! Ich brauch 'ne Pause!«

»Das sind die Blumen«, sagt Brooke. Dann fügt sie mit krächzender Hexenstimme hinzu: »Baaald wirst du einschlafen.«

»Nee«, ruft Shalayne. »Aber vielleicht wahnsinnig. Wenn du so viel tragen müsstest wie wir, wärst du auch hungrig und k. o.!«

»Glaub mir, ich hab hier schon mehr als genug getan«, schnaubt Brooke.

Ich bin so baff, dass ausnahmsweise mal jemand anders mies drauf ist und anfängt zu meutern, dass ich den Mund halte. Die Auseinandersetzung hat die ganze Truppe zum Stillstand gebracht und Hannah am vorderen Ende der Trage dreht sich um. Sie wirkt erschöpft, aber vor allem … ängstlich?

Michelle muss es auch bemerkt haben, denn sie bricht die Regeln, indem sie über die Zukunft spricht: »Ist nicht mehr weit, Mädels, auf der anderen Seite der Schlucht wartet der Versorgungswagen. Los, das schafft ihr!«

Von den anderen Grizzlys habe ich schon mitbekommen, dass die »Versorgung« einmal pro Woche stattfindet und aus frischem Wasser, Essen und Briefen von zu Hause besteht. Was Wasser und Essen angeht, bin ich ja voll an Bord, aber Briefe von zu Hause?

Allein bei dem Gedanken zieht sich mir der Magen zusammen.

»Okay, weiter geht's!«, ruft Mia, und wir setzen uns wieder in Bewegung, aber da klappt plötzlich Jude – der den ganzen Tag noch kein Wort gesagt hat – unter Rumpeln und Scheppern und Stöhnen direkt vor uns zusammen.

Dvorka und die anderen, die weiter vorne sind, marschieren einfach weiter.

»Hey!«, schreit Shalayne ihnen hinterher. »Kriegt ihr überhaupt noch was mit?«

Michelle dagegen kniet bereits neben Jude und misst seinen Puls, während wir vier Kojoten die Trage ablegen und uns nähern. »Ich brauche Wasser«, fordert Michelle, und Mia reicht ihr bereits ihre Flasche, bevor sie den Satz auch nur beendet hat. Michelle versucht, Jude ein wenig aufzurichten, aber er trinkt nicht. »Nehmt ihm den Rucksack ab«, ordnet sie an, woraufhin Hannah und ich unsere eigenen Bündel sinken lassen und ihr zu Hilfe eilen.

Auch Dvorka ist mittlerweile bei uns angelangt und hockt sich neben Michelle. »Hitzschlag?«

»Er ist einfach umgekippt«, sagt Michelle leise und gemessen.

»Vitalzeichen in Ordnung?«

Michelle nickt, während Hannah und ich Jude von seinem Rucksack befreien. Dann versucht sie erneut, ihn zum Trinken zu bewegen.

Inzwischen stehen wir alle um ihn herum. »Vielleicht sind es ja doch die Blumen«, flüstert Hannah mir zu.

Ich werfe ihr einen »Spinnst du?«-Blick zu, dann aber sehe ich, wie feucht ihre Ozeanaugen glänzen.

»Der erholt sich bestimmt wieder«, raune ich zurück.

Doch die Flut steigt bloß weiter an.

»Was ist los?«, frage ich. »Warum weinst du denn jetzt?«

»Mohn«, flüstert sie.

*»Mohn?«*

Sie wischt sich energisch die Tränen ab. »Ich dachte, ich hätte mich besser im Griff.«

Ich kapiere gar nichts. »Was?«

»Allein die Verbindung versetzt mich zurück.«

Ich kapiere immer noch nichts. »Was für eine Verbindung?«

»Mohn.« Verzweifelt sieht sie mich an. »Hast du nie H genommen?«

Meine Augen weiten sich und mir bleibt fast das Herz stehen. »Der Zauberer von Oz« … Ich habe nie darüber nachgedacht, was an diesem Mohnfeld so gefährlich sein sollte, aber jetzt kapiere ich. Opium. Heroin. Das wird aus Mohn gemacht.

Als ich Nico das erste Mal über »H« sprechen hörte, hatte ich keinen Schimmer, worum es ging. Es war, als unterhielten Biggy und er sich in einer Geheimsprache. Nach etwa zwei Wochen hatte ich den Code geknackt, aber da steckte ich längst zu tief in der Sache mit drin, um noch einen Rückzieher zu machen.

»Hast du?«, bohrt Hannah nach.

Ich schüttele den Kopf, denn es stimmt. Heroin *genommen* habe ich nie.

Nur welches ausgeliefert.

»Dann vergiss es«, sagt sie. »Du würdest es eh nicht verstehen.«

»Aber das hier ist ja kein Mohn!«, flüstere ich. »Bloß irgendwelche Wüstenblumen. Deswegen ist Jude nicht umgekippt, der hat einfach einen Hitzschlag.«

»Ich weiß«, antwortet sie, aber ihr Kinn zittert, und ihre Ozeanaugen werden schon wieder feucht. »Ich muss aber jeden Tag daran denken. Jeden Tag dagegen ankämpfen. Eine Weile dachte ich, ich würde gewinnen, aber …« Ihre Worte lösen sich in Schluchzern auf.

Mir ist noch immer nicht ganz klar, wieso sie wegen einer Wiese voller gelber Blumen dermaßen austickt. Aber es ist offensichtlich, dass sie leidet. Und zwar nicht zu knapp. »Hey«, flüstere ich, und bevor ich auch nur drüber nachdenken kann, lege ich die Arme um sie und drücke sie fest an mich, während eine Flut von Tränen meinen Ärmel durchnässt.

# 38

Die Wanderung durch die Blumen und den Karamellcanyon wird zu einem Trauermarsch. Jude ist wieder aufgewacht, aber er zittert und ihm wird ständig übel. Michelle hat es geschafft, ihm etwas Wasser und Gatorade einzuflößen, und ihm mit einem feuchten Schwamm die Stirn gekühlt. Wann immer es möglich ist, gehen wir im Schatten, doch die Sonne steht jetzt nahezu senkrecht über uns, darum gibt es kaum welchen.

Die beiden Elche tragen Judes Rucksack auf einem der Rodelteller zwischen sich, während Dvorka und Felicia Falke sich abmühen, Jude aufrecht und am Laufen zu halten. Michelle folgt uns in einigem Abstand, aber ich höre trotzdem einen Teil von dem, was sie in ihr Walkie-Talkie spricht. Zusammengefasst: Für Jude geht es nach Hause.

»Warum ist *mir* das nicht eingefallen?«, brummt Mia mir zu. Doch ein paar Schritte später fügt sie hinzu: »Obwohl, eigentlich bin ich ganz froh, dass es nicht so war.«

»Echt?«

Sie zuckt mit der freien Schulter. »Schon komisch, aber irgendwie kommt mir das Ganze hier langsam fast normal vor.«

»Und das soll was Gutes sein?«

Sie schweigt, aber ich kann sehen, wie es in ihrem Kopf arbeitet. Schließlich antwortet sie: »Ich find's gut, wie stark ich mich jetzt fühle. Vorher war ich immer nur wütend.« Sie grinst schief. »Bis dahin dachte ich, das wäre ein und dasselbe, ist es aber nicht.«

Danach grübele ich selbst eine Weile lang vor mich hin. Anfangs überlege ich nur, wie viel Wahrheit in ihren Worten steckt, aber dann verwandeln sich meine Gedanken in einen Strudel aus Hass auf Anabella, diese egoistische Petze, auf Mom, weil sie sich immer auf ihre Seite schlägt, auf Dad, weil er sich um gar nichts kümmert, und auf Meadow, weil sie mich ausgenutzt hat.

Bevor ich mir dessen bewusst werde, lande ich auch wieder bei Wut, und ja, ich fühle mich stark.

Rachedurstig.

Unaufhaltsam.

»Drängel nicht so!«, ruft Hannah vor mir.

Ich schrecke zusammen und gehe ein bisschen langsamer. Wer behauptet eigentlich, dass Wut nicht gleich Kraft ist?

»Da ist es!«, ruft Dvorka selig, als wären wir nun doch in Oz angelangt. Sie deutet auf den Pick-up, der mich vor … wie vielen Tagen hier draußen abgesetzt hat? Laut der Strichliste auf meiner Hose waren es gerade mal sieben, aber mir kommt es vor wie ein Monat.

Zwei Männer eilen auf uns zu. John und Mr Superschön.

Beide Elche preschen vor, dass der Rodelteller zwischen ihnen nur so schwankt. »Silver Hawk!«, quietscht Brooke.

»Er gehört mir!«, kreischt Kelsey.

Ich werfe Mia einen Blick zu. »Silver Hawk?«

»Hast du ihn nicht auf der Hinfahrt kennengelernt?«

»Da hat mir keiner gesagt, wie er heißt.«

»Tja, jetzt weißt du's.«

»Silver Hawk? Im Ernst?«

»So hat er sich zumindest vorgestellt. Er ist Mokovs Enkel.« Sie stößt einen hilflosen Seufzer aus. »Bei seinem Blick kriege ich jedes Mal weiche Knie.«

Ich beschließe, dass wir allesamt Idiotinnen sind, und während die Betreuer sich um Jude kümmern und mit gedämpften Stimmen eine Lagebesprechung abhalten, versuche ich, Mr Superschön alias Silver Hawk so gut es geht zu ignorieren, anstatt um ihm herumzuscharwenzeln wie die anderen.

Erschwert wird mir das Ganze dadurch, dass er Becher mit kaltem Wasser aus einem großen Plastikbehälter auf der Ladefläche des Wagens verteilt. Und Sandwiches. Und dass er »Gut siehst du aus« sagt, als er mir meine Ration reicht.

»Na klar«, schnaube ich, kann jedoch ein Lächeln nicht unterdrücken.

+++++++

An der Versorgungsstation erhalten wir jede einen neuen, in Plastiktütchen verpackten Vorrat an Müsli, Milchpulver, Reis, Bohnen, Linsen und Studentenfutter, den wir uns die nächste Woche über einteilen müssen. Aber wir bekommen auch Essen für die gesamte Gruppe, das die Elche, die dafür verantwortlich sind, auf ihren Rodelteller laden.

Sie weigern sich, mich einen genaueren Blick in den Sack werfen zu lassen, aber ich erkenne Maismehl, Eipulver, Erdnussbutter, frische Äpfel, Käsewürfel, braunen Zucker und Kartoffeln.

Ganze, riesengroße *Kartoffeln.*

Nur … wie sollen wir die kochen? Und warum müssen wir sie mit uns rumschleppen, wo es doch die federleichte, gefriergetrocknete Variante gibt? Trotzdem, so sinnfrei mir das Ganze vorkommt, der Anblick von echtem Essen hebt definitiv meine Laune.

Wir dürfen auch unsere Feldflaschen auffüllen, und ich bekomme endlich Ersatz für die, die Dax mir geklaut hat. Geizig hüte ich meinen neuen Vorrat und bitte stattdessen lieber Silver Hawk, mir so oft Wasser aus dem großen Behälter zu zapfen, bis ich keinen Tropfen mehr runterkriege.

Silver Hawk füllt auch die Wasserspender für die Gruppe nach. Sie sind aus durchsichtigem Plastik und zusammenfaltbar und lagen bislang leer auf der Trage, aber jetzt, wo sie voll sind, werden sie auf einen der Rodelteller geschnallt, den Felicia Falke hinter sich herzieht. Wasser ist schwer. Ein Kilo pro Liter, wenn ich mich nicht täusche. Wurde ja auch Zeit, dass sie nicht uns Kojoten die ganze Arbeit allein machen lassen.

Während die Sachen verteilt werden und wir unsere Sandwiches mümmeln, sitzt Jude mit kläglicher Miene auf dem Beifahrersitz des Pick-ups, und die anderen Betreuer reden. Miteinander, in ihre Walkie-Talkies, mit Silver Hawk. Es wird viel genickt und die Stirn gerunzelt, aber als es am Ende weitergehen soll, lächeln sie alle. »Jude muss die Gruppe verlassen«, verkündet Dvorka. »Sagt ihm einen lieben Grizzly-Gruß zum Abschied und dann geht's weiter. Wir haben noch einen weiten Weg vor uns.«

Als der liebe Grizzly-Gruß sich als halbherziger Chor aus »Bis dann« und »Pass auf dich auf« entpuppt, murmele ich: »Kann es sein, dass ihr ihn nicht besonders mochtet?«

Die anderen Kojoten und ich stehen in einem kleinen Rudel beieinander. »Er ist erst einen Tag vor dir dazugekommen«, sagt Mia. »Wir wissen kaum was über ihn.«

Hannah scheint ihre Mohnkrise überwunden zu haben. Sie lächelt mich an und fügt hinzu: »Genau. Wir kennen dich schon besser als ihn, dabei durften wir die meiste Zeit nicht mal mit dir reden.« Sie wirft einen Blick Richtung Pick-up. »Schätze, er hatte genug Probleme mit sich selbst.«

Auch Shalayne ist jetzt wieder besser drauf. Schon irre, was ein bisschen Essen und eine Pause bewirken können. Sie sagt: »Einige von uns sind wohl einfach zäher als andere.«

Mia versetzt ihr einen spielerischen Schubs. »Süße, du hast die ersten drei Tage nur geheult.«

*»Geheult?«*, wiederhole ich, als wäre das bei mir nicht ganz genauso gewesen.

Shalayne stöhnt auf. »Und das schmiert ihr mir jetzt immer wieder aufs Butterbrot!«

Mia grinst mich verschlagen an. »Wollen wir mal über *deine* Anfangszeit hier reden?«

Im Chor mit Shalayne äfft sie mich nach: »Heeeelft mir doch!«, und alle lachen, sogar ich.

Dann sieht Shalayne, wie Silver Hawk sich ans Steuer des Pick-ups setzt, und ruft: »Nimm mich mit!«

»Oder bleib hier!«, fügt Hannah hinzu. »Biiiiiitteee!«

Silver Hawk winkt nur grinsend aus dem Fenster. Dann verschwindet er in einer mächtigen Staubwolke.

Einmal »Hauruck« und auch wir sind wieder unterwegs.

# 39

Meinen Himmelsberechnungen nach müsste es zwischen vier und fünf Uhr sein, als wir endlich in unser neues Lager stolpern. Ich habe Blasen an Händen und Füßen und mein Rücken und meine Schultern unter dem Rucksack sind schweißverkrustet. Was würde ich nicht für ein bisschen Schatten geben. Alle sind fix und fertig, sogar unsere Aufseher.

»Super Teamwork«, lobt John, als wir die Trage absetzen, aber es klingt nicht sehr überzeugend. Sondern hauptsächlich erschöpft. Sein Männerdutt hängt zottelig auf halbmast.

»Du bist doch nur den halben Weg mitgewandert«, grummelt Elch Brooke.

»Dafür bin ich gestern zwanzig Meilen Dax hinterhergerannt«, erwidert er. »Der hat sich nicht gerade kampflos ergeben.«

Ich will weiter nach Dax fragen, aber ich sehe, wie die anderen Grizzlys bereits das Lager inspizieren. Ich weiß nicht genau, worauf sie dabei achten, aber ich will auf keinen Fall den miesesten Platz abkriegen, also versuche ich schnell, den Weg der Sonne einzuschätzen. Ein paar Kiefern und Wacholder bilden eine Nische, die angenehmen Schatten am Nachmittag verspricht. Ich eile hin und werfe meinen Rucksack dort ab, um sie für mich zu beanspruchen.

»Hey!«, ruft Felicia und mustert mich, als hätte ich in der Schulcafeteria den Oberstufentisch gekapert. Auch hier scheint es eine Art Klassensystem zu geben: Falke und Elche oben, Kojoten unten.

Als Gruppenälteste ist Felicia es wohl gewohnt, ihren Willen zu kriegen, aber bevor sie sich beschweren kann, rufe ich Hannah zu: »Hier!« Sie kommt angeschlurft, gefolgt von Shalayne und Mia.

»Moment mal!«, ruft Felicia und sieht sich Hilfe suchend nach unseren Aufsehern um. »Geht das hier nicht der Reihenfolge nach?«

»Du traust dich echt was«, raunt Hannah mir zu.

»Gibt's irgendwelche Regeln dagegen?«, flüstere ich zurück.

»Unausgesprochene, ja.«

John und die anderen Betreuer sehen zu, mischen sich jedoch nicht ein.

»Im Ernst jetzt?«, schimpft Felicia, und als sich immer noch niemand regt, stecken sie und die Elche die Köpfe zusammen und werfen uns immer wieder finstere Blicke zu.

Unser Rudel wird nervös. Ich will unseren Platz nicht aufgeben, aber auch keinen Ärger stiften. Obwohl mir klar ist, dass unsere Zelte niemals alle in die Schattennische passen werden, rufe ich: »Wir können doch einfach zusammenrücken!«

Aber der Falke und die Elche haben offenbar keine Lust, sich mit einem Haufen Kojoten abzugeben. Beleidigt wenden sie sich ab und suchen sich einen Platz am gegenüberliegenden Rand des Camps.

Alle richten sich ein. Am liebsten würde ich einfach nur meine Isomatte und meinen Schlafsack ausrollen und mich aufs Ohr hauen, aber von den anderen macht auch keiner Anstalten dazu. Außerdem weiß ich, wie schnell es kalt wird, sobald die Sonne untergegangen ist, also raffe ich mich ebenfalls auf. Das Aufhängen der Plane geht mir zwar immer noch ziemlich mühsam von der Hand, aber immerhin etwas besser als beim ersten Mal. Und diesmal lasse ich mir sogar von Michelle den »Zauberknoten« zeigen, damit mein Seil nicht durchhängt. Was die Sache leichtermacht.

Ich habe gerade angefangen, meine Sachen im Zelt unterzubringen, als John anfängt, einzelne Wörter durchs Camp zu bellen, als ginge er eine Anwesenheitsliste durch.

»Feuerstelle!«

Brooke ruft eilig: »Ich!«

»Feuerholz!«

»Ich!«, meldet sich Felicia.

»Latrine!«

»Wren!«, schreien Elche und Falke im Chor.

»Was?«, frage ich. Ich habe keine Ahnung, was hier vor sich geht.

John lacht und macht weiter. »Feuermachen!«

»Ich!«, ruft Mia.

»Was geht denn hier ab?«, will ich wissen.

»Arbeitsverteilung«, erklärt Hannah und ruft dann: »Latrinenassistenz!«

John mustert sie kurz und nickt dann. »In Ordnung. Und nett von dir.«

»Das Terrain sieht ziemlich steinig aus«, stimmt Dvorka zu.

»Vorratshaltung!«, ruft John.

»Ich!«, rufen Shalayne und Kelsey, der andere Elch, zugleich.

John überlegt einen Moment und erklärt dann: »Ihr arbeitet zusammen.«

Darauf breitet sich kurz Schweigen aus, das Michelle schließlich bricht, indem sie ruft: »Und die Betreuer kochen freiwillig Abendessen.«

Alles jubelt: »Jaaa!«

Ein paar Minuten später steckt Hannah den Kopf in mein Zelt, in der Hand einen Klappspaten. »Bereit?«

Ich sage Ja, aber wie sich kurz darauf herausstellt, bin ich das ganz und gar nicht. Wir brauchen über eine Stunde, um die Latrine zu graben. Als wir endlich so weit sind, habe ich drei neue Blasen und die entsprechende Laune – mir ist heiß, alles tut weh, und in mir brodelt es.

Auf dem Rückweg kratze ich tief unter all meinem Ärger ein Dankeschön an Hannah hervor. »Ich weiß echt nicht, wie ich das allein hätte hinkriegen sollen.«

»Ist halt ein *Scheiß*job«, stimmt sie mir grinsend zu.

Ich stöhne und steige dann auf das alberne Wortspiel ein. »Nur was für echte Femmes *fäkales*.«

»Vielleicht sollten wir uns ein *Kot*wort einfallen lassen?«

Ich bleibe stehen. »Okay, das war jetzt wirklich übel.«

Ihre Nasenlöcher blähen sich, und zuerst denke ich, sie will einen weiteren blöden Witz reißen, aber dann rieche ich es auch.

»Wow!«, hauche ich, und die Qualen des Grabens sind vergessen. »Sind das … Zwiebeln?«

»Und Hackfleisch?«

Wir laufen immer der Nase nach zurück ins Camp, wo wir eine Feuerstelle vorfinden, die aussieht, als wäre sie schon seit mindestens einer Woche da. Die Zelte der Aufseher sind aufgebaut, das Feuer lodert, und John setzt gerade den Deckel auf einen großen schwarzen Kessel. »Riecht das gut!«, ruft Hannah.

»Was gibt's denn?«, frage ich, und mir läuft das Wasser im Mund zusammen.

Dvorka fischt ein paar aschegraue Stöcke aus dem Feuer und schichtet sie um den Kessel auf. »Friedensauflauf«, sagt sie und legt als Nächstes glühende Holzstücke auf den Deckel.

»Und wann ist der fertig?«, fragt Hannah hoffnungsvoll.

Dvorka sieht sich um. Die Grizzlys stehen alle mehr oder weniger sabbernd am Feuer. »In ungefähr einer halben Stunde«, sagt sie. »Genug Zeit, um euch zu waschen.«

»Waschen?« Fragend sehe ich Hannah an. »Womit denn?«

»Na ja, ist eher wischen als waschen – wischiwaschi eben«, blödelt sie und zieht mich mit zu unseren Zelten. »Hol deinen Waschlappen.«

»Ich hab einen Waschlappen?«

Sie lacht. »So ein blaues Stoffquadrat, etwa zwanzig mal zwanzig Zentimeter.«

»Das ist ein Waschlappen?«

»Yep. Du kannst aber auch ein Bandana benutzen.«

»Die sind doch megadreckig!«

Sie verschwindet in ihrem Zelt. »Tja, irgendwas solltest du dir jedenfalls schnell suchen, sonst verpasst du deine wöchentliche Chance auf ein bisschen Sauberkeit.«

Hannah wartet, während ich den Lappen suchen gehe. Dann stellen wir uns zusammen mit den anderen bei Michelle für Wasser an. »Wie die sieben Zwerge, die sich vor Schneewittchen aufreihen«, flüstere ich Hannah zu. Sie guckt bloß verwirrt, also erkläre ich: »Weißt du nicht mehr, als Schneewittchen die Zwerge auffordert, sich vor dem Essen zu waschen, sagen die Zwerge: ›Heute ist doch nicht Neujahr!‹ Und dann kontrolliert sie ihre Hände.«

Hannah lacht. »Den hab ich ewig nicht gesehen.« Dann fragt sie: »Und, welcher Zwerg bist du?«

Da muss ich nicht lange nachdenken. »Brummbär. Definitiv. Und du?«

»Hmm«, macht sie. »Mampfi!«

»Es gibt doch gar keinen Mampfi!«

»Dann pass gleich beim Essen mal gut auf!« Hannah lacht.

Shalayne vor uns sagt: »Ich bin Autschi!«

Mia vor *ihr* ruft: »Und ich bin Groggy!«

»Wir sind Brummbär, Mampfi, Autschi und Groggy«, ruft Shalayne, im Versuch, Felicia und die Elche mit einzubeziehen. »Und wie heißt ihr?«

Aber sie spielen nicht mit, also taufen wir sie heimlich auf Zicki, Motzi und Muffi. Als ich bei Schneewittchen – der wasserausteilenden Michelle – ankomme und ihr meinen Waschlappen hinhalte, wie ich es bei den anderen beobachtet habe, bin ich seltsam gut gelaunt.

Michelle benetzt den Lappen gerade mal, aber ich nutze das bisschen Nässe, so gut es geht. Ich reibe mir das Gesicht ab, dann die Arme und Hände. Es ist kühl und frisch, und ich staune, dass so eine Handvoll Wasser sich besser anfühlen kann als jede Dusche.

Genießerisches Schweigen breitet sich aus und in der Stille sickern mir wieder Michelles Worte von vorhin ins Gedächtnis. Über den Frühling in der Wüste. Da hat sie gesagt, ein bisschen Wasser könne eine Menge ausmachen, wenn das Land ausgedörrt sei.

Mit einem Mal kommen mir die Tränen, und ich muss mich abwenden, damit die anderen Kojoten sie nicht sehen.

Hannah kriegt es dennoch mit. »Was hast du?«, flüstert sie.

Ich schüttele den Kopf. Es war nur ein flüchtiger Eindruck von etwas, das ich nicht in Worte fassen kann. Aber zum ersten Mal habe ich es gespürt.

Wie ausgedörrt ich bin.

# 40

Friedensauflauf. Wow. Wie Hunde schlingen wir das Abendessen hinunter, lecken unsere Näpfe aus und betteln um mehr. »Wie?«, stoße ich hervor, als ich kurz mal nach Luft schnappe. »Ich will wissen, wie das geht.«

»Das Rezept?«, fragt John.

Nickend halte ich ihm meinen Teller für einen Nachschlag hin.

»Dazu brauchst du einen Schmortopf. Den hier teilen wir uns mit den anderen Camps«, sagt er und klopft mit dem Servierlöffel an den Kessel. »Zuerst brät man Zwiebelwürfel und Rinderhackfleisch an. Dann kommen ein paar Dosen Bohnen – Kidneys oder schwarze – dazu, Salz und Pfeffer, und was man sonst gerade so an Gewürzen dahat, und dann gut umrühren. Während das Ganze köchelt, macht man einen Maisteig und verteilt ihn auf der Mischung. Wie eine dicke Glasur. Dann Deckel drauf, heiße Kohlen drum rum und schmoren lassen.«

»Das ist so lecker!«, seufzt Felicia.

»So lass ich mir Frieden schmecken«, sagt Mia und beugt sich vor, um eine zweite Portion in Empfang zu nehmen. »Danke.«

»Ja«, murmeln wir alle. »Danke.«

Der Friedensauflauf hat seine Funktion mehr als erfüllt. Doch als wir satt sind und den Funken zusehen, die vom

Feuer in den dunkler werdenden Himmel aufstieben, breitet sich plötzlich Unruhe unter den Mädchen aus. Eine seltsame Anspannung. Sie wirkt regelrecht lebendig. Wie ein unsichtbares Raubtier, das ums Lagerfeuer schleicht.

Ich habe keine Ahnung, warum oder ob ich mir das Ganze nur einbilde, bis Brooke sagt: »Und? Wann kriegen wir unsere Briefe?«

Briefe! Das hatte ich ja total vergessen. Kurz packt mich Aufregung, doch gleich darauf holt mich die Realität ein und verpasst mir einen Dämpfer. Natürlich – darum die Anspannung. Niemand von uns ist freiwillig hier. Wir wurden weggeschickt. Gegen unseren Willen. Gekidnappt und unter Zwang hergeschleift. Und diejenigen, denen wir das zu verdanken haben, sitzen gemütlich zu Hause. Briefe von dort zu lesen, fühlt sich vermutlich für uns alle gleich an – als wanderte man über ein Minenfeld.

Am liebsten will ich gar keinen Brief. Ich will keine Vorwürfe lesen, keine Rechtfertigungen, keine Forderungen und keine Klagen. Ich will einfach in Ruhe hier am Feuer sitzen, den Bauch voller Friedensauflauf, und hoch zu den Sternen gucken.

Dann fällt mir der Brief wieder ein, den ich an meinem zweiten Tag in der Wüste geschrieben habe. In dem ich mich beschwert habe, ich würde hier misshandelt und gequält. Wie ich mit aller Gewalt auf die Tränendrüse gedrückt habe, damit meine Eltern mich wieder nach Hause holen. Und jetzt bin ich selbst nach dem Waschen noch voller Dreck und habe überall Blasen wegen einem Fünftausendmeilenmarsch durch die Wüste und vom Latrinenbuddeln. Meine Klamotten, nein, *alles* an mir stinkt nach Rauch, die Haare kleben mir fettig am Kopf, und ich war noch nie im Leben so erschöpft. Eigentlich bin ich also schlechter dran als noch vor einer Woche, aber jetzt … jetzt will ich gar nicht mehr nach Hause.

Die Erkenntnis trifft mich wie ein Schlag.

Ich will wirklich nicht nach Hause.

Dvorka spielt Postbotin. Nacheinander liest sie im Feuerschein unsere Namen vor und teilt die Briefe aus.

Jede von uns bekommt mindestens einen und nimmt ihn entgegen, als enthielte er ihr Todesurteil. Niemand reißt ungeduldig den Umschlag auf, aber es wirft ihn auch niemand ins Feuer. Stattdessen starren alle vor sich hin, drehen die Briefe hin und her, seufzen oder halten die Luft an.

»Tara kommt morgen«, verkündet Dvorka. Es dauert einen Moment, bis mir wieder einfällt, dass das die Therapeutin ist. Die Australierin mit den roten Haaren. »Aber wir drei sind immer für euch da, falls jemand heute Abend schon Redebedarf hat.«

»Ich gehe ins Bett«, verkündet Felicia.

»Ich auch«, schließen die Elche sich an.

Die drei stehen auf, klopfen ihre Klamotten ab, sammeln ihr Zeug ein und verschwinden wortlos in der Dunkelheit.

Wir anderen bleiben sitzen und lesen im Feuerschein. In meinem Umschlag stecken zwei Briefe, einer von meiner Mutter und einer von meinem Bruder. Der von meiner Mutter ist anderthalb Seiten lang und wie immer in *Lucida Handwriting* getippt. Mein Bruder hat mit Bleistift auf eine Notizblockseite geschrieben und das Ganze mit kleinen Kritzeleien verziert. Viel zu erzählen hat er nicht, nur dass es am Dienstag geregnet hat und er im Schultheaterstück ein Kaninchen spielen muss. Er hat ein »Kaninchen raus!«-Schild gezeichnet, aber das Vieh in dem durchgestrichenen Kreis sieht eher aus wie eine Ratte mit übergroßen Ohren. »Ich hoffe, das Camping macht Spaß« steht da, gefolgt von einem weiteren

Bild von einem Lagerfeuer, Bäumen und einem Bach. Unterschrieben hat er mit »Dein Bruder Morris«.

Morris? Seit wann nennt er sich Morris?

Es zerreißt mir fast das Herz.

Dann lese ich Moms Brief.

Ich weiß nicht, was ich erwartet oder worauf ich gehofft hatte. Jedenfalls nicht das, was ich bekomme, so viel ist mal sicher. Sachlich, regelrecht emotionslos, erklärt sie mir, dass sie mich »keineswegs aus dem Therapiecamp abholen« werde. Dass sie mit einem Verantwortlichen gesprochen habe und ihr nun klar sei, dass ich die Situation »übertrieben dargestellt« habe, und ich solle gefälligst nicht immer »aus jeder Kleinigkeit ein Drama« machen.

Die hat leicht reden von ihrem ergonomischen Bürostuhl aus, an ihrem ultramodernen Computer, in ihrem klimatisierten, vor Wind und Wetter geschützten Haus. Wie emotionslos sie wohl bleiben würde, wenn *ihr* Zelt geflutet würde, wenn *sie* sich zum Pinkeln über ein Loch hocken und schwitzend nach Wasser graben müsste?

Sie schreibt, dass sie, Dad und Anabella jetzt zweimal die Woche zur Therapie gehen würden, »um unsere Familiendynamik zu ergründen und uns weiterzuentwickeln«.

Nicht mal unterschrieben hat sie per Hand. Selbst das lässt sie Lucida erledigen. *Denk immer daran, dass wir dich lieb haben. Mom.*

»Was für ein Schwachsinn«, murmele ich und verziehe mich in mein Zelt.

Nebenan höre ich Hannah weinen. Leise Schluchzer, stoffgedämpfter Schmerz. Ich hatte gar nicht gemerkt, dass sie gegangen ist, während ich noch lesend am Feuer saß. Offenbar sprühte ihre Post auch nicht gerade vor Herzchen und Blumen.

Zuerst habe ich das Gefühl, ich sollte sie lieber in Ruhe lassen, aber nachdem ich sie eine Weile habe weinen hören, robbe ich halb aus meinem Zelt und spähe rüber in ihrs. »Hey. Was immer sie geschrieben haben, vergiss es.«

Hannah wischt sich schniefend das Gesicht ab. »Meine Mom hat mir endlich mal geschrieben. Und stell dir vor – sie hat rausgefunden, dass sie allein meinetwegen zur Alkoholikerin geworden ist. Deswegen kann sie mich nicht mehr um sich haben und will, dass ich zu meinem Dad ziehe. Nach *Kansas*.«

Sofort schwirren mir wieder »Der Zauberer von Oz«, Mohnfelder und gelbe Ziegelsteinstraßen durch den Kopf. *»Kansas?«*

»Genau!«

»Vielleicht ist es da ja ganz nett.«

»Du kapierst überhaupt nichts.«

Womit sie absolut recht hat. Nachdem wir beide kurz geschwiegen haben, murmele ich »Tut mir leid«, und will zurück in mein Zelt robben.

Sie streckt den Arm aus und hält mich fest. »Wren? Entschuldige. War dein Brief denn gut?«

Ich zucke mit den Schultern. »Würd ich nicht gerade behaupten.«

Ich will einfach nur allein sein, aber selbst im Dunkeln erkenne ich, dass Hannah noch etwas auf dem Herzen hat. Etwas, das sie dringend loswerden muss.

»Was?«, frage ich.

Sie schüttelt heftig den Kopf, aber dann rückt sie doch mit der Sprache raus. »Danke für deine Hilfe heute, auf dem Mohnfeld.«

»Das war kein Mohn«, erinnere ich sie. »Und solche Felder gibt es auch nur im Film.«

Sie murmelt etwas, aber so leise, dass ich nichts verstehe.

»Was hast du gesagt?«

»Nur dass ich mich kaum erinnern kann, wann mich zum letzten Mal jemand umarmt hat. Damit hast du mich vor dem totalen Durchdrehen bewahrt. Ich bin froh, dich zur Freundin zu haben.«

Freundin.

Meine letzte Freundin war Meadow. Ich weiß nicht mal mehr, was dieses Wort überhaupt bedeutet.

»Geht mir genauso«, sage ich und krieche zurück in mein Zelt.

# 41

Meadow ist nicht meine Freundin. Das ist mir inzwischen klar. Nicht ganz klar ist mir, was sie stattdessen ist, und das ist verwirrend. Natürlich *hätte* ich sie gern zur Freundin. Schließlich ist sie witzig und klug und abenteuerlustig, aber sie lässt nichts an ihr Herz.

Vielleicht hat sie auch gar keins.

Manchmal vergesse ich das und mache Fehler. Weihe sie in Dinge ein oder verrate zu viel. Zunächst ist sie dann mitfühlend und verständnisvoll, komplett auf meiner Seite. Aber später sticht sie dann mit dem, was ich ihr erzählt habe, auf mich ein und lässt mich blutend liegen.

Immer wieder nehme ich mir vor, ihr nicht zu vertrauen.

Schwöre mir, ihr nie wieder etwas Persönliches zu erzählen.

Aber dann vergesse ich es wieder und muss dafür büßen.

Nach unserem großen Streit im letzten Frühling hatte ich beschlossen, mir neue Freunde zu suchen. Das Problem war nur, dass ich anscheinend gar nicht weiß, wie das geht. Schließlich hatte ich das schon am Anfang der Junior-Highschool probiert und nirgends Anschluss gefunden. So war ich ja überhaupt erst bei Meadow gelandet. Und jetzt, fast drei Jahre später, verlief der Versuch noch kläglicher.

Dabei habe ich mir wirklich Mühe gegeben. Ich war so sauer auf Meadow und wollte ihr ein für alle Mal beweisen, dass ich sie nicht brauchte, nichts mehr mit ihr zu tun haben *wollte.* Also fing ich an, den Leuten in der Schule zuzulächeln. Allen, die im Klassenraum um mich herumsaßen, Hallo zu sagen. Mich beim Mittagessen zu unterschiedlichen Gruppen zu setzen.

Aber das war so was von krampfig. Für sie, mich, alle. Bislang hatte ich im Unterricht immer nur ganz hinten gesessen, und, das Handy im Schoß, heimlich mit Meadow hin und her geschrieben. Die Pausen hatte ich entweder mit Meadow verbracht oder mich irgendwo versteckt und ihr geschrieben. Auch nach Schulschluss war ich sofort losgerannt, um mich mit ihr zu treffen. Und jetzt wollte ich plötzlich mit Leuten reden?

Dazu kam, dass ich nichts mehr zu rauchen hatte und auch keine Ahnung, wo ich was herbekommen sollte. Ich war reizbar und nervös und musste ständig daran denken. *Ständig.* Nachdem ich einmal das »Hi! Darf ich mich zu euch setzen?« hinter mich gebracht hatte, schaltete ich gedanklich ab. Zappelte rum. Ich fing an, Nägel zu kauen. Bis sie bluteten.

Ich versuchte, einem Achtklässler Gras abzukaufen, der einen Ruf als Kiffer hatte, aber der ließ mich eiskalt abblitzen. »Ey, echt jetzt mal, du kannst nicht einfach irgendwelche Leute abstempeln. Das hier«, sagte er, und deutete an seinem Grungelook runter und wieder rauf, als präsentierte er den Hauptgewinn in einer Gameshow, »ist bloß der Ausdruck eines nachhaltigen Lebensstils. Nachhaltigkeit, Baby.« Er grinste höhnisch. »*Das* kannst du von mir aus rauchen.«

Was für mein Empfinden mehr als stoned klang. Aber jetzt packte mich die Angst, er könnte jemandem erzählen, dass ich gefragt hatte, also sagte ich schnell: »War nur ein Test«, und düste davon.

»Bist du ein Spitzel, oder was?«, rief er mir hinterher.

Okay. Einmal und nie wieder.

Ich versuchte so verzweifelt, mich von Meadow zu lösen, dass ich sogar Anstrengungen unternahm, um meine Noten zu verbessern. Was mir auch gelang. Zumindest ein bisschen. Aber mir ging es die ganze Zeit mies dabei. Und ich fühlte mich unsichtbar.

Ein Monat verging. Ein Monat, der sich anfühlte wie zehn Jahre. Ich schaffte sechs Wochen. Sieben. Aber dann wartete sie eines Tages nach der Schule auf mich. »Schon gut, ich hab's kapiert«, sagte sie und ging neben mir her.

Ihr Auftauchen war ein regelrechter Schock. Aber ich war überglücklich. Obwohl ich mir das natürlich nicht anmerken ließ. »Was willst du?«, knurrte ich.

Sie lächelte. »Du Zicke fehlst mir einfach!«

Ohne ein Wort zu sagen, ging ich weiter. Ich sah nicht mal zu ihr rüber, obwohl mein Herz raste wie verrückt.

»Hör mal«, meinte sie. »Tut mir echt leid. Ich hab's übertrieben, das war nicht in Ordnung. Ich hätte dir die Wahrheit sagen sollen.«

Da hatte ich so hart daran gearbeitet, eine Festung um mich zu errichten und mich vor Meadow zu schützen. Hatte alles, was ihr gehörte, in eine Schachtel gepackt und in den Kleiderschrank verbannt. Seit fast zwei Monaten war ich clean. Ich hätte durch nichts zu erschüttern sein sollen, aber stattdessen fühlte ich mich einfach nur verloren. Leer. Und furchtbar einsam. Meine Festung entpuppte sich als wackeliges Kartenhaus und schon der kleinste Hauch von Meadows Stimme ließ es in sich zusammenstürzen. »Wirklich?«, murmelte ich.

Sie lachte. »Ich hab mich benommen wie das letzte Miststück, okay? Können wir nicht wieder Freundinnen sein?«

Ich redete mir ein, dass das nun mal so lief unter Freundinnen – Vergeben und Vergessen. Dass ich selbst schließlich auch nicht alles richtig gemacht hatte. Dass ab jetzt alles anders würde.

Noch am selben Nachmittag dröhnten wir uns im Park zu, und es dauerte nicht lange, bis sie wieder alles, was ich ihr erzählte, gegen mich verwendete.

Sie war keine Freundin.

Das war mir klar.

Aber ich tat so, als wäre es anders, denn ohne sie hatte ich gar nichts.

# 42

Kurz vor dem Einschlafen denke ich noch, wie seltsam es ist, dass ich zu Hause so verzweifelt versucht habe, Freundschaften zu schließen, während mir hier eine in den Schoß fällt, ohne dass ich es darauf angelegt habe.

Ich schlafe wie ein Stein. Ohne zu träumen. Ohne mich hin- und herzuwälzen. Tief und fest.

Beim Aufwachen liege ich da wie eine Mumie – auf dem Rücken, die Fußknöchel gekreuzt, die Arme verschränkt. Der Schlafsack ist mein Sarkophag.

Draußen wird es gerade erst hell und ein Vogel zwitschert. Einen Moment lang bleibe ich liegen und lausche – es klingt so freundlich. Stille, dann wieder Gezwitscher, dann wieder Stille. Ich wüsste gern, was er sagen will. Ob er sich verflogen hat? Oder einsam ist? Warum antwortet ihm kein anderer Vogel?

Nach ein paar weiteren Malen verstummt er. Ich warte ab und überlege, ob er weggeflattert ist oder einfach aufgegeben hat. Ich muss an die Frage denken, die Mr Wexler uns mal in Philosophie gestellt hat: »Wenn im Wald ein Baum umfällt und niemand hört es, gibt es dann überhaupt ein Geräusch?«

Hollister Keegan, unser Superhirn, lieferte irgendeine extrem komplizierte Erklärung ab, warum die Antwort Nein lauten müsse (»Hervorragend!«, rief Mr Wexler), und natürlich stimmte der Großteil der Klasse ihm zu. Mr Wexler sauste vor der Tafel hin und her und fragte: »Wer sieht es genauso? Okay! Okay! Wer noch?«, während eine Hand nach der anderen in die Höhe schoss.

Insgeheim erklärte ich sie allesamt zu Idioten und war froh, dass Mr Wexler mich auf meinem Platz ganz hinten nicht bemerkte.

Jetzt jedoch stelle ich mir selbst diese Frage. Wenn ein Vogel in der Wüste singt und niemand ihn hört, gibt es dann ein Geräusch? Und wenn ja, und kein anderer antwortet, ist das wirklich dasselbe wie einfach nur Stille?

Beinahe überlege ich, ob ich mir den Vogel nur eingebildet habe. Vielleicht habe ich ja doch geträumt. Ich will mich auf die Seite rollen. Aufstehen. Zur Latrine gehen und mich nach dem Phantomvogel umsehen. Doch als ich es versuche, merke ich, dass ich steif wie ein Brett bin. Das ist ein Muskelkater, wie ich ihn nach dem Sportunterricht noch nie erlebt habe. Schon die geringste Bewegung schmerzt. »Auaaa«, stöhne ich und lasse mich zurück auf den Boden sinken.

Nach einer Minute starte ich einen neuen Anlauf, der jedoch nur in einem noch lauteren Stöhnen endet.

Nebenan höre ich Hannah »Hier auch« ächzen.

Es dauert eine Weile, aber schließlich wanken wir beide gleichzeitig aus unseren Zelten. Sie sieht völlig verwildert aus, ihr kurzes Haar steht in alle Richtungen ab, und ihre Schnürsenkel schleifen über den Boden. Trotzdem zeigt sie auf mich und lacht: »Hilfe! Ein Zombie!«

Ich muss mitlachen und wir schlurfen unter Wehklagen Richtung Latrine.

Auf dem Rückweg frage ich: »Hast du auch den Vogel heute Morgen gehört?«

»Ja«, sagt sie. »Das war ein Waldsänger.«

»Ein Waldsänger? Woher weißt du das?«

»John ist letzte Woche mit uns auf Vogelbeobachtungstour gegangen.«

»Echt? Während ich halb tot in meinem Zelt lag?«

»Ja, tut mir leid.« Sie zuckt mit den Schultern. »Die erste Woche ist immer schrecklich.« Schweigend schlendern wir weiter, bis sie schließlich fortfährt: »Jedenfalls haben wir da einen Goldwaldsänger gesehen, einen Kiefernhäher und einen Andenbaumläufer.«

»Aus den Anden? Hat der sich hierher, äh, verbaumlaufen?«

Sie grinst. »Die Viecher sind jedenfalls echt knuffig, mit ihren langen Schnäbeln und dem hohen Getschilpe.«

Diese Vögel soll es alle in der Wüste geben? Krähen und Geier, klar. Vielleicht auch noch Adler. Aber Singvögel? Und dann gleich so viele, dass sich eine Vogelbeobachtungstour lohnt?

»Hey«, sagt Hannah und deutet mit dem Kinn rüber zur Feuerstelle, wo John gerade Holz nachlegt und die Glut von letzter Nacht schürt. »Wollen wir die anderen mit Pfannkuchen überraschen?«

»Woraus denn?«

»Aus dem Gemeinschaftsvorrat. Findet John bestimmt super.«

»Gute Idee, aber glaub mir, meine Hilfe willst du dabei nicht haben, dann werden die Dinger bloß ein Desaster.«

»Klar will ich!« Sie ist jetzt hellwach, regelrecht aufgekratzt. »Na los, ich zeig dir einfach, wie es geht.«

John findet die Idee tatsächlich super und Hannah … ich weiß auch nicht. Sie ist so nett. Geduldig. *Fröhlich.* Schritt für Schritt erklärt sie mir alles – wie man den Teig mischt, eine Mulde in die Kohlen drückt, die Pfanne präpariert, die Temperatur prüft, den Teig einschöpft, am Blasenwurf abschätzt, wann der Pfannkuchen gewendet werden muss, und schließlich das Wenden selbst.

Davor habe ich am meisten Bammel. Mit einem Mal bin ich wieder acht und stehe mit Anabella in der Küche. Wir backen Pfannkuchen zum Muttertag.

Damals hatte ich absolut keinen Plan vom Kochen. Wenn Mom Essen machte, gab sie mir immer zu verstehen, dass ich mich lieber anders beschäftigen solle. Anabella kommandierte mich herum wie eine Irre und ermahnte mich, wir hätten nicht genug Teig und darum sollte ich lieber gar nicht erst versuchen, die Kuchen in der Luft zu wenden. Also schnappte ich mir, während sie die Teller aus dem Schrank holte, den Pfannenwender, und versuchte, die Pfannkuchen umzudrehen, die sie gerade erst eingeschöpft hatte. Als sie mitbekam, was ich machte, war schon nichts mehr zu retten.

Mom, der wir kurz darauf Frühstück im Bett servierten, erklärte Anabella natürlich sofort, dass ich allein an den ruinierten Pfannkuchen schuld war. Mom antwortete lächelnd, das spiele doch gar keine Rolle und sie schmeckten so oder so köstlich, aber danach wollte ich nie wieder irgendwas kochen.

»Warum zitterst du denn so?«, fragt Hannah.

Mit dem Pfannenwender in der Hand stehe ich da und starre ängstlich ins Feuer.

»Alles in Ordnung?«

Also erzähle ich ihr von dem Muttertag. Obwohl ich das gar nicht vorhatte. Es sprudelt einfach aus mir heraus.

»Na, dann sehen wir lieber mal zu, dass du dein Trauma überwindest«, erklärt sie und führt meine Hand. »Guck«, sagt sie, als wir den Pfannkuchen wenden. »Ist ganz einfach.« Sie hilft mir noch ein zweites Mal und lässt es mich dann allein versuchen. Beim fünften Pfannkuchen bin ich schon ein echter Profi.

John kommt, um nach uns zu sehen. »Ihr zwei könntet ja glatt ein Diner eröffnen!« Bis eben stand er noch mit Dvorka und Michelle zusammen, und so wie sie alle drei ständig zu uns rübergeguckt haben, redeten sie offensichtlich über uns.

Hannah lacht. »Fast!« Dann fragt sie: »Darf ich dazu Pfirsichkompott machen?«

John deutet auf die Vorräte. »Klar doch.«

Während ich weiter Pfannkuchen fabriziere, rührt Hannah neben mir in einem Topf und erklärt, wie man aus Dosenpfirsichen, Zimt, Maisstärke und Zucker Kompott kocht. Als wir fertig sind, stehen sämtliche Sträflinge und Aufseher schon mit ihren Tellern bereit. Sogar Felicia und die Elche bedanken sich, als wir ihnen ihre Portionen servieren.

»Na«, sagt Hannah, als schließlich auch wir uns zum Essen hinsetzen, »eröffnen wir jetzt ein Diner, oder was?«

»Wie wär's mit einem ›Grizzly Girl Café‹?«

»Perfekt!«, sagt sie, und die anderen Kojoten geloben, immer bei uns frühstücken zu kommen.

Dann zwitschert irgendwo außerhalb des Camps ein Vogel.

»Der Waldsänger!«, ruft Hannah mit vollem Mund.

John lächelt sie an. »Sehr gut!«

Weiter weg antwortet ein zweiter Waldsänger. Ich lege den Zeigefinger auf die Lippen, halte die Luft an und lausche der Unterhaltung der beiden Vögel.

Nicht dass ich erklären könnte, warum, aber in diesem Moment bin ich absolut glücklich.

# 43

Therapeutin Tara taucht nach dem Frühstück auf. Mit einem leichten Tagesrucksack auf dem Rücken und einem Wanderstab in der Hand kommt sie lässig ins Camp spaziert. »Morgen, zusammen«, ruft sie. Ihr karottenrotes Haar ist frisch gewaschen und voller Schwung und ihr sommersprossiges Gesicht ziert ein Lächeln.

Ihr Anblick macht mich misstrauisch. Sie wirkt, als käme sie gerade von einer gemütlichen Buschwanderung. Wir sind gestern todmüde, verdreckt und voller Blasen hier angekommen – wie kann sie da noch so vollkommen australoppetitlich aussehen?

Ich lege den Kopf in den Nacken und teile den Himmel in Stunden auf. Wenn die Sonne gegen sieben aufgegangen ist, kann es jetzt gerade mal halb neun sein. Was bedeutet, dass sie mit dem Auto gekommen sein und es irgendwo in der Nähe geparkt haben muss. An einer *Straße*. Und wenn sie nicht im Dunkeln losgefahren ist, kann die Fahrt auch nicht allzu lange gedauert haben.

Was die Frage aufwirft – wo sind wir eigentlich? Und wie viele Meilen sind wir gestern umsonst gelaufen? Lassen die uns hier wie die Blöden im Kreis rennen?

Der Gedanke wurmt mich, aber ich bin immer noch dermaßen in Hochstimmung wegen der Pfannkuchen, dass ich momentan hauptsächlich Neid auf Taras sauberes Haar empfinde. Was würde ich nicht für einen Klecks Shampoo und einen Eimer Wasser geben.

Nach ein bisschen Small Talk über das herrliche Wetter setzt sich Tara mit uns ans Feuer und erkundigt sich: »Und? Wie geht's euch so?«

Alles zuckt nur mit den Schultern und weicht ihrem Blick aus, also fährt sie fort: »Felicia, wie wär's, wenn wir mit dir anfangen? Wie fühlst du dich bei dem Gedanken, wieder nach Hause zu fahren? Bis dahin ist es nämlich gar nicht mehr lange hin.«

Ich beuge mich zu Hannah rüber und flüstere: »Erwartet sie echt, dass wir so was vor versammelter Mannschaft rausposaunen?«

»Man gewöhnt sich dran«, flüstert sie zurück. »Ist halt Gruppentherapie. Die Einzelgespräche kommen nachher.«

Felicia erzählt Tara von ihren Sorgen vor der Heimkehr. Sie hat Angst, wieder die Kontrolle zu verlieren, nachdem sie sie hier in der Wüste gerade erst zurückerlangt hat. Angst, wieder in alte Gewohnheiten zu verfallen. Angst, dass alles, was sie hier draußen in der Stille gelernt hat, vom Lärm des Altbekannten übertönt wird.

Sie klingt so besonnen. Und ernst. Und als hätte sie richtige Panik davor, wieder nach Hause zu fahren.

Nach und nach kommt jeder im Kreis an die Reihe, erst die Elche und dann wir Kojoten. Alle erzählen, was ihnen auf dem Herzen liegt, und zwar einzig und allein wegen Taras Stimme, darauf könnte ich schwören. Leise, süß und melodisch schwebt sie durch die Luft und kitzelt die Wahrheit aus uns heraus.

Viel von dem, was sie sagen, hat mit den gestrigen Briefen zu tun. Die meisten haben Heimweh … und fürchten sich gleichzeitig vor der Rückkehr nach Hause. Alle hoffen, dass ab jetzt alles besser wird … und haben Angst, dass es anders kommen könnte. Tara ermutigt uns dazu, an einem Übergangsprogramm teilzunehmen. Offenbar gibt es eine Einrichtung für Leute, die noch nicht bereit dafür sind, nach Hause zu fahren.

Dann bin ich dran.

»Wren?«, fragt Tara. »Wie fühlst du dich?«

»Dreckig, geschlaucht und übersät mit Blasen«, höre ich mich sagen. Und dann: »Aber irgendwie trotzdem glücklich.«

Alle lachen, sogar Felicia.

Hastig füge ich hinzu: »Ich hab heute Morgen Pfannkuchen gebacken.«

Als wäre das die Erklärung für alles.

Tara schenkt mir ein Lächeln, als wüsste sie genau, was ich meine, obwohl sie vermutlich keinen Schimmer hat. »Man sieht jedenfalls auf den ersten Blick, was für große Fortschritte du seit unserem letzten Gespräch gemacht hast«, befindet sie.

Ich runzele die Stirn. Das ist Therapeutensprech. »Erwachsene, die sich für schlauer hält als mich«-Sprech. Aber das Ganze ist in australische Watte gepackt, was die Wirkung etwas dämpft.

»Und deine Briefe?«, fragt sie. »Wie waren die?«

»Dazu kann ich nichts sagen.«

»Warum nicht?«

»Weil das hier draußen Konsequenzen nach sich zieht.«

Die Aufseher schmunzeln, und auch die Grizzlys fangen an zu kichern, als sie den Witz kapieren.

»Jedenfalls«, sagt Tara, »scheinen wir uns alle einig zu sein, dass weniger das Überleben hier draußen eine Herausforderung ist – sondern das Überleben zu Hause.«

Ich schnaube. »Du hast leicht reden mit deinen frisch gewaschenen Haaren und deinen sauberen Klamotten.«

»Na, da ist aber wirklich jemand munter geworden, was?«, wendet sich Tara an die Aufseher.

John sieht mich an und sagt: »Tara hat recht.« Dann wendet er sich an die ganze Gruppe. »Ihr habt alle Verletzungen erlitten. Und ihr müsst lernen, damit umzugehen. Wenn ihr erst gelernt habt, in der Wildnis zu überleben, kommt ihr vielleicht auch besser dahinter, wie ihr eure Probleme im Alltag löst.«

»Und das ist unsere Lektion für heute«, ergreift jetzt wieder Tara das Wort. »Legt einfach mal einen ruhigen Tag ein, schreibt Briefe. Jede von euch sollte mindestens einem Menschen zu Hause erklären, was sie denkt. Findet einen Weg, eure Gefühle auszudrücken, ohne Beschimpfungen oder« – sie grinst mich an – »Ausdrücke, die Konsequenzen nach sich ziehen würden. Und ich gehe in der Zwischenzeit rum und rufe euch zu den Einzelgesprächen. Kann sein, dass euch gerade nicht so nach Briefeschreiben zumute ist, aber nur so können eure Familien verstehen, womit ihr zu kämpfen habt.«

Alle stehen auf, als wäre das unser Stichwort gewesen, uns in unsere Zelte zurückzuziehen.

Also gehe ich auch zu meinem.

Hole meinen Notizblock raus.

Und einen Stift.

Im Schneidersitz hocke ich da und starre auf die leere Seite, grübele darüber nach, wie ich meinen Eltern irgendwas begreiflich machen soll. Die blauen Linien auf dem Papier verschwimmen. Ich habe keine Ahnung, was ich schreiben soll. Was will ich ihnen denn überhaupt mitteilen? Alles, was mir einfällt, interessiert sie doch sowieso nicht, nicht wirklich jedenfalls. Sie wollen nur, dass ich mich benehme. Dass ich wieder ihr kleines Vögelchen werde.

Ich schleudere den Block beiseite.

Ich schreibe keinen Brief.

Auf keinen Fall.

# 44

Therapiesitzungen hatten für mich schon immer was von einem kranken Katz-und-Maus-Spiel.

Mit zuckendem Schwanz lauert die Katze mir auf.

»Worüber möchtest du denn heute gern reden?«, schnurrt sie.

Normalerweise senke ich dann schüchtern den Blick, aber in meinem Kopf schreie ich: *Über gar nichts, du Pappnase!*

Zuck, zuck. »Wie war deine Woche?«

*Ganz fantastisch und du bist das absolute Highlight.*

Zuck, zuck. »Du kannst immer mit mir reden, Wren. Ich will dir helfen.«

*Für wie blöd hältst du mich eigentlich?*

Zuck, zuck. Zuck, zuck. »Wie sieht es denn mit den Techniken aus, die ich dir beim letzten Mal gezeigt habe? Konntest du sie schon anwenden?«

*Deine bescheuerten Techniken kannst du dir sonst wohin stecken!*

Zuck. »Warum fangen wir nicht mit einem Rollenspiel an?«

*Weil die total hirnlos sind, du Trottel?*

Die erste Kralle wird ausgefahren. »Wenn du dich nicht öffnest, kommen wir nicht weiter.«

*Noch mal zum Mitschreiben: Für wie blöd hältst du mich eigentlich?*

»Hör mal, Wren.« Die Katze gibt auf. »Ich bin auf deiner Seite.«

*Wer's glaubt …*

»Erzähl mir doch fürs Erste einfach mal, wie dein Tag so war.«

Das ist der Punkt, an dem ich mir irgendeine rührselige Geschichte aus den Fingern sauge. Die Leute darin, was sie gesagt und getan haben – alles komplett erstunken und erlogen. Ich will nur ein bisschen mit der Katze spielen. Und sie hat keinen Schimmer, dass ich längst auf ihrem Kopf sitze.

Außerdem habe ich immer eine kleine Wette mit mir selbst laufen, wie die erste Frage lauten wird, wenn ich mit der Story fertig bin. Ende der Story – zwo, eins … »Wie hast du dich da gefühlt?«, miaut die Katze.

*Klingelingelingeling! Punkt für mich, du dämlicher Roboter.*

Meine Eltern haben mich in der achten Klasse zur Therapie geschickt, als ich versuchte, mich von Meadow zu lösen. Mom hat ja überhaupt erst gemerkt, dass was nicht stimmt, als ich dabei war, mein Leben wieder auf die Reihe zu kriegen, und beschloss prompt, ich müsse unter Depressionen leiden. »Ich glaube, es könnte dir wirklich helfen, mit jemandem darüber zu reden«, sagte sie, als sie abends auf meiner Bettkante saß. »Natürlich wäre es mir am liebsten, wenn dieser Jemand ich wäre. Du fehlst mir so, Wren. Aber wenn du dich damit nicht wohlfühlst …«

In diesem Augenblick war ich schwer in Versuchung, ihr von Meadow zu erzählen. Nicht alle Details. Auch nicht das mit dem Gras. Nur dass sie mich belogen hatte und … wie schwer es mir fiel, neue Freunde zu finden. Aber Mom kann nicht einfach nur schweigen. Nie wartet sie mal kurz ab. Bevor ich also meinen Testballon loslassen konnte, brachte sie ihn auch schon zum Platzen. »Ich weiß wirklich nicht mehr weiter, Wren. Du bist uns so fremd geworden. Wir wissen gar nicht, wie wir noch zu dir durchdringen sollen.«

Zum Glück hatte ich ihr nichts erzählt. Sie guckte mich eindringlich an und rückte mir immer weiter auf die Pelle. Am liebsten hätte ich sie von der Bettkante geschubst. Aber der schnellste Weg, sie mir vom Hals zu schaffen, war der, mich zu einer Therapie bereit zu erklären.

Noch in derselben Woche ging es los und gleich nach dem ersten Mal verschwendete Mom ihre kostbare Arbeitspause nicht mehr im Wartezimmer. Stattdessen ging sie »Besorgungen machen«. Es dauerte nicht lange, bis ich dahinterkam, dass sie in Wirklichkeit etwas mit Anabella unternahm, Eis essen oder ein kleiner Shoppingtrip. Das machte mich noch wütender, und während meiner Sitzungen konnte ich nur daran denken, wie Anabella und Mom gerade zusammen unterwegs waren, lachend, mit Einkaufstüten beladen und Eiswaffeln in der Hand. Mit bunten Streuseln.

Die Therapie war der reinste Albtraum.

»Magst du Dr. Ramirez nicht?«, fragte Mom nach ungefähr einem Dutzend Sitzungen. »Ich finde, sie strahlt eine solche Ruhe aus.«

»Sie will, dass ich sie Libby nenne«, antwortete ich. Mittlerweile hing ich längst wieder mit Meadow rum und hatte absolut keinen Nerv mehr für die Therapie. »Und ich soll da ständig mit Puppen spielen.«

»Puppen?«

Jetzt hatte ich sie am Haken. Ich musste nur die Schnur einholen. »Bist du sicher, dass sie auch wirklich seriös ist?«, fragte ich. »Sie redet so oft über eklige Sachen.«

»Eklig inwiefern?«

Ich öffnete den Mund, als wollte ich es ihr erzählen, und klappte ihn dann wieder zu.

»Wren?«

»Und dann sagt sie ständig was von Schweigepflicht …«, fuhr ich fort und warf ihr einen ängstlichen Blick zu. »Ist das ein Gesetz?«

»Ja, um *dich* zu schützen, nicht sie!«

Ich zuckte mit den Schultern, Mom war entrüstet, und das war das Ende meiner Sitzungen bei Libby.

Den Sommer über war es einfach, außerhalb von Moms Radar zu bleiben, zumal sie auf mich angewiesen war, damit ich auf meinen Bruder aufpasste, während sie arbeiten war. Anabella war natürlich viel zu beschäftigt mit ihren ganzen sozialen Projekten und Ferienlagern und Freunden, um eine große Hilfe zu sein, also kümmerten Meadow und ich uns mehr oder weniger um Mo.

Dann kam ich auf die Highschool, meine Noten rutschten in den Keller, und Mom fing wieder an, Stress zu machen. Zuerst schickte sie mich zum Beratungslehrer, Mr Miki. Den mochte ich sogar ganz gern. Er stellte Fragen wie »Welche Ziele würdest du in akademischer Hinsicht gern erreichen?« und »Hast du mal darüber nachgedacht, welche berufliche Laufbahn für dich infrage kommen könnte?« und »Wo siehst du dich nach der Highschool?«. Die konnte man schön mit gequirlter Kacke beantworten, und er nötigte mich kein einziges Mal, meine Gefühle offenzulegen.

Aber an meinen Noten änderte sich nichts, und Elternsprechtage endeten stets damit, dass Mom mich auf dem Rückweg im Auto anschrie, worauf ich die Maske fallen ließ und den verbalen Flammenwerfer auspackte, und damit landete ich wieder in der Therapie.

Zuerst bei Dr. Yalsen – einer alten Dame mit komischem Akzent, die, natürlich, über Gefühle reden wollte.

Dann bei Pia Boyd – einer dürren Bohnenstange, die jeden

Morgen sicher drei Stunden damit zubrachte, ihren Wasserfall an glänzend schwarzem Haar mit dem Glätteisen zu bearbeiten. Sie hatte eine Hakennase und hüllte sich gern von Kopf bis Fuß in Schwarz, was sie aussehen ließ wie eine riesige Krähe.

Als Nächstes kam Dr. Goth. Als ich den Namen hörte, stellte ich mir wieder so eine Gestalt wie Pia vor: dunkle Klamotten, vielleicht Eyeliner und schwarzer Nagellack. In Wirklichkeit sah der Typ dann aus wie ein Stück Seife unter einer schiefen braunen Perücke. Als er mich nicht zum Reden bringen konnte, fing er sogar richtig an zu schäumen.

Ich hasste sie alle, und sie mich genauso. Aber während ich zumindest ehrlich war, spielten sie mir was vor und gaben sich interessiert oder besorgt oder mitfühlend.

Nichts ist widerlicher als geheucheltes Mitleid.

Besonders von einem schäumenden Stück Seife.

Meine Eltern fingen an, meinetwegen zu streiten. Ich konnte sie durch Türen und Wände hören, quer durchs Haus. Anabella schrie mich an, weil die beiden sich meinetwegen anschrien. Ich schrie zurück und warf nach ihr, was immer ich in die Finger bekam. Mein Bruder versteckte sich im Schrank.

Alles, was die Therapie bewirkte, war, dass ich noch mehr dichtmachte. Dass ich alles und jeden umso heftiger hasste.

Einfach nur in ein Wildniscamp geschickt zu werden, das wäre eine Sache. Aber dies hier ist ein Wildnis-*Therapie*-Camp, und genau da liegt das Problem. Von mir aus wandere ich meilenweit durch die Wüste, schlafe im Dreck, verrichte mein Geschäft in einer Grube, aber auf keinen Fall rede oder schreibe ich über meine Gefühle.

Vergesst es, Leute.

# 45

Auf dem Schlafsack zusammengerollt döse ich vor mich hin, als Hannah den Kopf in mein Zelt steckt. »Hey«, flüstert sie. »Bist du wach?«

»Ja«, brumme ich. »Mehr oder weniger.«

»Schreibst du nicht?« Sie krabbelt ein Stück weiter ins Zelt. »Du brauchst irgendwas, was du Tara vorweisen kannst, wenn sie kommt.«

»Ich mache das mit dem Brief nicht.« Es klingt wie ein Grollen, als wäre ich böse auf sie. Also stemme ich mich auf einen Ellbogen hoch und sage: »Tut mir leid. Aber ich kann einfach nicht. Ich habe das Gefühl, wenn ich noch länger auf die leere Seite stiere, werde ich blind.«

»Schnapp dir deinen Block, wir gehen spazieren.«

»Dürfen wir das denn?«

»Klar. Solange man uns vom Camp aus noch sehen kann.« Sie deutet nach rechts. »Zu den Bäumen da oben auf der Kuppe. Da ist es bestimmt besser als hier. In meinem Zelt ist es ganz schön stickig.«

Jetzt, wo sie es anspricht, merke ich das auch. Obwohl das Zelt an zwei Seiten offen ist, ist es stickig hier drin. Und müffelt nach heißer Plane. »Okay.« Ich raffe meine Sachen zusammen.

Wir sagen Michelle Bescheid und klettern auf die Kuppe, wo wir es uns mit unseren Blöcken im Schatten bequem machen. Es weht sogar eine leichte Brise, aber sie reicht nicht, um meine Wut wegzupusten, die sich hartnäckig wie Spinnweben in meinem Kopf festgesetzt hat. Ich starre auf das leere Blatt, aber ich bringe keinen einzigen Satz zu Papier. Ein zorniger Gedanke führt zum nächsten, bis mein Gehirn komplett verklebt und verschnürt ist und ich am liebsten laut brüllen würde.

Selbst wenn ich etwas zu schreiben hätte, warum sollte ich? Ist ja nicht so, als würde es irgendwen interessieren. Meine Eltern würden sich nur noch sturer hinter ihren Argumenten, ihrer Sichtweise, ihrer Mauer der Enttäuschung verschanzen. Wozu also die Mühe?

Aus Hannahs Füller dagegen strömt die Tinte wie eine Springflut durch die Wüste. Ich habe noch nie jemanden so viel in so kurzer Zeit schreiben sehen. »Wem schreibst du eigentlich?«, frage ich.

»Meiner Mutter.« Sie sieht nur kurz auf und legt dann direkt wieder los. »Ich geige ihr mal so richtig die Meinung.«

Gern würde ich sie fragen, was genau sie sich davon verspricht. Glaubt sie denn ernsthaft, dass ihre Alkoholiker-Mom sich die Kritik zu Herzen nehmen wird? Dass sie ein schlechtes Gewissen bekommt, weil sie ihrer Tochter das Leben versaut hat? Dass sich irgendwas ändern wird?

»Von mir aus muss sie es nicht mal lesen«, schnaubt Hannah, als hätte sie meine Gedanken erraten. »Ich muss es einfach nur loswerden.« Sie wirft mir einen Blick von der Seite zu. »Solltest du auch mal probieren. Gutes Gefühl.«

Mir verschafft die Vorstellung kein gutes Gefühl. Das ist doch so was von … sinnlos. Wie ein Schrei unter Wasser. Oder Wiederbelebungsmaßnahmen an einer Puppe. Oder Hustensaft gegen Krebs.

Nach einer weiteren Minute hat Hannah das Ende der ersten Seite erreicht. Sie sieht mich wie versteinert dahocken. »Irgendwas musst du aber schreiben. Sie liest die Briefe, das ist dir klar, oder?«

»Wer?«

»Tara! Und dann redet man darüber. So läuft das halt.« Sie blättert um und will weitermachen. »Warum schreibst du nicht wenigstens was Kurzes an deinen Bruder? Einfach, um reinzukommen.«

Keine schlechte Idee. So kann mir niemand vorwerfen, ich hätte keinen Brief nach Hause geschrieben, aber ich müsste mich nicht mit meinen Eltern rumschlagen. Und bevor Tara auf ihrer Runde ein zweites Mal bei mir anlangt, muss sie vermutlich zurück zu ihrem fliegenden Teppich oder womit sie sonst hergekommen ist, und dann ist es leider, leider zu spät für einen zweiten Brief.

»Du bist ein Genie«, sage ich zu Hannah, was ihr ein Strahlen entlockt. Und so blockiert ich auch in Bezug auf meine Eltern bin – darüber, was ich meinem Bruder schreiben will, muss ich nicht lange nachdenken.

*Lieber Mogli*, fange ich an. *Oh Mann, hab ich eine tolle Geschichte für dich!*

Ich überlege kurz. Dann schreibe ich den Titel mitten auf die Seite.

*WÜSTENKNOCHEN*

Was das bedeuten soll, weiß ich selbst noch nicht, aber es klingt gut, und meinem Bruder wird es definitiv gefallen.

Als Nächstes folgt der Untertitel:

*Eine wahre Geschichte – großes Indianerehrenwort! (Und hier gibt's ECHTE Indianer!)*

Ich erinnere mich daran, wie ich ihm in seiner Höhle aus dem »Dschungelbuch« vorgelesen habe, und fange an zu schreiben.

*In der untergehenden Sonne Utahs kauert Wren Clemmens über einem Beifußzweig, fest entschlossen, ein Feuer zu machen. Und das nicht etwa mit einem Streichholz, nein, sondern ausgestattet mit nichts als ein paar nackten Holzstücken, einem Schnürsenkel und dem unbeugsamen Willen, allein durch Reibung einen Funken zu erzeugen.*

Ab diesem Punkt erzählt sich die Geschichte wie von selbst. Mein erstes Feuer, die Suche nach Wasser, wie ich die schwere Trage durch die Wüste geschleppt habe, eine Latrine gegraben, über dem offenen Feuer Pfannkuchen gebacken – das alles verwandele ich in ein aufregendes Abenteuer, in dem Knochen in der Wüstenhitze zu Kreide vertrocknen und hinter jeder knorrigen Kiefer Gefahren lauern.

Mein Bruder liebt Bücher mit Bildern darin, also zeichne ich Feuerutensilien, ein Planenzelt, ein Lagerfeuer, eine Grube, neben der eine Schaufel mit einer Rolle wehendem Klopapier am Griff in die Erde gerammt ist, und vier Wanderer mit einer Trage auf den Schultern. Es dauert ewig, weil ich nicht gerade ein Ass im Zeichnen bin, aber ich gebe mein Bestes.

Die anderen machen eine Mittagspause, ich dagegen halte mich mit Studentenfutter über Wasser und schreibe weiter. Ich achte nicht darauf, wie die Sonne über den Himmel wandert oder dass Hannah ziemlich lange mit Tara verschwindet. Als sie wiederkommt, sind ihre Augen gerötet, und sie sagt mit zitternder Stimme, dass wir uns beim Abendessen sehen.

»Was ist passiert?«, will ich wissen.

Doch sie schüttelt nur den Kopf und wankt schniefend davon, und als ich ihr nachlaufen will, steht plötzlich Tara vor mir. »Bist du so weit?«, fragt sie.

»Wenn du *so was* mit mir vorhast, bestimmt nicht!«

»Sie lernt, ihren Schmerz loszulassen, Wren. Das ist ein großer Durchbruch, aber auch harte Arbeit, darum ist sie jetzt ziemlich erschöpft.« Ihr Akzent ist immer noch magisch, aber das Lächeln, das sie mir schenkt, wirkt etwas gedämpfter als noch zu Anfang des Tages.

»Wenn sie ihren Schmerz loslässt, warum sieht es dann eher so aus, als würde sie darin ertrinken?«

»Sie erholt sich schon wieder, Wren, versprochen.« Sie deutet mit dem Kinn auf meinen Block. »Und? Darf ich mal gucken?«

Am liebsten würde ich ablehnen, aber ich rufe mir in Erinnerung, dass sie sowieso nichts von dem, was ich geschrieben habe, verwenden kann, um mir zu »helfen«. Also sage ich »Sekunde noch!«, kritzele *Fortsetzung folgt!* unter die Geschichte und unterschreibe mit *Wren (auch Wüsten-Balu genannt).* Schließlich reiße ich die Seiten aus dem Block, sodass ein dicker Quast ausgefranster Ränder zurückbleibt. »Ihr müsst neuen Sträflingen echt besser erklären, wie das hier läuft«, beschwere ich mich und überreiche ihr den Zettelwust. »Ohne Hannahs Hilfe hätte ich jetzt gar nichts, was ich dir geben könnte.«

»Du hättest also keinen Brief nach Hause geschrieben?«

Ich zucke mit den Schultern. »Bin nicht gut in so was.«

»Und trotzdem«, sagt sie und zählt einmal durch, »sind siebzehn Seiten dabei rausgekommen.«

Ich zucke erneut mit den Schultern, als wäre das nichts Besonderes. »Da sind auch Bilder dazwischen.«

Sie fängt an, meinen Brief zu lesen, und lacht sogar an

manchen Stellen laut los, aber nach drei Seiten überfliegt sie den Rest nur noch. Dann sieht sie mich an und sagt: »Sehr unterhaltsam, Wren, aber das ist nicht der Zweck der Briefe nach Hause. Eigentlich solltest du dich darin mit deinen Problemen befassen, um an die Wurzel dessen vorzudringen, was dich hergebracht hat.«

Genau. Damit man anschließend dasitzt wie ein Häufchen Elend.

»Ich weiß auch so, was mich hergebracht hat«, erwidere ich. »Ein Typ namens Joel in einem schwarzen SUV, die Sieben-Uhr-dreißig-Maschine aus L.A. und die da.« Ich deute auf die Aufseher. »Warum soll ich meinen Eltern über was schreiben, was sie selbst in die Wege geleitet haben?«

Tara schweigt eine Weile und guckt dann prüfend zur Sonne hoch, um abschätzen zu können, wie viel Zeit ihr noch vor dem Dunkelwerden bleibt.

Erwachsene sind so was von durchschaubar.

Wenn ich noch ein bisschen mauere, kann ich die Sitzung ordentlich abkürzen, da bin ich mir sicher. Also warte ich ab. Schließlich fragt Tara: »Wie fandest du den Brief von deiner Mutter?«

»Musste gar nicht suchen – Dvorka hat ihn mir in die Hand gedrückt.«

Sie grinst schief. »Du weißt genau, was ich meine, Wren.«

»Hast du Shampoo mitgebracht?«, frage ich. »Fairerweise solltest du das nämlich echt mit uns teilen.«

Ihr Grinsen verwandelt sich in ein Stirnrunzeln. »Gehst du zu Hause genauso mit Konflikten um?«

»Soll das heißen, das hier ist ein Konflikt? War mir gar nicht klar. Ich dachte eigentlich, wir zwei würden uns ganz gut verstehen. Hab ich schon erwähnt, dass du total schöne Haare hast?«

Sie schließt die Augen und seufzt leise.

Sogar der Seufzer hat einen Akzent. Das gewisse australische Etwas.

»Ich fand ihren Brief etwas kühl«, sagt sie. »So reserviert. Du nicht auch?«

»Lest ihr echt *alles*?«

Sie nickt. »Gehört dazu.«

»Wissen meine Eltern das?«

»Natürlich.« Sie atmet tief durch und startet einen neuen Versuch. »Also … würdest du den Brief auch als reserviert bezeichnen?«

»Klar. Beschreibt es doch ganz gut.«

»Warum, glaubst du, macht er diesen Eindruck?«

Aus irgendeinem unerfindlichen Grund gibt mir mein übliches Spielchen diesmal nichts. Also mache ich wieder einen auf versteinert. Nur weil ich hier draußen langsam Gefallen an der Natur finde, heißt das noch lange nicht, dass ich Lust habe, in einem Wespennest zu stochern.

Tara sitzt da und wartet. Und wartet. Und wartet.

Wieder wandert ihr Blick zur Sonne.

»Hast du vielleicht einen Umschlag?«, frage ich, um die Sache mal zu einem Ende zu führen. »Ich hätte wirklich gern, dass mein Bruder diesen Brief bekommt.«

Sie hat tatsächlich einen in der Tasche und überreicht ihn mir mit einem weiteren Seufzer. Ich schreibe darauf »An Mo-Bro Clemmens«, dann unsere Adresse, und male lauter Sonnenstrahlen drum herum. Als Absender schreibe ich bloß »Wüstenbär« und zeichne eine Schlange, die sich um das Wort windet. Ich verpasse ihr zwei X als Augen und lasse ihre Zunge schlapp heraushängen. Dann nehme ich Tara die Zettel aus der Hand, falte sie und stecke sie in den Umschlag.

Als ich Tara das Ganze zurückgebe, blickt sie mich ernst

an und sagt: »Heute kommst du noch mal davon, aber beim nächsten Mal lasse ich dir das nicht durchgehen. Es reicht nicht, wenn du dich hier draußen gut schlägst, du musst auch lernen, zu Hause klarzukommen.«

*»No worries, mate«*, antworte ich mit übertrieben australischem Akzent, was mich wie eine Irre klingen lässt. Mir egal. Fürs Erste bin ich aus dem Schneider.

# 46

Dass ich nicht über meine Gefühle reden will, war kein Scherz. Jetzt bin ich schon vier Wochen hier und habe es immer noch nicht getan. Geschweige denn, meinen Eltern geschrieben.

Dazu kann mich keiner zwingen.

Felicia ist schon lange weg, und für Brooke und Kelsey muss auch langsam die letzte Woche angebrochen sein – oder vielleicht die vorletzte. Wir haben zwei neue Kaninchen dazubekommen, aber von denen trennt uns irgendwie eine ziemliche Kluft.

Die anderen Grizzlys scheinen Therapeutin Tara zu mögen, aber ich fange schon an, mit den Zähnen zu knirschen, wenn ich sie nur sehe. Das Gefühl strahlt bis in meinen Kopf aus, meinen Bauch, mein Herz. Warum kann sie mich nicht einfach in Ruhe lassen? Ich will ihre Honigstimme nicht hören. Ich weiß genau, was sie im Schilde führt. Mich legt sie nicht rein.

Was ebenfalls nervt, ist, dass ihre Besuche offenbar keinem geregelten Zeitplan folgen. Ich weiß einfach gern, woran ich bin, aber in diesem Camp lebt man immer nur von einem Moment zum anderen, und das macht mich wahnsinnig. Manchmal legen wir einen »Schultag« ein, an dem wir im Camp bleiben und so eine Art Hippie-Unterricht über Botanik, Astronomie, Geologie oder Mathe bekommen, natürlich immer schön mit Wildnisbezug. An anderen Tagen unternehmen die Aufseher mit uns Wandertouren ins Nirgendwo. Dann latschen wir einfach stundenlang durch die Wüste, machen Rast auf irgendeinem Felsvorsprung, um von dort aus die »Wunder der Natur« und den »atemberaubenden Ausblick« zu bestaunen, und dann geht's wieder zurück.

Hin und wieder gibt es vor dem Morgengrauen den Aufruf zum Lagerabbruch – auch komplett nach dem Zufallsprinzip. Manchmal schon nach zwei Tagen, manchmal erst nach einer Woche. Dann ziehen wir wieder los, ohne einen Schimmer, ob wir die Trage diesmal den ganzen Tag oder nur ein paar Stunden schleppen müssen.

»Der Weg ist das Ziel«, erinnert Dvorka uns. »Am Ende steht nur eine Fata Morgana.«

Was zum Teufel das auch immer heißen soll.

Bislang gab es zwei Waschtage, an denen wir jede eine Ration Wasser bekommen haben, um uns feucht abzureiben und unsere Klamotten auszuwaschen. Nicht alle Sachen – nur Kleinkram wie Unterwäsche, Socken, Bandanas und T-Shirts –, aber besser als nichts. Das Camp sah jedenfalls ziemlich witzig aus, so mit trocknenden Unterhosen verziert.

Was ich hier draußen mit am meisten hasse, sind die Mücken und Fliegen. Die blöden Viecher sind klein und schwarz und surren einem pausenlos um den Kopf. In letzter Zeit ist es sogar noch schlimmer geworden und sie verschwinden erst bei Sonnenuntergang. Insektenspray und Feuerrauch helfen zumindest ein bisschen. An den Rauch habe ich mich gewöhnt, aber das Spray benutze ich nur, wenn es gar nicht mehr auszuhalten ist. Sonnencreme, Insektenspray, Rauch und Staub verbinden sich nämlich zu einer richtig fiesen Schmierschicht, die man mit ein bisschen Wasser und einem Lappen einfach nicht runterbekommt.

Was würde ich nicht für eine Badewanne geben? In der ich bis zum Hals im Schaum versinken kann.

Fast genauso nervig wie die Fliegen sind die dämlichen Vertrauensübungen, zu denen die Aufseher uns zwingen. Vergesst es, Leute. Mit einer Augenbinde fühle ich mich höchstens eingeengt. Und auch sie kann nicht verdecken, wie armselig diese Übungen sind. Wir müssen damit klettern, einander im Kreis drehen oder an gähnende Abgründe führen, die sich hinterher als Fünfzehn-Zentimeter-Stufen entpuppen, an denen man sich nicht mal den Knöchel verstauchen könnte. Außerdem ist dabei ziemlich viel Anfasserei im Spiel. Der »Vertrauenspartner« muss einen durch die Gegend schieben, und das hasse ich. Lasst mich meinetwegen mit Augenbinde durch den Dreck kriechen. Mir egal, ob ich dabei von einer Klippe falle. Aber hört gefälligst auf, mich anzugrabbeln.

Bei der heutigen Übung hat Hannah meinen Unwillen zu spüren bekommen. Störrisch wie ein Maultier habe ich die Füße in den Boden gestemmt, als sie anfangen wollte, mich zu führen. Aber sie hat nicht losgemeckert wie Brooke oder die ganze Zeit vor sich hin geseufzt wie Kelsey, sondern mir nur zugeflüstert: »Keine Sorge. Ich passe auf dich auf.«

Ihre Worte legten sich warm um meine Seele. Sie klangen so lieb. Ernst gemeint. *Ehrlich.*

Ich spürte, wie ich ein bisschen nachgab, und plötzlich – keine Ahnung, warum – sickerten Tränen in meine Augenbinde. Vielleicht, weil Hannah immer so nett zu mir ist. Oder vielleicht, weil ich wusste, dass sie *mir* vertraute. In den letzten Wochen hat sie mir viel über ihre Mom und ihr Leben erzählt. Ich war zurückhaltender, aber jedes Mal, wenn sie mir spätnachts durch unsere Zeltplanen hindurch diese Dinge beichtet, ist das ein so gutes Gefühl, dass ich mir schon mehr als einmal gewünscht habe, ich wäre nicht so ängstlich und könnte es umgekehrt ebenso.

Vertrauen ist eine komplizierte Angelegenheit, denn was kommt eigentlich zuerst – jemandem vertrauen oder etwas anvertraut bekommen? Ein Paradox, wie Mr Wexler sagen würde. Wie die Geschichte von Huhn und Ei. Darüber hat er mit Hollister Keegan mal eine ganze Philosophiestunde lang debattiert. Ist das nicht total bescheuert? Natürlich kam das Ei zuerst. Nicht dass das irgendwelche Bäume davon abhalten würde, im Wald umzukippen, ohne dass jemand es hört.

Egal, in diesem Moment war ich einfach froh, dass hinter meiner Augenbinde keiner meine Tränen sah. Also ließ ich mich brav von Hannah führen, gefühlt meilenweit, bergauf, bergab und um unzählige Kurven. Als wir schließlich stehen blieben und sie mir die Augenbinde abnahm, standen wir exakt am selben Fleck, an dem wir losgegangen waren. Derselbe billige Effekt wie immer, aber zumindest war ich diesmal nicht völlig genervt wie zuvor mit Brooke und Kelsey. Stattdessen kam ich mir nur merkwürdig … entblößt vor.

»Ich kann wahrscheinlich mit Fug und Recht behaupten«, fing Michelle an, als die Gruppe wieder zusammenkam, »dass wir uns alle schon mal verraten gefühlt haben.«

Alle Sträflinge senkten den Blick, was wohl bedeutete, dass ich nicht die Einzige war, die dachte: *Was du nicht sagst.*

»Wieder Vertrauen zu schöpfen, kann genauso schwierig sein, wie neu lieben zu lernen, nachdem einem das Herz gebrochen wurde. Ist quasi dasselbe in Grün.«

»Amen«, murmelte Mia.

»Umgekehrt«, fuhr Michelle fort, »ist es eine große Verantwortung, wenn jemand anders euch sein Vertrauen schenkt. Jemandes Vertrauen zu brechen, ist in mancherlei Hinsicht sogar gravierender, als ihm das Herz zu brechen, denn im schlimmsten Fall hat man damit beides auf einmal erreicht.« Michelle schwieg einen Moment, um das Gesagte wirken zu lassen. »Heute Nachmittag hätte ich gern, dass ihr über die Menschen nachdenkt, die euer Vertrauen gebrochen haben, und euch fragt, warum ihr sie danach nicht aus eurem Leben verbannt habt. Aber vergesst dabei auch nicht die Fälle, in denen *ihr* jemandes Vertrauen gebrochen habt und welchen Einfluss das auf euch gehabt hat.«

»Sollen wir das in unser Tagebuch schreiben?«, erkundigte sich Shalayne.

»Das ist eine Möglichkeit. Ihr könnt aber auch in der Gruppe oder mit einem Partner darüber sprechen.«

Zum Schreiben hatte ich keine Lust. Bei den ganzen Schultagen, dem Tagebuchschreiben und den Briefen an meinen Bruder habe ich in den letzten Wochen mehr mit der Hand geschrieben als je zuvor in meinem Leben und langsam reicht's. Außerdem sind unsere Tagebücher zwar angeblich nur für uns bestimmt, aber sie sind eben auch knallharte Beweise, die nicht in die Hände der falschen Leute geraten dürfen. Und bislang hat schließlich alles hier irgendwie seinen Weg zu meinen Eltern gefunden.

Aber in der Gruppe darüber reden wollte ich auch nicht. Die Geschichten der anderen zu hören, ist zwar ganz interessant, aber selbst nach vier Wochen wird mir immer noch schlecht, wenn ich über meinen eigenen Kram sprechen soll. Und hier draußen kommt man auch nicht mit Märchen davon. Ich weiß nicht, wie, aber die Aufseher erkennen sofort den Unterschied.

Also nickte ich, als Hannah meinen Blick auffing, und fragte: »Partner?« Zusammen suchten wir uns ein abgeschiedenes Eckchen und setzten uns in den Sand.

Ich hatte überhaupt nicht vor, ihr mein Herz auszuschütten, aber nach einigem Hin und Her und ein bisschen sanftem Drängen von Hannah fing ich auf einmal an, ihr von Meadow zu erzählen. Von unserer Freundschaft. Davon, wie sie mich ausgenutzt hatte, wie sie alles, was ich ihr anvertraute, gegen mich verwendete. Es war, als steckte ich gar nicht in meinem Körper, sondern als stände ich daneben und sähe mir zu.

Und dann war ich plötzlich wieder ich selbst. Und hockte weinend vor Hannah.

Sie ergriff meine Hände. »Das ist nicht deine Freundin.«

»Ich weiß«, sagte ich, und dann ließ ich meinen Tränen freien Lauf.

# 47

Kaum habe ich meinen Meadow-Zusammenbruch einigermaßen überwunden, da kommen auch schon die nächsten Briefe. Jeder davon ist wie ein weiterer, unerwarteter Schlag in die Magengrube. Im einen Moment steht man noch da und ahnt nichts Böses, und im nächsten krümmt man sich nach Luft schnappend vornüber, verzweifelt bemüht, sich nicht anmerken zu lassen, wie weh es tut.

In der dritten Klasse habe ich mal tatsächlich so einen Schlag verpasst bekommen. Tex Cauldwell war der Meinung, ich hätte beim Völkerball geschummelt – womit er sogar recht hatte, aber meine Freunde wollten auch nicht, dass er weiter mitspielte, und ergriffen für mich Partei. Am Schluss half er der Gerechtigkeit eben mit der Faust nach.

Letzte Woche habe ich einen Brief von meinem Dad bekommen. Darin ging es vor allem darum, in welch ärmlichen Verhältnissen er aufgewachsen ist und wie er zur Schule tausend Kilometer barfuß durch den Schnee laufen musste, um eine anständige Ausbildung zu erhalten, damit ich es mal besser hätte. Na klar, als hätte er in der Grundschule schon über solchen Kram nachgedacht. Wie Mr Wexler sagen würde: Mein Dad blickt zurück durch das verzerrende Prisma seiner Selbstwahrnehmung.

Wie ich es immer gehasst habe, wenn Mr Wexler solche Reden schwang. Kein Teenager will doch was von irgendwelchen verzerrenden Prismen hören. Außer Hollister Keegan vielleicht.

Doch aus irgendeinem Grund kommen mir Mr Wexlers Sprüche immer wieder zu den seltsamsten Gelegenheiten in den Sinn. Vielleicht ist die Langeweile, die mich umgibt, einfach so endlos, dass darin sogar der Selbstbetrug meines Dads interessant erscheint.

Also, wie gesagt, der letzte Brief war von meinem Dad. Von meiner Mom kam nichts, worüber ich gleichzeitig erleichtert und sauer war – sogar Anabella hatte ein paar heuchlerische Zeilen beigesteuert, von wegen ohne mich sei es zu Hause einfach nicht dasselbe. Was im Klartext natürlich bloß heißt, dass alles viel besser ist, seit ich weg bin.

Außer Mo habe ich keinem von ihnen zurückgeschrieben, ihm dafür aber umso mehr. Ich bin mir sowieso sicher, dass meine Eltern meine »wahren Geschichten« lesen. Warum sonst sollte Dad auf einmal davon schwärmen, wie er als kleiner Junge campen war und am liebsten jetzt mit mir hier wäre, Feuer machen, unter dem Sternenhimmel schlafen und die kühle Morgenluft auf den Wangen spüren?

*Das* nenne ich mal ein verzerrendes Prisma. Schätze mal, dass man dann auch morgens in der Eiseskälte zur Latrine muss, hat er einfach verdrängt. Und wetten, dass er nie nach Wasser graben musste? Oder ohne Streichhölzer auskommen?

Therapeutin Tara nervt mich ständig damit, dass ich ihnen antworten muss. Jedes Mal fängt sie von Neuem davon an. »So steigst du nie zum Elch auf«, warnt sie.

*Du brichst mir das Herz.*

Obwohl Mia und Shalayne inzwischen schon welche sind.

Und auch Hannah redet ständig davon, dass sie gern weiterkommen würde.

Eins von den neuen Kaninchen heißt Jolene. Mit der will

ich nichts zu tun haben. Die totale Schisserin, die bei jeder Kleinigkeit gleich fürchtet, tot umzufallen. Seit sie hier ist, hat sie fast ununterbrochen geflennt und nicht mal versucht, es zu verbergen. Tag und Nacht diese durchdringenden, quäkenden Schluchzer. Als würden gleichzeitig ein Feueralarm und eine Sprinkleranlage losgehen, nur dass leider keine Feuerwehr anrückt, um dem Ganzen ein Ende zu setzen.

Wer anderen dermaßen auf den Keks geht, muss einfach grauenhaft sein, selbst wenn er mal die Klappe hält. Und wenn Hannah zum Elch aufsteigt und ich nicht, habe ich die Heulsuse demnächst allein am Hals, wenn sie es denn irgendwann zum Kojoten schafft.

Die Vorstellung gefällt mir nicht.

Ganz und gar nicht.

Und so nicke ich, als Tara mir meinen nächsten Brief reicht und sagt: »Du weißt, was du zu tun hast, oder?«Ich kann ihr ansehen, dass sie denkt, ich würde sie bloß wieder austricksen.

Tja, wer weiß?

Sicher bin ich mir da selbst nicht.

»Es spielt keine Rolle, wie wütend oder schonungslos das klingt, was du schreibst«, träufelt sie mir warmen Honig ins Ohr. »Zeig ihnen deine Verletzungen, deine Narben. Sie wollen dir zuhören, aber dafür brauchen sie irgendwas Handfestes. Einen Anfang.«

Dann lässt sie mich mit meinen Briefen allein und mir fällt als Erstes auf, dass keiner von meinem Bruder dabei ist. Noch so ein Schlag in die Magengrube. Vielleicht nicht ganz so schlimm wie der von Tex Cauldwell, aber weh tut es trotzdem. Haben meine »wahren Geschichten« ihm nicht gefallen? Vermisst er mich gar nicht? Oder … hat Anabella ihn gegen mich aufgewiegelt? Was könnte sie ihm erzählt haben?

Panisch gehe ich all die Möglichkeiten durch, mit denen Anabella mich sabotieren könnte. Sie muss der Grund sein, warum er nicht zurückgeschrieben hat. Erst recht nach der letzten »wahren Geschichte«, die echt lustig war.

Ich fühle mich so hilflos.

Und stinksauer.

Mein Dad hat ebenfalls nicht geschrieben, was mich nicht sonderlich wundert. Sonst hat er mir schließlich auch nicht viel zu sagen. Wäre sein letzter Brief nicht handgeschrieben gewesen, hätte ich darauf gewettet, dass Mom den für ihn verfasst hat. Zwei Seiten sind jedenfalls mehr Worte, als er je am Stück mit mir gesprochen hat. Mom hingegen könnte ein ganzes Buch füllen, wenn sie einen nur bittet, die Mayo aus dem Kühlschrank zu holen.

Dafür ist ein Brief von Anabella dabei. Obwohl, *Brief*? Es ist der Ausdruck einer kitschigen E-Postkarte. Darauf sind zwei Mädchen zu sehen; das große hat den Arm um das kleine gelegt und darunter steht: »Freunde kommen und gehen, aber eine Schwester hat man für immer.« Und Anabella hat in ihrer Schnörkelschrift dazugesetzt: *Ich möchte, dass es wieder so wird*, und an der Seite, in kleineren Schnörkeln: *P S: Das Mädchen aus dem Artikel ist Meadow.*

Dem Artikel?

Welchem Artikel?

Jetzt ist nur noch der gefürchtete Mom-Brief übrig – ein dicker, zugeklebter Umschlag mit meinem Namen darauf, natürlich in *Lucida* getippt. Ist es wirklich einfacher, einen Umschlag in den Drucker zu stecken, als mal eben vier mickrige Buchstaben daraufzuschreiben?

Ach nein, richtig. Das große W bekommt man nie so schön hin wie Lucida.

Ich reiße den Umschlag auf, zerfetze dabei meinen Namen,

und der dicke Packen Papier, den ich heraushole, ist gar kein getippter Brief, sondern ein aus dem Internet ausgedruckter Zeitungsartikel. Eigentlich ist er gar nicht so lang, aber am rechten Rand verlaufen lauter Werbebanner, darum nimmt er fünf Seiten in Beschlag. Die Überschrift lautet: »Jugendliche Drogendealer greifen Senioren an«, und darunter, in voller Tintenstrahlfarbpracht, prangt ein Bild von Nico in Handschellen.

Meine Wangen werden heiß und mein Herz fängt an zu hämmern. Nico wurde verhaftet? Wie kann das sein? Hat ihn jemand verpfiffen?

Etwa Meadow? Wollte Anabella mir *das* sagen?

Ich fange an zu lesen, aber das Bild lenkt mich zu sehr ab. Selbst jetzt, als ich ihn in Handschellen sehe und weiß – als hätte ich das nicht von Anfang an gewusst –, dass er gefährlich ist (und wie), muss ich an sein süßes Grübchen und seinen warmen, zimtigen Atem denken, und plötzlich sehne ich mich nach Fireball-Likör und Gras und dem verrauchten Inneren seines Mercedes.

# 48

Am Ende des Artikels angekommen habe ich das Gefühl, mich jeden Moment übergeben zu müssen. Nicht wegen der Story an sich – es hat eine Reihe von Einbrüchen in einer teuren Wohngegend gegeben, wobei aus Diebstahl Körperverletzung wurde, bevor die »Verdächtigen« schließlich geschnappt wurden.

Es liegt nicht mal daran, dass es um Nico und Meadow geht – obwohl allein das kaum zu glauben ist. Was ist denn bloß passiert? Nico war doch immer so vorsichtig, so misstrauisch. Es kommt mir vor, als wäre zu Hause einiges aus dem Ruder gelaufen, seit ich weg bin. Was die Frage aufwirft: Wenn ich nicht hierher verschleppt worden wäre, hätte die Polizei mich dann ebenfalls in die Finger gekriegt?

So schockierend und beunruhigend das alles ist, der Grund, warum ich zitternd und mit rebellierendem Magen dasitze, ist das, was mit Tinte unter dem Artikel vermerkt ist.

*Wir haben Zugriff auf deine Handynachrichten.*

Ich weiß nicht, wessen Handschrift das ist – so wütend wirkt das Gekritzel. Und ich weiß auch nicht, warum es sich so anfühlt, als machte mein Magen schon wieder Bekanntschaft mit der Faust von Tex Cauldwell, aber genauso ist es. Am Tag meiner Entführung hatte ich noch eine Heidenangst, meine Eltern könnten auf die Idee kommen, in mein Handy zu gucken, aber nachdem danach Tage und Wochen vergingen, ohne dass sie in ihren Briefen darauf zu sprechen kamen, dachte ich, sie hätten es einfach beiseitegelegt und nicht mehr daran gedacht. Tja, Fehlanzeige. Vermutlich hat Anabella nächtelang versucht, mein Passwort rauszufinden. Sie muss es gewesen sein, genau wie immer. Diese Petze.

Mit einer fließenden halben Drehung lässt sich Hannah im Schneidersitz neben mir auf den Boden sinken. »Diesen Blick kenne ich«, bemerkt sie und nimmt mir die Zettel aus der Hand. »Darf ich?«

Ich habe nicht die Kraft, Nein zu sagen.

Und ich will es auch gar nicht.

Hastig überfliegt sie die ersten drei Seiten und fragt dann: »Wer ist denn dieses ›minderjährige Mädchen‹, um das es da geht?«

»Meadow.«

»Im Ernst?« Wieder widmet sie sich dem Artikel und liest ein Stück weiter, bevor sie erneut den Kopf hebt. »›Heroinbesitz?‹ *Nimmt* sie das Zeug auch?«

Ich sehe, wie die Seiten zu zittern anfangen, und zu spät fällt mir Hannahs Sucht wieder ein. »Nur ganz selten«, murmele ich.

Hannah konzentriert sich abermals auf den Artikel. »So was wie ›ganz selten‹ gibt es bei H nicht.«

Ich bekomme ein seltsam schlechtes Gewissen. Es ist ja nicht so, als hätte ich in Hannahs Nähe gewohnt oder mir auch nur angeguckt, was Nico mich ausliefern ließ, oder als hätte ich die Leute gekannt, denen ich es gebracht habe. Anfangs wusste ich ja nicht mal, was es war! Aber jetzt fühle ich mich trotzdem mies.

Ich versuche, ihr den Artikel wegzunehmen. »Vielleicht solltest du lieber nicht –«

Aber sie reißt ihn mir aus der Hand und liest weiter. »Und das war deine *Freundin*? Die klingt ja wie der totale Psycho! Wer greift denn einen alten Opi an? Sogar komplett zugedröhnt würde ich das nie machen.«

Ich will sagen, dass der Journalist sich irren muss. Dass Nico Meadow nicht in einer Million Jahren in seine Clique aufnehmen würde. An dem Abend vor meiner Entführung habe ich ihn noch zu Biggy sagen hören, Meadow sei wie ein Karussell, jeder dürfe mal eine Runde drehen, und dann haben die beiden auf diese fiese Art gelacht, die ich nie leiden konnte. Als wüssten sie irgendwas, was ich nicht wusste. Fast hätte ich gefragt, was das heißen soll, dann aber hielt ich doch den Mund, stellte mir das Schlimmste vor und kippte meinen Fireball runter.

Außerdem will ich Hannah versichern, dass Meadow niemals einen alten Mann angreifen würde. Doch ich sage nichts von alldem, denn schließlich habe ich in den letzten Monaten selbst erlebt, wie Meadow sich von manipulativ zu glattweg bösartig verändert hat, und Nico … tja, der fährt eben gern Karussell.

Stattdessen rutscht mir etwas heraus, was ich noch niemandem erzählt habe. »Sie hat mal versucht, mich zu ersticken.«

»Was?« Jetzt habe ich Hannahs volle Aufmerksamkeit. »Meadow? Wann?«

»Am Murmeltiertag. Später hat sie Witze darüber gemacht und meinte, wir würden wohl einen kurzen Winter kriegen, weil ich immer wieder hochgekommen bin.«

»Mit einem Kissen oder wie?«

Ich nicke. »Ich hab bei ihr übernachtet. Als ich geschlafen habe, hat sie mich angegriffen.«

»Richtig im Ernst oder wollte sie vielleicht nur ein bisschen rumblödeln?«

»Im Ernst. Wir hatten beide was getrunken. Sie war besoffen und sauer.«

»Worüber denn?«

»Weil sie bei Nico mitmachen wollte.«

»Dem hier?«, fragt Hannah und blättert zurück zur ersten Seite. Ich nicke.

Sie legt den Kopf schief. »Na ja, süß ist er schon. Aber … wie genau denn ›mitmachen‹?«

Meine Gedanken rasen zurück zu der Nacht im Februar, in der Meadow mich als egoistisches Miststück beschimpft hat. Der Nacht, in der sie fauchte, ich sei ja wohl nichts als eine alberne Aufziehpuppe, eine Verliererin, die keine Ahnung habe, was man mit einem Jungen anstelle. Der Nacht, in der mir klar wurde, dass sie neidisch war.

Auf mich.

Das hatte Meadow deutlicher gemacht, als ihr vermutlich lieb war. Mich ergriff ein unglaubliches Gefühl von Macht. Barfuß rannte ich nach Hause, voller Energie und entschlossen, das Feuer zu erwidern. Gleich am nächsten Tag fing ich an, Meadow zu triezen, wie sie es jahrelang bei mir gemacht hatte. Zuerst tat ich so, als wäre nichts passiert. Als wäre sie meine allerbeste Freundin, der ich voll und ganz vertraute. Aber dann fing ich an, ihr Geschichten zu erzählen, die fast ausschließlich aus Lügen bestanden. Über Nico und mich, wie wir zusammen kifften, Heroin spritzten, wie wir uns nachts rausschlichen, irgendwo einbrachen und klauten, was uns gefiel. Ich ließ es so aufregend, riskant und cool klingen, wie ich konnte.

Hauptsächlich lief das Ganze über Handynachrichten.

Die meine Eltern jetzt alle gelesen hatten.

Und denen sie natürlich Glauben schenkten, nachdem sie wussten, was ich tatsächlich schon alles angestellt hatte.

Hannahs Stimme reißt mich aus meinen fieberhaften Überlegungen. »Wren?«

Meine Antwort kommt als Stoßseufzer heraus. »Ich hab ein Riesenproblem.«

»Was?«

Ich vergrabe den Kopf in den Händen und erinnere mich an alles, was ich mir in den Wochen vor meiner Entführung geleistet habe. »Ich hab die Klamotten meiner Schwester zerschnitten.«

»Was hast du?«

»Ich hab meinem Dad die Autoreifen aufgeschlitzt.«

»Wieso fängst du –?«

»Ich hab ein Hakenkreuz in das Klavier meiner Mutter geritzt.«

»Ein *Hakenkreuz*? Wieso das denn?«

Ich kriege kaum Luft, als ich nur daran denke. Wie soll ich Hannah das mit der *Geschichte vom Klavier* erklären? Mit den Nazis, die das Haus meiner Urgroßmutter besetzt hatten und die auf dem Klavier gespielt haben, lachend und saufend, während die Familie meiner Urgroßmutter eine Etage höher hockte und vor Wut schäumte.

Wieder höre ich die Stimme meiner Großmutter, die uns die Geschichte erzählt. *Aber das Klavier hat allen Widrigkeiten getrotzt, und so kommt es, dass wir heute noch fröhliche Lieder darauf spielen können.*

»Wren?« Hannah mustert mich. *»Warum?«*

In meiner Kehle hat sich ein Kloß gebildet. »Weil … weil ich betrunken und stinksauer war und weil ich wusste, dass es ihr mehr wehtun würde als alles andere.«

»Wem? Deiner Mom?«

»Ja! Sie liebt dieses blöde Klavier mehr als mich.«

Selbst in meinen Ohren klingt das wie eine lahme Ausrede.

Selbst mir kommt die Aktion jetzt absolut grauenhaft vor. Tränen brennen in meinen Augen. Ich versuche, sie wegzublinzeln, aber sie lassen sich nicht zurückhalten. Die ganze Zeit war ich fest überzeugt davon, dass meine Mutter es nicht besser verdient hatte, aber jetzt stürzt mit einem Mal die ganze Abscheulichkeit meiner Tat auf mich ein, und meine Tränen strömen drauflos.

# 49

Zitternd und vollkommen runter mit den Nerven verkrieche ich mich in meinem Zelt.

Wenn es hier draußen Alkohol oder was zu rauchen gäbe, würde ich sofort zugreifen, aber es gibt nun mal nichts, und ich weiß nicht, wie ich sonst mit dieser Panik, dieser *Verwirrung* umgehen soll.

Wieso interessiert es mich überhaupt, was meine Eltern von mir denken?

Ich hasse sie doch sowieso, oder etwa nicht?

Ich versuche, nicht an den Moment zu denken, in dem sie das Hakenkreuz entdeckt haben, doch die Szene schwingt wie eine Abrissbirne durch meine Gedanken:

Meine Mutter schreit. Wie eine Sirene, die durchs Haus schrillt.

Beim Abendessen haben sie mich auf mein Zimmer geschickt, weil ich »frech« war, und inzwischen habe ich einen Großteil meiner geheimen Dr-Pepper-Fireball-Mischung geleert und spüre nichts mehr. Was sollen sie schon machen? Mich verhaften lassen?

»Wren!«, blafft mein Dad und nähert sich drohend wie eine Gewitterwolke meiner Zimmertür. Ich verstecke die Flasche. Nicht dass es je einen interessiert hätte, was ich da trinke, aber wozu ein Risiko eingehen?

»Was ist?«, frage ich, als er in mein Zimmer gestürzt kommt.

»Warum weint Mom?« Ich lalle ein wenig und versuche, ein Kichern zu unterdrücken.

Dad reißt mich am Arm hoch und zerrt mich ins Wohnzimmer, wo Mom sich über das Klavier geworfen hat, als wäre es der Sarg ihres erstgeborenen Kindes.

»Warum?«, heult sie, sobald sie mich sieht.

»Warum was?« Ich tue so, als würde ich das Hakenkreuz nicht sehen. »Was ist denn?«

Mom schluchzt. »Wie konntest du nur?«

»Wie konnte ich was?«

Dad packt mich und schiebt mein Gesicht bis knapp vor das zerkratzte Holz. Sein Griff schnürt mir den Arm ab. »ANTWORTE GEFÄLLIGST!«, brüllt er so laut, dass es die Ziegel vom Dach sprengen könnte.

»Lass mich los!«, schreie ich zurück. »Warum soll ich das gewesen sein?«

Inzwischen ist auch Anabella aufgetaucht und schlingt tröstend die Arme um meine Mutter. »Weil du die Einzige in dieser Familie bist, die so was tun würde!«, sagt sie.

Ich mustere sie höhnisch. »Ach ja?« Dad hält noch immer meinen Arm umklammert, aber ich reiße mich los. »Schon mal drüber nachgedacht«, fauche ich meine Mom an, »dass das vielleicht *Anabella* war, weil sie genau weiß, wie sehr du mich hasst und dass du sofort davon ausgehen würdest, dass ich es war?«

»Das ist doch lächerlich«, schnaubt Anabella.

»Tja, und warum *hast* du es dann gemacht?«, frage ich.

»DU KANNST ES LEUGNEN UND ANDEREN DIE SCHULD ZUWEISEN, SOVIEL DU WILLST, ABER DAS HILFT DIR JETZT AUCH NICHT MEHR«, schickt Dad ein paar weitere Dachziegel rauf in den Orbit.

»Also steht es fest, ja?«, frage ich und weiche zurück. »Anabella kann es auf keinen Fall gewesen sein. Genauso wenig wie einer von Mos Freunden. Ich bin die einzig mögliche Lösung.«

»Anabella würde so etwas nie tun!«, ruft meine Mom weinend. »Und dein Bruder und seine Freunde auch nicht!«

»Ach so, aber ich schon? Ich bin automatisch schuldig?« Ich stolpere über die Sachen meines Bruders, die er achtlos auf dem Boden liegen gelassen hat, bevor er zu einem Freund gegangen ist, um dort zu übernachten. Der Baseballschläger hüpft in meine Hand wie magnetisch angezogen. »Okay, wenn ihr mich sowieso alle dermaßen hasst, gebe ich euch jetzt wenigstens einen richtigen Grund dazu!« Und dann laufe ich Amok und zerschlage alles in Reichweite. Gerahmte Fotos, den Couchtisch, ein paar Vasen … Dad stürzt sich auf mich wie ein Footballspieler, aber ich weiche ihm aus und flüchte in die Küche, während Mom kreischt und Anabella den Notruf wählt.

In der Küche dresche ich weiter auf alles ein, was ich erreichen kann – Arbeitsplatte, Vorratsgläser, Wasserhahn –, und will gerade nach dem Mixer ausholen, als mein Vater mich zu Boden reißt.

Mein Gesicht wird auf die Fliesen gepresst, meine Arme auf meinen Rücken gebogen. Schnaufend drückt Dad mir sein Knie ins Kreuz. Ich höre, wie meine Mutter ausflippt, aber die Fliesen unter meiner Wange sind wichtiger. Die Kühle ist so angenehm. Wie Eis, wenn man Fieber hat. Ich wünschte, das Gefühl würde mich komplett erfüllen.

Dann wird es schwarz um mich.

++++++

Später verbuchte ich diesen Abend als Sieg. Meine Eltern hatten Angst vor mir. Genau wie meine Schwester. Und als Lösung fiel ihnen nichts Besseres ein als noch strengere Regeln und ständige Überwachung. In den Tagen danach spielte ich brav mit, bis sie ins Bett gingen – dann verschwand ich durchs Fenster. Ich konnte ja nicht ahnen, dass sie bereits meine Entführung planten.

Wenn ich jetzt daran zurückdenke, gibt es nur ein einziges Bild von meinem Amok-Abend, das mich wirklich fertigmacht. Als ich aus meiner Bewusstlosigkeit aufwachte, war ich in meinem Zimmer. Ich lag auf der Seite, die Hände auf dem Rücken gefesselt. Alles tat weh. Draußen flackerte rot-blaues Licht. Ich wankte ans Fenster und sah meine Eltern, die vor dem Haus mit zwei Polizisten redeten. Als die Männer wieder weg waren, setzten meine Eltern sich auf die Verandastufen, nahmen einander in den Arm und weinten.

Damals dachte ich, sie würden nur wegen des Klaviers und der Sachen, die ich zertrümmert hatte, weinen.

Damals machte ich mir keinen Kopf deswegen.

Und heute?

Heute kann ich nur daran denken, wie sie dasaßen und schluchzten, zitterten, einander stützten. Wieder und wieder spielt sich die Szene in meinem Kopf ab. Inzwischen ist mir klar geworden, dass sie *trauerten.*

Als wäre jemand gestorben.

# 50

Ich kann den Brief nicht schreiben. Es geht einfach nicht.

Tara sitzt bei mir und versucht, mich dazu zu bringen, mich zu öffnen. Es brauche Mut, erklärt sie, sich seinen dunkelsten Seiten zu stellen. Ich weiß, dass Hannah ihr alles weitererzählt hat, trotzdem bin ich nicht böse. Mir ist klar, dass sie sich nur Sorgen macht. Dass ich ihr wichtig bin.

Aber ich kann den Brief nicht schreiben. Es geht einfach nicht.

Tara hält meine Hand, beschwört mich, es rauszulassen. Ich schüttele weinend den Kopf, verängstigt und verwirrt über die Erinnerungen, die in mir wüten.

»Du schaffst das«, ermuntert sie mich. »Du stehst das durch. Leg endlich diese Last ab.«

Aber ich kann den Brief nicht schreiben. Es geht einfach nicht.

Vielleicht, wenn ich ein bisschen Gras hätte. Oder was zu trinken.

»Kannst du mir nicht irgendwas geben?«, frage ich schließlich. »Zur Beruhigung?« Ich knicke ein und fange an zu betteln. »Ich hab gesehen, dass die anderen Mädchen auch manchmal Medikamente kriegen. Bitte.«

»Die wurden ihnen von ihren Ärzten zu Hause verschrieben.« Tara drückt meine Hände. »Wren, du bist clean. Und es wird Zeit, dass du dir über einiges klar wirst. Wenn du den

Schmerz jetzt betäubst, hilft das nicht.« Sie sieht mich eindringlich an und flüstert: »Lass es raus. Lass los. Vergifte dich nicht länger mit deinem Hass.«

Ich starre zu Boden und rühre mich nicht, lange. Dann sehe ich wieder hoch und versuche es noch einmal: »Bitte! Ich würde es ja schaffen, wenn ich mich nicht so … aufgerieben fühlen würde.«

Sie mustert mich einen Moment und verschwindet dann wortlos. Ich sehe, wie sie die Aufseher zusammentrommelt – John, Dvorka, Michelle. Sie stehen im Kreis und reden leise, die Köpfe gesenkt, die Hände in den Taschen.

Als sie fertig sind, ist es Michelle, die zu mir ans Zelt kommt. Sie hockt sich vor die Öffnung und sagt: »Pack deine Sachen.«

Panik droht, mich zu verschlucken. »Ihr schickt mich nach Hause? Warum? Was hab ich denn gemacht?«

»Nein«, versichert sie mir rasch, bevor ich anfangen kann zu hyperventilieren. »Wir schicken dich auf die Suche.«

»Die Suche?«, keuche ich verständnislos.

»Weißt du noch, als Mia mal drei Tage lang weg war? Und danach Shalayne?«

Ich nicke. Es hätte gegen die Regeln verstoßen, wenn sie uns erzählt hätten, wo sie gewesen waren, aber sie waren beide … verändert zurückgekommen.

»Die waren auch auf der Suche.«

»Und was heißt das? Wonach soll ich denn suchen?«

Lächelnd erhebt sie sich. »Nach dir selbst.«

»Was?«

»Fang an zu packen. In zwanzig Minuten geht's los.«

Eine Sekunde, nachdem sie gegangen ist, steckt Hannah von der anderen Seite den Kopf in mein Zelt. »Hab ich richtig gehört?«, flüstert sie. »Du gehst auf die Suche?«

Ich kann noch immer nicht richtig atmen. »Aber was heißt das denn?«

»Das heißt, du verschwindest für drei Tage.« Sie sieht an mir vorbei, zu Dvorka, die auf uns zukommt. »Und wehe, du bist danach nicht mehr meine Freundin!«

»Warum sollte ich das nicht mehr sein?«, frage ich, aber da ist sie schon weg.

Dvorka geht in die Hocke. »Proviant und Wasser bekommst du von uns, das musst du also nicht einpacken. Aber ansonsten alles, was du für zwei Nächte brauchst. Kleine Warnung: Es soll regnen.«

»Kommt denn jemand mit mir?«

»Nein.«

Die Antwort fühlt sich an, als würde ein Schloss zuschnappen. »Aber … wo soll ich denn hin? Und was soll ich tun?«

»Du sollst tun, was *nötig* ist, und Tara ist der Meinung, dass du selbst weißt, was das ist.«

Ich senke den Kopf.

»Du wirst an den Ausgangspunkt deiner Suche geführt«, sagt sie. »Aber ab da bist du auf dich allein gestellt.«

»Ist das dein Ernst?«

Sie lächelt. »Hab ich jemals irgendwas nicht ernst gemeint?« Sie tätschelt mir das Knie. »Na los. Und überleg dir gut, was du einpackst.«

Ich habe inzwischen genug Lagerumzüge mitgemacht, dass ich nicht lange brauche, und als Michelle zurückkommt, ist mein Bündel fertig geschnürt. Alles, was ich nicht mitnehme – meine Unterrichtsmaterialien und ein paar Klamotten –, kommt solange in einen Müllbeutel.

Michelle hat einen abgetragenen Lederrucksack dabei, der bis zum Bersten vollgestopft und mit Wacholderbeeren verziert ist. »Bereit?«, fragt sie.

»Hab ich eine andere Wahl?«, brumme ich, aber das Packen hat ein bisschen geholfen – zumindest kann ich wieder atmen.

Michelle schmunzelt. »Tja, so oder so …« Sie zieht ein Bandana aus der Tasche, schüttelt es aus und rollt es zu einer Augenbinde zusammen.

»Och nee«, stöhne ich, wehre mich jedoch nicht, als sie mir das Tuch um den Kopf bindet, mich ein paarmal im Kreis dreht und dann in Richtung Werweißwo führt.

Nach nur ungefähr zehn Minuten halten wir an und Michelle legt mir die Hände auf die Schultern. »Du machst das schon«, murmelt sie mir leise ins Ohr. »Lass die Sonne in dir aufgehen.«

Ich denke noch: *Wir sind da? So nah am Camp ist mein Exil? Cool. Da finde ich ja locker zurück. Ich muss einfach dem Lagerfeuerrauch folgen und dann –*

Dann wird die Augenbinde gelöst. Als ich wieder etwas sehe, ist Michelle weg, der Rucksack liegt zu meinen Füßen, und ich blicke in Mokovs uralte Augen.

Ich starre auf seine silbernen Schlangenzöpfe, als er sich den Rucksack aufsetzt. »Wilder Vogel«, sagt er und lächelt sanft. »Komm.«

Er dreht sich um und marschiert los durch die Beifußsträucher, ohne sich noch einmal umzusehen.

# 51

Verwirrt blicke ich ihm nach und denke: *Wilder Vogel? Wie kommst du dazu, mich so zu nennen?* Doch Mokov droht bereits, hinter einem Kieferngrüppchen zu verschwinden, also haste ich ihm hinterher.

Er ist schnell. Lautlos. Wie eine Rauchschwade im Wind. Ich dagegen stampfe schnaufend durchs Unterholz, bemüht, ihn nicht aus den Augen zu verlieren.

Es gibt keinen Weg. Kein irgendwie erkennbares Ziel. Vorbei an Kiefern und Wacholder, zwischen ein paar riesigen Felsbrocken hindurch, führt er mich auf eine Ebene aus festgebackener ziegelroter Erde, die sich bald darauf zu einem schmalen Canyon verengt.

An den Wänden der Schlucht verlaufen dunkle Streifen von oben nach unten, als weinte die Erde tintenschwarze Tränen. »Wo wollen wir denn hin?«, rufe ich, aber meine Frage hallt unbeantwortet von den Felsen wider.

Eine gefühlte Ewigkeit folge ich Mokov durch den Canyon. Schließlich rufe ich: »Wie weit müssen wir noch?«

Er bleibt stehen. Dreht sich um. Wartet. »Auf unserer jetzigen Reise? Oder im Leben?« Er lächelt kurz, bevor er weitergeht, jetzt jedoch ein kleines bisschen langsamer. »Wir reisen nur so hoch und weit, wie uns unsere Herzen tragen.«

»Tja, *mein* Herz hätte gern eine Pause vom Schleppen«, keuche ich.

Er sieht sich zu mir um. »Ich denke gern im Gehen nach.«

»Worüber denn?«

»Hmm«, macht er und wirft einen prüfenden Blick zum Himmel. »Heute zum Beispiel darüber, dass es im Leben nicht darum geht, welche Entfernungen wir mit den Füßen zurücklegen, sondern darum, was wir in unserem Herzen bewegen.«

Was frag ich auch so blöd. »Bitte«, flehe ich, »ich will einfach nur wissen, wo wir hingehen und wie lange es noch dauert, bis wir da sind.« Dann füge ich hinzu: »Und außerdem, ist das überhaupt legal, mich ganz allein in der Wüste auszusetzen?«

Wieder bleibt er stehen und mustert mich mit seinen Uralt-Augen. Aber anstatt mir irgendwelche brauchbaren Informationen zu liefern oder wenigstens ein winziges bisschen Hoffnung, dass ich bei dieser ominösen »Suche« nicht mitten im Nirgendwo verrecken werde, sagt er: »Es gibt eine alte Weisheit: *Gehst du voller Groll, erreichst du niemals dein Ziel, so weit du auch läufst. Erklimmst du einen Berg im Zorn, bleibt der Ausblick stets derselbe.*« Dann setzt er sich wieder in Bewegung. »Was ich dir verraten kann, ist, dass deine Reise lang und beschwerlich sein wird, solange dein Herz sich weigert, eine neue Richtung einzuschlagen.«

Mein Herz soll eine neue Richtung einschlagen? Ich lasse mich ein wenig hinter ihm zurückfallen und spiele mit dem Gedanken abzuhauen. Als er uns bloß seine Geschichten erzählt hat, fand ich ihn ja noch ganz cool, aber jetzt dieses Geschwafel über die Richtung meines Herzens – was soll der Mist?

Da ich allerdings keine Ahnung habe, wo ich bin oder wie ich zum Camp zurückkomme, bleibt mir nichts anderes übrig, als ihm zu folgen. Es geht immer weiter bergauf, über einen kaum erkennbaren Pfad bis zu einer Hochebene, durch die sich ein weiterer riesiger Canyon schlängelt. Mokov wartet an der Kante auf mich.

Der Abgrund kommt völlig unerwartet und mir wird ein bisschen schwindelig. Es ist, als wären wir in einer anderen Dimension gelandet, einem Paralleluniversum. Unter uns liegt ein Fluss – ein *Fluss* –, schlammig braunrot und träge, aber er erstreckt sich, so weit das Auge reicht.

Mokov erklärt nichts und gibt mir keinerlei Anweisungen, während wir nebeneinander am Rand des Canyons stehen und hinunterblicken. Stattdessen fängt er an, eine Geschichte zu erzählen. »In alter Zeit versammelte Eule alle Vögel zu einem Wettstreit, um eine Meinungsverschiedenheit zu klären. Viele Jahre lang war Adler ihr Anführer gewesen, und einige der anderen fanden, es sei nun an der Zeit, dass er abtrete.

›Es ist weit und breit bekannt, dass ich am höchsten fliegen kann‹, widersprach Adler, und tatsächlich hatte er in der Vergangenheit stets den Sieg davongetragen.

Doch Krähe und Falke hatten sich gut auf den Wettstreit vorbereitet. Im Geheimen waren sie während der letzten zwei Monde jeden Morgen höher und höher hinausgeflogen, um ihre Kraft zu steigern. ›Wir werden sehen‹, sagte Krähe zu Adler. ›Ja‹, stimmte Falke zu. ›Wir werden sehen!‹

Lerche war wie viele der anderen Vögel weit gereist, um dem Wettstreit beizuwohnen. Und, ebenfalls wie viele der anderen Vögel, gönnte auch Lerche Adler seinen Platz nicht. Ermutigt durch Krähes und Falkes Worte trat nun auch Lerche vor und sang: ›Ja, wir werden sehen!‹ Aufregung ergriff die übrigen Vögel. Wie mutig von Lerche, Adler herauszufordern!

Die Rivalen reihten sich auf und Eule gab das Zeichen zum Beginn. Falke, Krähe und Adler erhoben sich in die Luft. Lerche flatterte tapfer mit, doch es dauerte nicht lange und der kleine Vogel kehrte auf die Erde zurück.

›Es war mutig, dass du es überhaupt versucht hast!‹, zwitscherten die anderen Vögel. Dann wandten sie sich Falke zu, der nun ebenfalls landete.

›Krähe ist stark‹, sagte Falke zum Schwarm, der ihm Zuspruch spendete. ›Er könnte es schaffen!‹ Doch auch Krähe war Adler nicht gewachsen. Enttäuscht kehrte er auf den Boden zurück. Alles deutete darauf hin, dass Adler erneut den Wettstreit gewinnen und Anführer bleiben würde.

Um seinen Sieg zu bestätigen, landete Adler nicht gleich, sondern schlug abermals mit den mächtigen Flügeln und stieg immer höher und höher in den Himmel. Die anderen Vögel sahen zu, voller Staunen über Adlers Kraft. ›Adler ist in der Tat ein großer Anführer‹, musste Krähe eingestehen. ›Ja‹, stimmte Falke zu. ›Adler ist mächtig und furchtlos.‹

Doch in dem Moment, gerade als Adler müde wurde und nicht mehr höher fliegen konnte, sah Falke etwas von Adlers Schultern aufflattern. ›Seht nur!‹, rief Falke. ›Das ist Zaunkönig!‹

Ich zucke zusammen – Zaunkönig. *Wren.* »Was?« Dann wirbele ich zu Mokov herum. »Steck mich bitte nicht einfach in deine Moralpredigt!«

Er erzählt weiter, ohne innezuhalten oder auch nur den Blick vom Canyon zu wenden. »Die anderen Vögel zwitscherten und sangen. Wie klug war es von Zaunkönig gewesen, als blinder Passagier mitzureisen! Zaunkönig war höher geflogen als Adler! Und damit hatten sie einen neuen Anführer.«

»Oh«, mache ich. Irgendwie ist mir das Ganze unangenehm, aber gleichzeitig fühle ich mich geschmeichelt. Der Zaunkönig als legendär cleverer Vogel, der sogar den Adler übertrumpft! Wer hätte das gedacht?

Aber dann muss Mokov natürlich alles verderben. »Doch als Zaunkönig zur Erde zurückkehrte«, fährt er fort, »sangen die Vögel ein anderes Lied. Während Adler schwieg, prahlte Zaunkönig mit seiner Klugheit. Schließlich fragte Eule: ›Aber wer hat dich denn erst so hoch hinaufgebracht?‹ Zaunkönig ging nicht auf die Frage ein und plusterte sich weiter auf. Schließlich hatte der Schwarm genug. Sie wandten sich Adler zu und sagten: ›Du bleibst unser Anführer, jetzt und für alle Zeit.‹«

Wut steigt in mir auf, ich fühle mich niedergeschmettert und irgendwie … *reingelegt.* »Ich bin keine Angeberin!«, fauche ich Mokov an. »Warum hast du mir das erzählt? Was für eine bescheuerte Geschichte!«

Er mustert mich aus seinen Uralt-Augen und antwortet: »Du bist nicht der Zaunkönig aus der Geschichte. Aber wir alle sollten die Flügel zu schätzen wissen, die so heftig schlagen, um uns hoch hinaufzubringen.«

Ich will ihm gerade sagen, dass er sich seine blöden Lektionen sonst wohin stecken kann, als er hinauf zum Himmel sieht.

»Es wird bald regnen«, sagt er, setzt den Rucksack ab und stellt ihn mir vor die Füße. »Lass zu, dass dein Herz sich öffnet wie der Himmel.«

Blinzelnd betrachte ich den Rucksack. Sehe, wie Mokov sich umdreht und davongeht. Gerate in Panik.

»Wie, das war's jetzt? Du lässt mich einfach hier allein?«

Ich will ihm nachlaufen, aber zu spät. Er ist bereits verschwunden.

# 52

Es dauert ein paar Minuten, bis ich meine Lage ganz erfasst habe.

Ich bin allein.

Komplett allein.

Wieder schießt mir der Gedanke durch den Kopf, dass es unmöglich legal sein kann, mich einfach mir selbst zu überlassen, aber was spielt das für eine Rolle? Es gibt schließlich kein Wüstengericht, vor dem ich irgendjemanden anklagen könnte. Hier draußen ist Mutter Natur Richterin und Geschworene in einem, und ob ich nun Einspruch erhebe oder nicht, es gibt ohnehin kein Entkommen. Der einzige Weg zu überleben, ist, meine Strafe abzubüßen.

Und wenn ich *nicht* überlebe, würden Mom und Dad dann wohl um mich trauern? Nachdem sie meine Handynachrichten gelesen haben, wären sie wahrscheinlich eher erleichtert als untröstlich.

Ich gehe zurück zum Rucksack und stelle fest, dass er meine Essens- und Wasservorräte enthält. Aber damit kann ich mich jetzt nicht näher befassen, weil der Himmel mittlerweile ein bedrohliches Grau angenommen hat, weswegen ich besser mein Lager aufschlagen sollte. Zuerst brauche ich einen Unterschlupf, ermahne ich mich, dann Feuerholz, und dann kann ich ans Essen denken.

Ich sehe mich nach einem geeigneten Platz um, an dem

ich meine Plane aufspannen kann, aber dieser seltsame Ort, an den Mokov mich gebracht hat, lenkt mich immer wieder von meinem Vorhaben ab. In den letzten Wochen bin ich einfach überallhin mitgezockelt, wohin man mich geführt hat. Viel umgesehen habe ich mich dabei nicht. Ich bin so lange weitergestapft, bis man uns sagte, wir könnten stehen bleiben. Doch so wenig ich zuvor auf meine Umgebung geachtet habe, etwas wie das hier habe ich noch nie gesehen, da bin ich mir sicher. Ich stehe auf einem weiten roten Plateau mit dem tiefen Canyon vor mir und einer hoch aufragenden Felswand hinter mir. Es ist, als wäre ich über einen Schleichweg auf einer riesigen Stufe in der Erdoberfläche gelandet. Bei näherem Hinsehen fällt mir auf, dass es auf der anderen Seite noch mehr solcher Stufen gibt, die in der Schlucht auf und ab führen. Manche dieser Treppen reichen bis rauf zu Türmchen aus roter Erde, die Schornsteinen ähneln. Aus anderen scheinen Fluten schwarzer Tränen über glatte Wände geflossen zu sein.

Stellenweise sehen die Wände aus, als hätte jemand Orangensorbet mit dem Eisportionierer bearbeitet. Einige der Ausbuchtungen sind flach, andere fast höhlenartig tief, manche breit, manche schmal. Und vom schlammigen Fluss bis hinauf zu den Füßen der Schornsteine krallen sich Bäume und Sträucher mit ihren Wurzeln in die Felsvorsprünge.

Ich fühle mich wie einer dieser Sträucher auf der anderen Seite der Schlucht – abgeschnitten vom Rest der Welt und verzweifelt entschlossen zu überleben. Doch der Anblick stürzt mich in einen Zwiespalt. Irgendetwas sagt mir, dass all diese Überlegungen wichtig sind, aber andererseits kommt es mir auch vor, als würde ich meine Zeit verschwenden. Warum starre ich hier in die Landschaft und vergleiche mich mit irgendwelchen Büschen, wo ich doch eigentlich mein

Lager aufschlagen müsste? Schließlich fängt es bald an zu regnen!

Also kehre ich dem Canyon den Rücken zu und sehe mich auf meinem kleinen Plateau um. Erst jetzt wird mir klar, dass es hier auf meiner Seite vermutlich genauso aussieht wie drüben. Wenn ich über die Schlucht fliegen könnte, würde ich wahrscheinlich ebenfalls Stufen sehen, die zu schornsteinartigen Gebilden hochführen, und glatte Wände aus rostrotem Gestein mit schwarzen Tränenspuren.

Mit einem Mal kommt mir der Gedanke, dass es auf meiner Seite auch solche Orangensorbetdellen geben könnte. Und das würde bedeuten … vielleicht muss ich ja gar kein Zelt aufbauen! Vielleicht kann ich einfach zum Höhlenmenschen werden!

Ich schnappe mir den Rucksack, gehe zur Wand und mache mich auf die Suche nach einer Höhle, in der ich schlafen kann. Und tatsächlich entdecke ich ein paar Ausbuchtungen, die jedoch entweder zu weit oben, zu flach oder zu klein sind. Ich laufe an Kiefern und Wacholdersträuchern vorbei, zwischen denen ich meine Plane aufspannen könnte, sehe Totholz, das ich zum Feuermachen benutzen könnte, aber ich halte nicht an, wie besessen von der Idee, eine Höhle zu finden.

Und dann fängt es an zu regnen.

Ich fluche – und warum auch nicht? Die Konsequenzen bekomme ich ja so oder so gerade am eigenen Leib zu spüren, und außerdem: Wenn ein Mädchen in der Wüste flucht und niemand hört es, hat es dann überhaupt geflucht? »Du bist ein Idiot, Hollister Keegan!«, schreie ich heraus. »Natürlich macht das ein Geräusch!«

Jetzt führe ich also schon Selbstgespräche. Im Regen. Auf einem Felsplateau mitten in der Wüste. Mutterseelenallein.

Ich rufe: »DAS IST MISSHANDLUNG! UND ILLEGAL! WENN ICH HIER DRAUSSEN VERRECKE, SEID IHR DRAN!«

Meine Stimme wird vom Wind davongetragen, vom Grollen des Himmels erstickt.

Die Richterin bleibt ungerührt.

»Von mir aus«, stöhne ich. »Dann spanne ich eben die dämliche Plane auf.«

Und dann sehe ich sie. In etwa zehn Metern Entfernung. Eine Ausbuchtung, die groß genug ist, um als Höhle durchzugehen, niedrig genug, dass ich sie erreichen kann, und klein genug, dass der Wind nicht so hineinpfeift. Ich flitze hin, werfe den Rucksack und mein Bündel in die Öffnung und klettere hinterher. Die Höhle ist nicht besonders tief und auch nicht breit genug, dass ich mich hinlegen könnte, aber fürs Erste der perfekte Unterschlupf. »Ha!«, rufe ich den Wolken zu.

Ein Blitz zuckt hinunter in die Schlucht.

»Daneben!«, schreie ich.

Der Himmel antwortet mit einem lang gezogenen, tiefen Donnern.

»Da kannst du meckern, soviel du willst!«, rufe ich und muss lachen.

Ich habe tatsächlich einen Wettstreit gegen den Himmel gewonnen.

# 53

Erst mal genieße ich ein bisschen die Sicherheit meiner kleinen Höhle, aber dann packt mich die Regenpanik. Nicht etwa, weil ich Angst hätte, ich könnte nass oder von einer Springflut mitgerissen werden.

Nein, ich flippe aus, weil mir das ganze schöne Wasser durch die Lappen geht.

Der Regen gehört eher in die Kategorie »Dusche mit niedrigem Wasserdruck» als »Feuerwehrschlauch«. Dafür besitzt der Duschkopf allerdings die Ausmaße des gesamten Himmels, und ich habe nichts, um den ganzen Segen aufzufangen. Sonst hätte ich jetzt Unmengen zu trinken. Oder ich könnte damit kochen. Meine Haare und Klamotten waschen. Wenn ich eine passende Bodensenke fände, könnte ich sie sogar mit meiner Plane auslegen und ein *Bad* nehmen. Aber stattdessen platscht das kostbarste Gut in der Wüste einfach so vom Himmel in den Staub.

Viel hilft es nicht, aber wenigstens meinen Campingtopf stelle ich nach draußen. Tropfen prasseln hinein, und ich fühle mich wie eine Bettlerin, die dem Himmel dankbar ist, dass er ihr ein paar Münzen zuwirft.

Ich leere den Rucksack aus, um nachzusehen, was ich essen kann, während ich darauf warte, dass der Regen aufhört. Und die Antwort lautet … nichts. Kein Müsliriegel, kein Studentenfutter, keine Trockenfrüchte und auch sonst nichts, was man nicht zuerst kochen müsste. »Soll das ein Witz sein?«, schreie ich eine dicke Kartoffel an.

Doch als ich in ihre kalten, toten Augen blicke, verstehe ich. Darum hat Dvorka gesagt, ich solle nichts zu essen einpacken. Wenn ich Hunger habe, werde ich mir wohl oder übel ein Feuer machen müssen.

Aber warum? *Warum?* Müssen sie es mir echt so schwermachen?

Ich denke an zu Hause, wo immer irgendwas im Eisfach liegt, was man nur kurz in die Mikrowelle zu stecken braucht. Aber das erinnert mich nur daran, dass meine Eltern meine Nachrichten gelesen haben, und Angst durchzuckt mich wie ein elektrischer Schlag. Darüber will ich jetzt nicht nachdenken. Alles ist besser als das.

Ich schaue hoch zum Himmel, der dunkelgrau und nass über mir hängt, und versuche rauszufinden, wo die Sonne steht. Zu sehen ist sie nirgends, aber nachdem ich den Tag und meine Wanderung mit Mokov habe Revue passieren lassen, komme ich zu dem Schluss, dass es zwischen halb fünf und fünf Uhr ist. In den vergangenen Wochen sind die Tage immer länger geworden und momentan geht die Sonne erst nach acht unter. Was bedeutet – wenn ich denn richtig geschätzt habe –, dass mir noch ungefähr drei Stunden Tageslicht bleiben. Müsste ich die in einer Philosophiestunde mit Hollister Keegan verbringen, wäre das eine Ewigkeit. Aber hier draußen, wo ich noch nach Holz suchen und Feuer machen muss, ist es erschreckend wenig.

Blitz und Donner haben aufgehört, nur der Regen hält an. Wer weiß, wie lange das noch so weitergeht? Auch wenn Regen Trinkwasser bedeutet, Haare waschen und kochen – vor allem wird man darin nass. Und ohne Feuer ist nass gleich kalt, besonders nachts.

So groß die Versuchung ist, einfach noch ein bisschen abzuwarten, ich weiß, dass ich bald da rausmuss, um Feuerholz zu sammeln. Je feuchter es ist, desto schwieriger wird es anzuzünden sein, und Feuer braucht man nicht nur zum Kochen und um es warm zu haben.

Sondern auch, um wilde Tiere fernzuhalten.

Ein Bild von einem Rudel ausgehungerter Kojoten stiehlt sich in meine Gedanken. Wie sie sich langsam, aber entschlossen näher schleichen … Die würden sich wohl kaum mit meiner Kartoffel abspeisen lassen.

Ich verdränge die Vorstellung, schnüre mein Bündel auf und schlüpfe in meinen Poncho, bevor ich mich raus in den Regen wage.

Da es nicht sonderlich stark und auch noch nicht allzu lange regnet, ist es unter den Kiefern und Wacholdersträuchern noch relativ trocken. Ich wandere von einem Baum zum nächsten und sammele alles, was ich an toten Ästen und Reisig finden kann, in meinem Poncho, den ich wie eine Schürze vor meinem Bauch zusammenraffe.

Nach der vierten Fuhre habe ich einen ganz passablen Stapel Feuerholz beisammen, aber dafür wesentlich weniger Platz in meiner Höhle. Schon allein, weil immer noch überall der Inhalt meines Bündels verteilt liegt. Ich versuche, irgendwas aus dem Weg zu schieben, benutze meinen Schlafsack als Kopfstütze, um mich ein bisschen zu entspannen, bis der Regen aufhört. Aber egal, was ich mache, ich fühle mich beengt und stelle überrascht fest, dass ich viel lieber draußen wäre und irgendwas *tun* würde.

Also packe ich mein Bündel ganz aus, schnappe mir Plane und Seil und gehe erneut raus in den Regen. Hastig suche ich mir zwei Ankersteine und spanne meine Plane zwischen zwei mickrigen Kiefern in der Nähe der Höhle auf. Der Zauberknoten, den Michelle mir beigebracht hat, zurrt sich zusammen und hält so gut, dass ich ein paar niedrige Äste als eine Art Vordach benutzen kann. Ich bin schneller mit Zelt und Graben fertig denn je zuvor, und ich muss lächeln, als ich einen Blick unter die Plane werfe. Wenn ich Kugeln dabeihätte, könnte ich meinen Weihnachtsbaum an der Hintertür damit schmücken.

Ich lasse das Zelt zunächst leer, weil ich Schlafsack, Isomatte und Unterlage nicht durch den Regen schleppen will, falls es sich vermeiden lässt. Stattdessen lege ich vor dem Zelt ein paar Steine zum Kreis, gerade so nah, dass das Feuer mich später zwar wärmen kann, aber hoffentlich keine Funken hereinfliegen.

Mehr kann ich nicht tun, bis es zu regnen aufhört, also krieche ich zurück in die Höhle und warte ab, langweile mich, denke wieder an meine Eltern und die Nachrichten auf dem Handy, gerate in Panik, krabbele wieder aus der Höhle und suche noch mehr Feuerholz.

Alles ist besser, als über meine Eltern nachzugrübeln.

Diesmal lagere ich das Holz im Zelt. Ich komme mir vor wie ein Eichhörnchen auf der Suche nach Nüssen. Wie viele Nüsse sammelt so ein Eichhörnchen wohl? Und woher weiß es, wann es genug hat?

Ich überprüfe den Graben und vertiefe ihn mithilfe eines Steins noch ein wenig, damit der niedrigste Punkt möglichst weit weg von der Öffnung ist. Ich denke an meinen Bruder, der das alles hier furchtbar aufregend fände. Ich wünschte, er wäre jetzt bei mir und könnte buddeln helfen. Wir waren noch nicht oft zusammen am Strand, aber wenn doch, habe immer ich die Sandburg gebaut und mein Bruder war für den Burggraben zuständig. Darin war er echt super. Nicht dass das Ganze dem Meer ewig standgehalten hätte, aber immerhin.

Bei der Arbeit kommen mir unweigerlich wieder meine Eltern in den Sinn. Wasser läuft mir von der Kapuze. Der Graben ist inzwischen mehr als ausreichend, aber ich mache trotzdem weiter, triefnass, und sehne mich … tja, wonach eigentlich? Nach dem Unmöglichen vermutlich.

Wie Burggräben, die nicht von der Flut weggespült werden.

# 54

Seit einer ganzen Weile liege ich zusammengerollt in der Höhle und denke über Hieroglyphen nach. Oder Piktogramme meinetwegen. Auf einer unserer Tagestouren letzte Woche haben die Aufseher uns eine geheime Höhle gezeigt, in der amerikanische Ureinwohner Sachen an die Wand gemalt haben. Das war keine Eisportioniererhöhle wie meine, sondern eher ein Spalt zwischen zwei Felsen, vor dem Bäume wuchsen. Nicht in einer Million Jahre würde ich die wiederfinden, vor allem, weil wir, nachdem wir den halben Tag gewandert waren, wieder mal für das letzte Stück Augenbinden verpasst bekommen haben, und auf dem Rückweg genauso. Natürlich.

Die Piktogramme waren so ausgeblichen, dass man sie kaum noch erkennen konnte, aber John wies uns auf eins nach dem anderen hin. Ich erinnere mich an einen großen Kreis, ein paar Kreuze, einen Vogel, Feuer, einen Mann mit wellenförmigen Armen und Wolken, aus denen es regnete. John erfand eine Geschichte dazu, erklärte jedoch gleich darauf, dass niemand wirklich wissen könne, wofür die Symbole stehen, denn ein Kreis könne genauso gut die Sonne darstellen wie auch einen Schild oder ein Auge oder sonst irgendwas Rundes. Er meinte, einige dieser Zeichnungen ließen sich auf 7000 vor Christus zurückdatieren, was bedeute, dass wir »Amerikas früheste Aufzeichnungen der Erzählkunst« vor uns hätten. Er erklärte, für die Piktogramme seien Minerale mit Pflanzensäften und tierischen Fetten zu Farben vermischt worden, die dann mit den Fingern, mit Pinseln aus Fell oder mit Yuccablättern auf die Wand aufgetragen wurden.

Mich hatte in dem Moment allerdings hauptsächlich interessiert, wann wir uns endlich hinsetzen und was essen durften.

Jetzt jedoch starre ich auf die kahle Wand meiner eigenen Höhle und überlege, was ich malen könnte. Welche Symbole ich benutzen würde. Welche Geschichte ich zu erzählen hätte. Außerdem denke ich darüber nach, ob Johns Geschichte auch nur annähernd etwas mit der echten zu tun hatte.

Ich hänge meinen Gedanken über Höhlenmalerei nach, als mir plötzlich auffällt, wie still es geworden ist. Bei einem Blick nach draußen stelle ich fest, dass der Regen aufgehört hat und die Wolkendecke aufzureißen beginnt.

Juhu!

Noch ist es hell, aber das wird nicht mehr lange so bleiben, also nehme ich meine Feuerutensilien samt Reisig und dem Zundernest, das ich während des Wartens schon mal vorbereitet habe, und krabbele nach draußen. Am Zelt lege ich etwas Holz auf die Feuerstelle und mache mich an die Arbeit.

Im Laufe der letzten Wochen habe ich ein paar schöne Feuerchen auf die Reihe gekriegt. Es ist jedes Mal aufs Neue tierisch anstrengend, aber trotzdem melde ich mich gern freiwillig dafür, weil es immer noch ist, als würde man einen Flaschengeist beschwören. Wie sich die Spindel auf dem Feuerbrett hin und her dreht, bis irgendwann Rauch aufsteigt, das Zundernest anfängt zu glühen und, *puff*, einem der Feuerflaschengeist drei Wünsche erfüllt – Wärme, Licht und Essen.

Jetzt gerade ist es besonders schwer, weil alles feucht ist, aber zum Glück habe ich rechtzeitig das Holz aus dem Regen geholt, sonst wäre es völlig unmöglich. Als das Feuer endlich flackert, bin ich müde, verschwitzt und habe einen Wahnsinnshunger.

Ich hole meinen Campingtopf voller Regenwasser, eine Portion gefriergetrocknete Bolognesesoße und ein Tütchen mit Spiralnudeln. Während das Wasser heiß wird, breite ich die Unterlage im Zelt aus, rolle meine Isomatte aus und darauf den Schlafsack. Dann stecke ich meine Wechselklamotten in den Schlafsackbeutel, um mir daraus ein Kissen zu machen, hänge den Poncho an einen Kiefernzweig und lege die abnehmbaren Beine meiner Hose zum Trocknen auf die Steine an der Feuerstelle.

Als ich mich schließlich zum Essen hinsetze, ist die Höhle leer, das Feuerholz leicht erreichbar und vor Regen geschützt in meinem Zelt gestapelt, und meine Sachen sind ordentlich verstaut.

Zu Hause kocht Mom Nudeln immer in literweise Wasser und kippt es danach weg. Hier habe ich kaum noch Wasser im Topf übrig, nachdem die Nudeln weich sind, also kippe ich das Bolognesepulver einfach dazu, lasse das Ganze noch mal aufkochen und esse direkt aus dem Topf.

Als ich noch klein war, war ein leer geputzter Teller das Ticket zum Nachtisch, aber nachdem mein Bruder geboren wurde, galt diese Regel nicht mehr. Was übrig blieb, wurde in den Mülleimer gekratzt.

Bislang habe ich nie einen Gedanken daran verschwendet, aber jetzt, während ich mein Essen herunterschlinge, wird mir das alles plötzlich bewusst. Hier draußen gibt es keine Reste. Wenn man nicht aufisst, was man kocht, hat man am Ende nicht mehr genug übrig und muss hungern. Vielleicht nicht gleich am selben Tag, aber spätestens, wenn einem der Proviant ausgeht, bevor die Vorräte wieder aufgefüllt werden.

Hier draußen putzt jeder seinen Teller leer, und zwar gerade, *weil* es normalerweise keinen Nachtisch gibt.

Während ich den Topf mit meinem Holzlöffel auskratze, den ich mir mit Michelles Hilfe geschnitzt habe, merke ich, wie glatt das Holz mit der Zeit geworden ist. Mittlerweile fühlt sich der Löffel ganz normal in meinem Mund und meiner Hand an, sogar irgendwie angenehm. Ich denke kaum noch daran, dass er ursprünglich mal nur ein Stock war. Er ist seit vier Wochen mein einziges Essbesteck. Ein Löffel, ein Topf, ein Becher, ein Teller. Ich habe mich daran gewöhnt. Und eigentlich brauche ich auch nicht mehr.

Ich überlege, was die anderen wohl gerade machen, und frage mich, ob Mokov zurück ins Camp gegangen ist und ihnen gerade ebenfalls von dem Wettstreit zwischen Adler und Zaunkönig erzählt. Und sofort werde ich wieder wütend auf ihn. Was sollte überhaupt diese Geschichte, wenn es darin angeblich gar nicht um mich ging?

Schon komisch, wie deutlich man die Stimmen anderer Leute im Kopf hören kann. Und nicht nur das, *was* sie sagen, sondern auch ihren Tonfall. Das fand ich schon immer gruselig – als hockte ein Gespenst in meinem Gehirn, das flüstert und drängelt und mir keine Ruhe lässt. Und im Moment höre ich Mokov: *Wir alle sollten die Flügel zu schätzen wissen, die so heftig schlagen, um uns hoch hinaufzubringen.*

»Klappe«, sage ich laut. »Du hast keine Ahnung von den Flügeln, die mich am *Boden* gehalten haben.«

Jetzt ertönt Taras Stimme. *Dann erzähl es mir,* raunt sie. *Lass es raus. Lass los. Vergifte dich nicht länger mit deinem Hass.*

»Und du kannst auch die Klappe halten!«, schreie ich. Ich schaufele Sand in meinen Campingtopf, reibe ihn damit aus und kippe den Sand ins Feuer. Dann schichte ich neues Holz ins Feuer, damit es weiterbrennt, und lege mich schlafen.

# 55

Ich schrecke aus dem Schlaf hoch. Aus einem Albtraum über meine Eltern, die Nachrichten auf meinem Handy, meinen Bruder, der mich plötzlich hasst.

Zuerst weiß ich nicht, wo ich bin. Es ist dunkel. Mir friert fast die Nase ab. Neben mir liegt etwas Hartes. Es fühlt sich an wie … Knochen?

Mit einem Schrei zucke ich zurück.

Aber dann fällt mir alles wieder ein.

Feuerholz. Zelt. Die Suche.

Ich habe keine Ahnung, wie spät es ist. Natürlich weiß ich, dass die Sonne gegen halb sieben aufgeht, aber bis dahin scheint es mir noch lange hin zu sein. Und diese *Stille.* Ich werfe einen Blick aus dem Zelt, um zu gucken, ob das Feuer noch brennt. Daran könnte ich mich zumindest orientieren.

Aber was ich stattdessen sehe, ist … Schnee?

Schnee!

Lautlos rieselt er vom Himmel, bedeckt den Boden und die Steine meiner Feuerstelle mit einer feinen Puderschicht und zerläuft auf dem Haufen Asche.

Ich schiebe die Hand aus dem Zelt. Der Schnee ist so leicht, so fein, und schmilzt sofort, als er meine Haut berührt. Fast wie eine Halluzination. Um mich zu vergewissern, dass er wirklich echt ist, stecke ich den Kopf nach draußen und fange ein paar Flocken mit der Zunge auf. Die meisten landen in meinem Haar, aber das macht nichts. Ich schmecke Schnee!

Ich versuche, einen Minischneemann zu bauen, aber vor dem Zelt liegt noch nicht genug. Und außerdem werden davon meine Finger so eisig wie meine Nase. Ich lache darüber, wie sehr mich das verblüfft. Natürlich ist der Schnee kalt. Es ist ja auch Schnee!

Schließlich trockne ich mich mit meinem Bandana ab und kuschele mich wieder tief in meinen Schlafsack, dankbar für die Wärme. Während ich das stille Schauspiel dort draußen beobachte, muss ich kichern. Ich zelte im Schnee! Wenn ich das Mogli erzähle!

Und zack, holt mich die Realität wieder ein.

Mo.

Ich versuche noch, meine Gedanken umzuleiten, aber sie drängen unaufhaltsam in eine Richtung: Mein Bruder weiß ganz sicher Bescheid. Wie könnte er das nicht? Kinder stellen Fragen. Eltern »erklären«. Schwestern petzen.

Und in das Klavier ist ein Hakenkreuz eingeritzt.

Mein Herz rast. Ich kriege keine Luft mehr. Und dann krümme ich mich in meiner arktiserprobten Hülle zusammen und fange an zu schluchzen. Wie konnte ich ein Hakenkreuz in das Klavier meiner Mutter ritzen?

Wieder rufe ich mir meine Liste von Gründen in Erinnerung.

Die altbekannte Leier.

Alles, was zu diesem Abend geführt hat.

Ich schließe die Augen und gehe wieder und wieder und wieder alles durch, wie beim Schäfchenzählen, und tatsächlich schlafe ich irgendwann darüber ein. Doch als mich am Morgen die Sonne weckt, ist der Schnee geschmolzen, und zurück bleibt nur die grauenhafte Wahrheit.

Ich habe ein Hakenkreuz in das Klavier meiner Mutter geritzt.

Ich zwinge mich aufzustehen, mich in Bewegung zu setzen und die Gedanken an das Klavier abzuschütteln.

Die Luft ist frostig, aber klar, und die Sonne scheint mir angenehm warm ins Gesicht. Kurz frage ich mich, ob ich den Schnee nur geträumt habe, aber dann entdecke ich Spuren – die oberen Stufen der Treppenwände auf der anderen Seite des Canyons sind leicht weiß bestäubt. Puderzucker auf Lebkuchen.

Ich stochere in der Asche meiner Feuerstelle und versuche, die Glut neu anzuschüren, wie John das morgens im Camp immer macht. Aber alles ist kalt.

Tot.

Aus irgendeinem Grund bringt mich das fast schon wieder zum Weinen. Ich denke daran, wie Michelle gesagt hat, wenn ich es schaffen würde, hier draußen ein Feuer zu entzünden, dann könne ich es auch in mir selbst. Was ich jetzt noch weniger verstehe als damals. Ich musste noch nie Feuer in mir entzünden. Schließlich lodert in mir schon seit Jahren eine irrsinnige Wut auf die ganze Welt.

Mittlerweile habe ich hier draußen schon jede Menge Feuer zum Brennen gebracht. Und doch fühlt es sich an, als stünden die Flammen in mir kurz vor dem Erlöschen. Als läge die Glut, die sich seit jeher mit ein bisschen Pusten zu einem tosenden Flächenbrand anfachen ließ, auf einmal still und kalt da.

Jetzt bin ich gerade bis zum Erbrechen meine Liste durchgegangen. Wie kann ich trotzdem diesen Drang verspüren, mich bei meinen Eltern zu entschuldigen?

# 56

Nach dem Frühstück sitze ich mit dem Block auf dem Schoß in meinem Zelt und starre wie versteinert auf die leere Seite. Ich schaffe es einfach nicht, »Liebe Mom, lieber Dad« zu Papier zu bringen.

Es ist unmöglich.

Meinem Bruder kann ich auch nicht schreiben.

Allein daran zu denken, tut weh.

Ich weiß, ich muss mich bei meinen Eltern melden. Ich weiß, ich muss die Nachrichten erklären. Ich weiß, das bedeutet, dass ich auch den ganzen Rest erklären muss. Ich weiß, ich weiß, ich weiß.

Aber je länger ich hier mit meinem Block sitze, desto größer wird meine Angst. Am liebsten würde ich mich verstecken. Oder lügen. Alles leugnen.

Das hier ist schlimmer, viel schlimmer, als an einer neuen Schule anzufangen.

Viel schlimmer, als keine Freunde zu haben, niemanden zum Reden.

Viel schlimmer, als nicht gesehen zu werden. Im Moment will ich mir nicht mal selbst ins Gesicht blicken. Ich will einfach nur verschwinden.

Ich denke daran, wie Meadow verkündete, unsere neue Freundschaft müsse gefeiert werden. Ihre Art zu feiern widersprach allem, wozu meine Eltern uns erzogen und wovor sie uns immer gewarnt hatten. Und auch meinem eigenen Empfinden.

Aber ich machte trotzdem mit.

Warum auch immer.

Was wäre passiert, wenn ich stattdessen einfach die Schultoilette verlassen hätte? Wo wäre ich heute, wenn ich damals mutiger gewesen wäre?

Als ich nach Ewigkeiten den Stift auf die Seite setze, fließen folgende Worte heraus: *Bitte hört mir einfach nur zu.*

Diesen Satz zu schreiben, ist, wie einen Atemzug auszustoßen, nachdem ich jahrelang die Luft angehalten habe. Vielleicht liegt es daran, dass meine Eltern nicht vor mir stehen. Mich nicht unterbrechen können. Dass ich mich nicht verteidigen muss oder zusehen, wie sie Sauerstoff in dunkle Wolken der Enttäuschung verwandeln.

*Ich verspreche euch, die Wahrheit zu sagen*, schreibt meine zitternde Hand. *Aber bitte hört mir einfach nur zu.*

Und dann lasse ich alles raus. Angefangen bei unserem Umzug. Wie einsam ich damals war. Dass Anabella nie Zeit für mich hatte. Wie verloren ich mich in der neuen Stadt, dem großen Haus gefühlt habe. Wie ich langsam, aber sicher den Anschluss an unsere Familie verlor. *Jeder hat plötzlich sein eigenes Süppchen gekocht. Anabella hatte ihre neuen Freunde, Mo die Nachmittagsbetreuung, ihr zwei habt nur noch gearbeitet, gearbeitet, gearbeitet, und ich saß allein zu Hause und wäre am liebsten tot gewesen.*

Ich erzähle ihnen von dem Tag, an dem ich Meadow kennengelernt habe. Wie glücklich ich war, endlich eine Freundin zu haben. Und dass ich deswegen nicht Nein sagen konnte.

Nachdem ich einmal angefangen habe, kann ich gar nicht mehr aufhören zu schreiben. Das Ergebnis ist ziemlich chaotisch, stellenweise überdramatisch, mit tausend Unterstreichungen und Ausrufezeichen, und manches ergibt vielleicht auch gar keinen Sinn, aber das ist mir egal. Ich will es einfach hinter mich bringen. Ich will, dass sie die Geschichte endlich mal aus meiner Perspektive hören und erfahren, was wahr ist und was nicht. Nachdem ich das mit dem Gras und dem Alkohol gestanden habe, mache ich mit den Päckchen weiter, die ich für Nico ausgeliefert habe, damit, dass ich anfangs gar nicht wusste, was darin war, und wie mies ich mich jetzt deswegen fühle, seit ich Hannah kenne.

Den Teil mit dem Heroin würde ich am liebsten auslassen, aber ich muss ihnen die ganze Wahrheit sagen, damit sie begreifen, dass die Nachrichten an Meadow nicht echt waren, sondern dass ich das alles bloß erfunden habe, weil ich es ihr heimzahlen wollte.

Ich kann nur hoffen, dass sie mir glauben.

Der Brief wird vierzehn Seiten lang. Bis zum Ende vergieße ich keine Träne und schließe mit: *Mir tut so vieles furchtbar leid, ganz besonders das mit dem Klavier. Bitte verzeiht mir, Wren.*

Wie lange habe ich diese Worte unterdrückt. Habe mich gegen sie gesträubt. Sie mit aller Kraft bekämpft. Umso seltsamer, sie jetzt hinzuschreiben.

Und noch seltsamer, was für eine unendliche Erleichterung sie bringen.

# 57

Mein Holz ist größtenteils aufgebraucht. Während ich unterwegs bin, um Nachschub zu besorgen, wird die Sonne prickelnd heiß, die Luft warm und ein leichter Wind weht. Ein paar Wolken ziehen über den Himmel, aber sie sind weiß und flauschig und bilden keine stählerne Decke. Und – man glaubt es kaum –, aber es gibt keine Fliegen. Vielleicht hat die Kälte ihnen den Garaus gemacht? Keine Ahnung. Es spielt auch keine Rolle, ich freue mich einfach.

Die ganze Zeit denke ich über zu Hause nach. Meine Familie. Meadow. Nico. Eins ist sicher: Mit Meadow bin ich fertig. In der Hinsicht sehe ich endlich hundertprozentig klar. Sie ist nicht meine Freundin und war es auch nie. Das hat Hannah mich gelehrt. Nicht nur mit Worten, sondern mit ihrer ganzen Art – sie hat mich spüren lassen, wie wichtig ich ihr bin.

Meadow war ich vollkommen egal.

Das habe ich jetzt erkannt.

Wut steigt in mir auf, wenn ich an sie denke und an alles, was sie getan hat. Aber es ist eine gute Art von Wut. Sie macht mich stärker.

Und Nico …? Der hat so viele Empfindungen in mir geweckt – dieses Hochgefühl, ihm nahe sein zu dürfen, das unbändige Kribbeln, wenn er mich ansah, anfasste oder einfach nur mit mir redete.

Ich habe mich so sehr nach ihm verzehrt, dass es etwas wie Liebe gewesen sein muss. Aber jetzt …

Jetzt bleibt alles in mir seltsam still, wenn ich an ihn denke. Kein wildes Tosen. Kein rasendes Herz. Wenn überhaupt, ist mir ein bisschen übel.

Vielleicht ist auch das Hannahs Einfluss. Sie hat mal versucht, mir ihre Sucht zu beschreiben. Wie diese immer noch manchmal ihre Sinne flutet, mit einer Wucht, der sie nichts entgegensetzen kann. Wie sich früher ihr ganzes Leben um Heroin gedreht hat. Wie froh und erleichtert sie ist, diese Zeit hinter sich gelassen zu haben, auch wenn sie heute noch diese Klaue in ihrem Gehirn spürt, die an ihren Gitterstäben rüttelt und nach einem Weg in die Freiheit sucht.

Sie klingt verängstigt, wenn sie darüber redet. Und obwohl sie längst clean ist und sagt, der Entzug sei die reinste Folter gewesen und sie würde lieber sterben, als so was noch mal durchstehen zu müssen, fürchtet sie trotzdem, dass sie irgendwann einen Rückfall bekommen könnte. »Nur ein Ausrutscher«, hat sie letzte Woche geflüstert, als wir eigentlich Hausaufgaben machen sollten, »und es ist vorbei. Dann bin ich tot.«

»Dann rutschst du eben nicht aus«, habe ich zurückgeflüstert.

»Du verstehst das nicht!« Ihre Augen wurden wieder zu Ozeanen. »Es ist in mir drin! Und es will raus!«

Darum denke ich jetzt, wenn ich mir Nico vorstelle, nicht an sein Grübchen oder sein Lächeln, sein wuscheliges Haar oder seine Zimtküsse. Sondern daran, dass ich für ihn Drogen unter die Leute gebracht habe. Ich denke an Heroin. Und frage mich, wie viele Menschen wohl jetzt genauso eine Klaue im Gehirn haben wie Hannah. Meinetwegen.

Seinetwegen.

Gern würde ich Nico für mein schlechtes Gewissen verantwortlich machen, oder Meadow, Anabella, meine Eltern. Ich will die Glut in mir in Zorn auf jemand anderen verwandeln, egal wen. Doch als ich mich kurz darauf gegen den Wind drehe und mit einem neuen Armvoll Holz zurück zu meinem Camp stapfe, sehe ich nur mich.

Mich und meine Schuld.

*Ich* habe mich Nico an den Hals geworfen, *ich* habe Meadow gegenüber kein Rückgrat bewiesen, obwohl Anabella mich vor beiden gewarnt hat. Und meine Eltern … die habe ich nach Strich und Faden belogen.

Ich werfe das Holz ab. Staubiges, knorriges, raues Holz. Und noch bevor es auf dem Boden landet, wird mir klar, dass ich einen weiteren Brief schreiben muss. An Anabella.

Ich koche mir Mittagessen und denke über meine Schwester nach. Fluche darüber, wie sehr man sich an diesem gottverlassenen Ort selbst ausgeliefert ist. Wenn man erst mal Holz, Feuer, Essen und einen Unterschlupf hat, ist man allein mit seinen Grübeleien. Bis der Körper sogar beim Holzsammeln, Feuermachen, Essenkochen und Unterschlupfbauen auf Autopilot schaltet und die Gedanken die Kontrolle übernehmen.

Obwohl Anabella immer noch ziemlich weit oben auf meiner Hassliste steht und ich ihr vor allem vorwerfen will, dass sie mich im Stich gelassen hat, kommen mir auch andere Sachen in den Kopf. Lauter sentimentales Zeug. Erinnerungen an uns beide, als wir noch klein waren, vor dem Umzug. Wie wir immer heimlich Karten gespielt haben, wenn schon längst Schlafenszeit war, und wie sie mir vor der Feier zu meinem siebten Geburtstag die Fingernägel lackiert hat. Wie sie mich an die Hand genommen und in meine Kindergartengruppe gebracht hat. Wie sie mich huckepack getragen, mir Popcorn gemacht und das Schleifebinden beigebracht hat. »Hasenohr, Hasenohr, einmal rum und dann durchs Tor!«

Ich versuche, die Gedanken von mir zu schieben, aber sie schleichen sich immer wieder zurück in meinen Kopf, in mein Herz.

Als ich mich schließlich hinsetze, um ihr zu schreiben, fängt der Brief erst mal wütend an. Aber dann verwandelt er sich in eine Jammerorgie darüber, wie verletzt ich bin, und am Ende kommen die Kartenspiele und der Kindergarten und wie sehr ich als Kind zu ihr aufgeschaut habe.

Komplett erbärmlich.

Ob man sich nun erinnert oder das alles vergisst, weh tut es so oder so. Daher weiß ich nicht, was besser ist, etwas zu verdrängen oder wieder hervorzuzerren. Doch da steht es nun, schwarz auf weiß – drei Jahre voller Hass und Schmerz und Traurigkeit.

Ich lese mir den Brief kein letztes Mal durch, überarbeite nichts. Stattdessen unterschreibe ich mit: *Hasenohr, Hasenohr, einmal rum und dann durchs Tor!*

Dann hole ich tief und zittrig Luft und breche in Tränen aus.

# 58

Bis zum Abendessen habe ich genug Holz für ein Riesenfeuer gesammelt. Das, was ich schon hatte, hätte locker gereicht, aber nachdem ich mit Anabellas Brief fertig war, musste ich einfach noch ein bisschen rumlaufen, um den Kopf freizukriegen, und dabei bin ich auf Kojotenkacke gestoßen. Oder, wie John gern hätte, dass wir es nennen: Kojoten*losung*.

Bisher kannte ich *Losung* nur im Sinne von Kennwort oder Parole, bis John einmal an einem unserer Schultage mit Mia, Shalayne, Hannah und mir eine Wanderung unter dem Motto »Auf Los(ung) geht's los!« unternommen hat. Er versprach, dass das als vollwertige Biologieunterrichtseinheit zählte.

Anfangs fand ich das Ganze absolut widerlich, besonders weil John so begeistert davon war. Er freute sich wie ein kleiner Junge beim Ostereiersuchen. Wir anderen eher weniger, aber immerhin lieferte das Ganze Stoff für jede Menge Witzchen. Shalayne brachte den Stein ins Rollen, indem sie John »Käpt'n Kack« nannte, worüber sich alle – John eingeschlossen – schlapplachten. Und so ging es die ganze Wanderung über weiter, die Sprüche flogen hin und her, und wir kringelten uns vor Lachen. John war so cool, Ausdrücke zu ignorieren, die normalerweise Konsequenzen nach sich gezogen hätten, und vielleicht war das der Grund, aus dem wir irgendwann beschlossen, es gut sein zu lassen und uns auf einen Namen für unsere Gang zu einigen: Dr. Dung und die Kötelkadetten.

Und der Ausflug wurde tatsächlich interessant. John führte uns abseits des Wanderwegs und stöberte so lange, bis er irgendwelche Tierhinterlassenschaften entdeckte – manchmal rund, manchmal länglich und von unterschiedlicher Größe und Farbe. John wusste immer das zugehörige Tier: Känguruatte, Murmeltier, Stachelschwein, Präriehund … er fand sogar welche, die, wie er sagte, von Dickhornschafen stammten.

Da waren wir alle baff.

»Hier draußen gibt es *Schafe*?«

»Wo?«

»Ja, sag schon, so eins will ich mal sehen!«

John lachte. »Tja, eins stand auf jeden Fall genau hier.«

»Bist du sicher?« Shalayne zweifelte noch immer.

Er deutete auf das Häufchen und grinste. »Hundertpro.«

Nachdem wir einen steilen Hang hochgeklettert waren, was sich schon mehr nach Bergsteigen als Wandern angefühlt hatte, gelangten wir auf eine Ebene. Nirgends waren Pflanzen oder Wasser zu sehen und die Sonne knallte unerbittlich auf uns herab. »Was will denn ein Schaf hier oben?«, fragte ich und deutete um mich auf die heiße, felsige Einöde.

John setzte sich schulterzuckend wieder in Bewegung. »Vielleicht die Aussicht genießen? Ist jedenfalls ein guter Ort, um sich einen Überblick zu verschaffen.«

Den ganzen Tag lang wanderten und kletterten wir und liefen Umwege, während John uns immer neue Versionen bereits bekannter Kötelarten zeigte. Selbst mit all dem Gewitzel wurde die Suche irgendwann ein wenig langweilig.

Dann aber lag plötzlich mitten auf dem Weg etwas, das aussah wie ein graues, zerfleddertes Stück Seil. John hob die Hand und war auf einmal ganz aufgeregt. »Stoooopp, stopp, stopp! Darf ich vorstellen, die Damen – Kojotenlosung!« Wir bildeten einen Kreis, während John sich einen Stock schnappte und anfing, darin herumzustochern.

Mia runzelte die Stirn. »Äh, muss das sein?«

»Was denkst du denn, das ist schließlich Dr. Dung«, erwiderte Shalayne, und wir kicherten.

»Seht ihr das?«, sagte John und spähte hinein. »Knochen, Fell … eindeutig Kojote.«

»Knochen?«, fragte ich.

»Die fressen alles, von der Schnauze bis zum Schwanz«, antwortete John und wirkte extrem zufrieden.

Mia schnaubte. »Ganz schön unhöflich, hier mitten auf den Weg zu machen.«

John erhob sich wieder und warf den Stock weg. »Das ist Absicht, auf diese Weise kommunizieren sie.«

Wir alle starrten ihn an. »Kommunizieren?«

»Sie markieren ihr Revier, damit andere Raubtiere Bescheid wissen.«

»Bei denen scheint's buchstäblich um die Wurst zu gehen«, sagte Shalayne und alle prusteten los.

Seitdem habe ich nie wieder daran gedacht, aber als ich jetzt versuchte, Anabellas Brief zu vergessen, sah ich mich unvermittelt mit einem riesigen grauen, pelzigen Haufen *kot*frontiert und wusste sofort, was es war. Wie angewurzelt blieb ich stehen.

Die Losung war frisch und lag weniger als zwanzig Meter von meinem Zelt entfernt. Ich ließ den Blick schweifen, auf der Suche nach Kojoten, die hinter Kiefern, Sträuchern oder Felsbrocken lauerten. Ich lauschte auf Schritte, Hecheln, Knochen, die zerkaut wurden, *alles*.

Doch ich hörte bloß das Heulen des Windes.

Also machte ich mich auf die Suche nach etwas, womit ich mich verteidigen konnte. Einem Speer. Einem Knüppel.

Hauptsache, es würde mich vor einem Rudel hungriger Kojoten beschützen, die mich gern in Losung verwandeln würden.

»DAS IST DOCH NIE UND NIMMER LEGAL!«, schrie ich hoch zum Himmel, aber der starrte bloß wortlos mit seinem brennenden Auge auf mich runter.

Ich fand eine Kiefer mit einem vertrockneten, niedrig hängenden Ast. Zuerst versuchte ich, ihn abzureißen, doch er gab nicht nach, also stieg ich darauf wie auf eine Leitersprosse, hielt mich an einem höheren Zweig fest und sprang. Das Ganze musste ich ein paarmal wiederholen, aber schließlich brach er so weit ab, dass ich ihn ganz vom Stamm abdrehen konnte.

Ich entfernte die kleinen Zweige und glättete mit einem scharfkantigen Stein eine Stelle, an der ich den Ast gut greifen konnte, um ihn als Keule oder Schlagstock zu verwenden. Er lag gut in der Hand, und nachdem ich ein paar Schwünge und Hiebe ausprobiert hatte, legte ich ihn vor mein Zelt wie eine Schranke.

Danach sammelte ich Steine, die groß genug waren, um anständig wehzutun, und klein genug, dass ich sie werfen konnte, und stapelte auch sie vor dem Zelt. Und schließlich ging ich noch mehr Feuerholz sammeln, denn John hatte uns wieder und wieder eingebläut, der beste Schutz in der Wildnis sei immer noch ein Feuer.

Und darum habe ich jetzt diesen Riesenhaufen Holz. Trotzdem hoffe ich, dass es reicht – man braucht nämlich viel mehr, als man denkt, aber ich muss ja nur noch eine Nacht allein überstehen.

Vielleicht mache ich mir auch völlig umsonst Sorgen. Ich bin mir ja nicht mal sicher, ob ein Rudel Kojoten einen Menschen angreifen würde, aber hier sind nun mal nicht gerade viele Leute, die ich fragen könnte. Und Kojoten haben ziemlich spitze Zähne. Wenn sie damit *Knochen* knacken können. Hätte ich die Wahl, würde ich die Kojoten sofort gegen Dauerregen eintauschen. Bei Regen weiß ich zumindest, womit ich es zu tun habe, und kann ihn sehen. Was die Kojoten angeht, kann ich mich nur andauernd hektisch umgucken und mich fragen, ob mir irgendwo da draußen einer auflauert und schon Pläne schmiedet, mich zu schnappen.

Ich habe den ganzen Tag ein kleines Feuer brennen lassen, damit ich nicht wieder bei null anfangen muss. Als Bonus erhalte ich so ein wunderbares Kohlebett für meine Kartoffel.

Sie zu kochen, ist nämlich keine Option. Ich bin sparsam mit meinem Wasser umgegangen, damit ich keins suchen muss, aber es zum Kartoffelkochen zu benutzen, wäre Verschwendung. In der Wildnis gart man eine Kartoffel am besten, indem man sie backt.

Das haben wir schon ein paarmal am großen Lagerfeuer gemacht, und ich musste auf die harte Tour lernen, dass nur Geduld und genug Kohle zum Erfolg führen. Hat man es zu eilig oder legt die Kartoffel zu dicht ans Feuer, kommt dabei etwas heraus, das man nur runterkriegt, wenn man halb am Verhungern ist und es nichts anderes gibt.

Aber wenn man es richtig anstellt, ist so eine Kartoffel einfach nur köstlich.

Dazu gräbt man mit einem Stein eine Mulde neben dem Feuer, scharrt mit einem Stock glühende Kohlen hinein, legt die Kartoffel drauf und bedeckt sie mit noch mehr Kohlen.

Das funktioniert sogar, wenn man die Kartoffel einfach so, wie sie ist, in die Erde legt, aber am besten ölt man sie vorher ein und wickelt sie in Alufolie. So haben es uns die Aufseher beigebracht. Und Tatsache, in dem Rucksack, den Michelle Mokov gegeben hat, stecken ein großes, zusammengefaltetes Stück Alufolie, eine kleine Plastikspitzflasche mit Öl und

Minitütchen mit Salz, Pfeffer und Kreuzkümmel – Michelles Lieblingsgewürz.

Erst als ich mich daranmache, die Kartoffel zuzubereiten, merke ich, dass ich einen Bärenhunger habe. Da es sicher eine Stunde dauern wird, bis sie gar ist, koche ich mir zur Überbrückung noch ein Päckchen Gemüsesuppe in meinem Campingtopf. Nachdem ich die Suppe gegessen habe, drehe ich die Kartoffel um, scharre frische Kohlen darüber, schnappe mir meinen Knüppel und schlendere Richtung Canyon, um mir die Zeit zu vertreiben.

Auf der anderen Seite des Abgrunds geht die Sonne unter und die Schlucht liegt bereits im Schatten. Ich schätze, dass es in etwa einer Stunde dunkel wird, was bedeutet, jetzt muss es gegen sieben Uhr sein.

Sieben Uhr.

Schon.

Oder endlich. Ich bin mir nicht sicher.

Ich denke darüber nach, was ich heute gemacht habe. Briefe schreiben. Holz sammeln, Essen kochen, ein Waffenarsenal anlegen. Den ganzen Tag lang war ich nur damit beschäftigt zu überleben. Durchzuhalten.

Bei den Briefen muss ich an zu Hause denken. Was würde ich wohl gerade machen, wenn ich jetzt dort wäre?

Die Antwort steht klar und unumstritten vor mir – ich hätte mein Handy in der Hand.

Wow.

Mein Handy.

An das habe ich ja ewig nicht gedacht. Bloß an die Nachrichten und den Ärger, den ich deswegen am Hals habe. Aber dass ich das letzte Mal unbewusst danach gegriffen, es mir herbeigewünscht, es *vermisst* habe, ist … Wochen her.

Kräftig und warm weht der Wind den Canyon herauf und

lässt die Haarsträhnen tanzen, die sich aus meinem Zopf und dem Bandana gelöst haben. Ich sehe runter auf den trägen Fluss, der sich wie eine schlammverkrustete Schlange durch die Erde windet und so Stück für Stück sein Bett formt, immer auf der Suche nach der tiefsten Stelle, nach einer Lücke zum Hindurchsickern.

Zum ersten Mal sehe ich die Veränderungen. In der Erde und in mir.

Wann ist das passiert?

Wie kann es sein, dass mein Handy mir gar nicht fehlt?

Aber wohin fließt der Fluss, wenn er um die Ecke biegt und aus meinem Blickfeld verschwindet? In einen See? Geht er unterirdisch weiter? Trifft er auf einen weiteren Fluss? Oder erreicht er womöglich eine endlose Wüste, um dort einfach zu versiegen?

Angst steigt in mir auf. Bin ich genauso? Wie ein schlammiger Fluss, der sich langsam, aber sicher in die Erde gräbt, immer weiter abwärts, bis nichts mehr von ihm übrig ist?

Ich kehre der Schlucht den Rücken zu und gehe zurück zum Feuer.

Nein.

So will ich nicht sein.

# 59

Ich habe noch nie darüber nachgedacht, wer ich gern sein würde. Die Frage lautete immer nur: *Was* willst du werden, wenn du erwachsen bist?

Darauf wusste ich allerdings auch nie eine Antwort. Anders als Anabella, die mal ins Parlament gewählt werden will, um »etwas zu bewegen«, was auch immer das heißen soll. Und Mo, der, seit er drei Jahre alt ist, Baseball für die San Francisco Giants spielen will, obwohl wir inzwischen in L.A., und damit auf Angels-Gebiet, leben.

Nur ich habe keine Ahnung.

Aber *wer* man mal werden will, danach fragt keiner. Man ist schließlich schon jemand. Ich bin Wren Clemmens, die Tochter von Morris und Lydia Clemmens. Die große Schwester von Mo und die kleine Schwester von Anabella.

Aber das ist doch nicht alles.

Das beschreibt nur meine Rolle in meiner Familie.

Früher dachte ich immer, ich wollte eine Mini-Anabella sein. Tja, das hat nicht so ganz geklappt. Also habe ich ein neues Ich erfunden. Ein wütendes. Allerdings will ich diese Wren jetzt auch nicht mehr sein. Ich kann ja kaum noch den Gedanken an das Mädchen ertragen, das ein Hakenkreuz ins Klavier geritzt und Heroin ausgeliefert hat.

Aber … wer dann?

Während ich weiter über der Frage brüte, grabe ich meine Kartoffel aus. Ich wickele sie aus der Folie, schneide die Kartoffel auf, atme den Dampf ein, brüte weiter. Träufele etwas Öl hinein, würze sie mit Salz, Pfeffer und Kreuzkümmel, brüte weiter. Esse die ganze Kartoffel mitsamt der knusprigen Schale, sehe zu, wie die Sonne untergeht und der Himmel sich verdunkelt, und brüte weiter.

Einerseits wirkt die Frage ein bisschen lächerlich – wie etwas, was man in bekifftem Zustand faszinierend fände und dann am nächsten Tag total albern.

Aber ich bin nicht bekifft.

Und albern kommt es mir auch nicht vor.

Im Gegenteil, gerade scheint es … alles zu sein, was zählt.

Wer will ich sein?

Die Frage kreist mir weiter durch den Kopf, während ich die benutzte Alufolie mit meinem Bandana abwische und sorgfältig wieder zusammenfalte. Die kann man morgen noch mal benutzen. Außerdem habe ich in dem Rucksack eine Fertigmischung für Pfannkuchenteig gefunden, und ich weiß, wie man sich aus Folie und Stöckchen eine Pfanne basteln kann. Aufgeregt plane ich mein Frühstück für den nächsten Tag und kann die Pfannkuchen schon fast riechen. Ich bin sicher, dass ich das hinkriege.

Und mit einem Mal, ganz unerwartet, verspüre ich ein winziges Kitzeln in mir. Ein lange verschollenes Gefühl, dem ich über Jahre erfolglos nachgejagt bin, indem ich mich zugedröhnt oder betrunken habe. Indem ich Anabella, meine Eltern oder Meadow ausgetrickst habe. Ein Gefühl, das mir ständig aufs Neue entwischte, mit dem vagen Versprechen, ich würde es dahinten wiederfinden … nein, da … nein, da.

Und jetzt? Ist es ganz von selbst zu mir zurückgekommen, dieses Kribbeln im Bauch, dieses Summen in meinem Herzen? Da sitze ich völlig verdreckt und mutterseelenallein in der Wüste, koche mir mein Essen auf der Erde, und plötzlich, entgegen allem, was ich gesagt, gedacht und erwartet habe, ist es auf einmal wieder da?

Ich muss laut lachen. Das ist ja wohl der Witz schlechthin.

Aber es stimmt.

So fühlt sich Glück an.

Glück, das aus mir selbst entspringt.

Wie kann das sein?

Ich versuche, meine Gedanken bis zu dem Punkt zurückzuverfolgen, an dem das Gefühl eingesetzt hat. Es war der Moment, in dem mir klar geworden ist, dass ich mir aus nichts als ein paar Stöckchen und etwas Müll eine Pfanne basteln kann. Und direkt nebenan lagert das Wissen, dass ich mit Reibung Feuer erzeugen, Pfannkuchen backen und Kartoffeln in einem Bett aus Kohlen garen kann. Ich kann ein Zelt aufbauen, mir einen Unterschlupf bauen und lasse mich nicht mal vom Regen unterkriegen.

Ich *kann* etwas.

Und dieses Wissen – dieser kostbare Besitz – macht mich unglaublich stolz und ich fühle mich … großartig.

Als könnte ich alles schaffen.

Das Summen in mir wird lauter, bis ich schließlich auf die Füße springe, nach meinem Knüppel greife und ihn hoch über meinen Kopf recke: »Na los, ihr Kojoten!«, rufe ich. »Kommt doch, wenn ihr was wollt – mit euch werd ich locker fertig!«

Dann werfe ich Holz aufs Feuer, dass die Funken in die Dunkelheit stieben.

*So* jemand will ich sein.

# 60

Im Feuerschein verfasse ich eine neue Liste. Sie trägt den Titel »Wer ich sein will«.

Vielleicht ist das albern, aber was soll's? Die bekommt außer mir sowieso niemand zu Gesicht. Ich fange jeden Satz mit *Ich will jemand sein, der …* an und schreibe etwas dahinter, was mir wichtig ist.

Es dauert eine ganze Weile. Weil ich über jeden Satz lange nachdenke. Gründlich. Ihn drehe und wende, im Kopf wie auch in meinem Herzen.

Vieles von dem, was ich aufschreibe, überrascht mich selbst. Ich versuche, Anabellas Stimme auszublenden, die ständig frotzelt: *Wer bist du und was hast du mit meiner Schwester gemacht?* Und meine eigene Stimme, die fragt: *Wer ist denn bitte diese Heilige?*

Aber ich liste ja auch nicht auf, wer ich bin oder mal war.

Sondern, wer ich gern wäre.

Ich weiß nicht, wie spät es ist, als mir nichts mehr einfällt, denn ich habe keine Ahnung, wie man am Mond die Stunden abliest. Er ist nicht wie die Sonne, erscheint immer zu unterschiedlichen Zeiten. Manchmal auch gar nicht. Darum kann ich mir nichts daraus ableiten und nichts vorhersagen.

Ich lehne mich zurück und betrachte ihn genauer. Hell und klar steht er am schwarzen Himmel, umringt von unzähligen Sternen.

Es ist das Schönste, was ich je gesehen habe. Mir stockt der Atem.

Wow.

Ich weiß, dass Sterne eigentlich Milliarden Meilen entfernte Sonnen sind, aber so richtig begreifen konnte ich das nie. Außerdem will ich sie mir lieber weiter als Sterne vorstellen. Die einem Wünsche erfüllen und Träume wahr werden lassen. Diese Gebilde mit magischen Kräften, die auf der Spitze des Zauberstabs einer guten Fee sitzen.

Ich denke an die Disneygeschichten, die ich meinem Bruder vorgelesen habe, was mich zu meiner Liste zurückbringt.

Wer will ich sein?

Wieder greife ich nach meinem Block.

*Ich will jemand sein, vor dem mein Bruder keine Angst hat.*

Es tut weh, das hinzuschreiben. Genau wie der Gedanke selbst. Mo hat mich schreien und fluchen und ausrasten hören. Hat sich vor meinen Tobsuchtsanfällen im Schrank versteckt. Aber ich will nicht, dass er so über mich denkt. Ich will, dass er sich daran erinnert, wie es früher war. Wie ich mich um ihn gekümmert, ihm vorgelesen, mit ihm »Dschungelbuch« gespielt habe.

Ich will seine Freundin sein.

Jemand, dem er seine Geheimnisse anvertrauen kann.

Jemand, den er gernhat.

Ich dachte immer, er wäre noch zu klein, um etwas von alldem mitzukriegen. Aber er ist jetzt in der vierten Klasse. Ich kann mich noch gut an die vierte Klasse erinnern.

Damals habe ich eine Menge mitgekriegt.

Wieder blicke ich hoch zum Himmel, zu den Sternen, dem tiefen, endlosen Universum.

Jetzt habe ich schon so viele Nächte hier draußen in der Wüste verbracht und mir nicht ein einziges Mal wirklich den

Nachthimmel angesehen. Warum bloß? Was gibt es denn Schöneres?

Tränen rinnen mir aus den Augenwinkeln und über die Schläfen. Ich habe so ein schlechtes Gewissen wegen Mo. Er weiß ganz sicher Bescheid. Niemand musste es ihm sagen. Das alles ist genau vor seiner Nase passiert. Schließlich habe ich mir keine Mühe gegeben, es zu verbergen.

Ich wünschte, ich könnte die Vergangenheit ändern. Aber bevor ich den Gedanken zu Ende verfolgen kann, schießt eine Sternschnuppe über den Himmel.

Ich keuche auf und wische mir die Augen, schniefend und lachend zugleich. Und nachdem mir das Universum noch ein paarmal zugezwinkert hat, füge ich meiner Liste zwei weitere Punkte hinzu.

*Ich will jemand sein, der auch am Tag die Sterne nicht vergisst.*

*Ich will jemand sein, der zum Himmel hochsieht.*

# 61

Ich beschließe, dass Mo nicht leer ausgehen darf, also lege ich noch mal Holz nach und schreibe ihm in einem kurzen Brief, dass mir klar ist, wie verrückt in letzter Zeit alles war, und es mir leidtut. Ich schreibe, dass er der beste Bruder der Welt ist und ich ihn furchtbar vermisse. Und dann, weil das alles so ernst und düster ist und man Neunjährige nicht mit so ernstem, düsterem Kram belasten sollte, füge ich hinzu: *Aber ich weiß ja, worauf du eigentlich wartest, ist der Bericht von meiner …* In großen Druckbuchstaben schreibe ich *WÜSTENSUCHE*. Und darunter: *Eine wahre Geschichte – großes Indianerehrenwort! (Und wie du weißt, gibt's hier ECHTE Indianer!)*

Mit einem davon geht es auch direkt los, nämlich mit Mokov und unserer Wanderung, die in meiner Geschichte nur so mit Gefahren gespickt ist. Ich erzähle vom Plateau und dem Canyon, dem Regen und meiner Höhle, der Kojotenlosung und dem Feuer und den Sternen und dem Mond. Mit Kohlestückchen male ich Bilder dazu, und am Ende unterschreibe ich mit: *Gute Nacht, kleiner Bruder. Im nächsten Mond sehen wir uns wieder. Hab dich lieb, dein Höhlenmensch.*

Es ist schön, ihm eine Geschichte erzählen zu können. Wie gern würde ich jetzt mit ihm eine Höhle bauen und ihm das »Dschungelbuch« vorlesen, von vorn bis hinten. Wie gern hätte ich ihn jetzt hier bei mir.

Obwohl ich gleichzeitig ganz froh bin, dass er nicht hier

ist. Denn um ehrlich zu sein habe ich das Schlafengehen auch so lange hinausgezögert, weil ich Angst habe, bei lebendigem Leib gefressen zu werden. Der Mond ist über den Himmel gewandert, aber es ist immer noch ziemlich viel Nacht übrig. Keine Ahnung, wie viel genau. Ich überlege, ob ich einfach durchmachen soll, aber ich bin völlig erschlagen. Mir kommt die Idee, meine Isomatte und meinen Schlafsack hoch in die Höhle zu schleifen, wo die Kojoten nicht ganz so leicht an mich rankämen, andererseits wäre ich dort aber weit weg vom Feuer, und Feuer ist meine beste Verteidigung.

Also lege ich noch mal einen Haufen Holz nach und verteile es so, wie ich meine, dass es am längsten brennen müsste. Dann versichere ich mir erneut, dass schon nichts passieren wird, und krieche in meinen Schlafsack.

Mir schwirrt der Kopf, als ich ihn auf mein behelfsmäßiges Kissen lege, und schließlich gebe ich der Erschöpfung nach. Wenn ich eine Prognose darüber abgeben sollte, wovon ich wohl träumen werde, würde ich sagen: »Gar nichts.« Wenn man so müde ist, träumt man nicht. Man schläft einfach nur.

Aber dann träume ich doch. Und zwar nicht von meinem Bruder, meiner Familie, von einem Flug durchs Weltall oder den Kojoten, die mich holen kommen.

Sondern von Nico.

Nico und Biggy.

Wir sitzen zu dritt in Nicos Auto – ich allein auf dem Rücksitz. Rauch hängt in der Luft und die beiden teilen sich eine Flasche Fireball. Mich ignorieren sie komplett.

Ich versuche auszusteigen, aber die Tür geht nicht auf. Es gibt keinen Entriegelungsknopf, keinen Griff. Und auch das Fenster lässt sich nicht runterfahren.

Ich kriege kaum noch Luft und blicke mich hektisch um. »Hey!«, rufe ich. »Lasst mich raus!«, aber mein Mund ist wie mit Watte ausgestopft, und die Worte bleiben mir im Hals stecken.

Ich packe die Kopfstützen vor mir und rüttele an den Sitzen. Keine Reaktion. Ich schüttele heftiger und endlich blicken Nico und Biggy sich um.

Ihre Augen sehen seltsam aus. Sie machen mir Angst. Goldene Ringe um riesige schwarze Pupillen. Nico stößt dieses Lachen aus, das ich so hasse, und schnieft abfällig.

*Schnief, schnief, schnief. Schnief, schnief, schnief.*

Der große Witz bin offenbar ich, auch wenn ich keine Ahnung habe, warum. Was soll das? Warum halten sie mich hier gefangen?

Wieder taste ich nach dem Türgriff, einem Weg nach draußen. Ich gerate immer mehr in Panik, lautlose Hilfeschreie sammeln sich in meiner Kehle und schnüren mir die Luft ab.

*Schnief, schnief, schnief. Schnief, schnief, schnief.*

Dann sehe ich jemanden durchs Fenster. Eine Frau geht vorbei. Ich hämmere mit den Fäusten gegen die Scheibe, schreie »HILFE!«, doch wieder kommt kein Laut aus meinem Mund. Das Glas ist dunkel getönt. Die Frau geht weiter, ohne mich zu hören, ohne mich zu sehen.

*Schnuff, schnuff, schnuff. Schnuff, schnuff, schnuff.*

Die goldenen Augen werden schmal. Jetzt kommen sie zwischen den Sitzen hindurch auf mich zu.

Mit einem Keuchen schrecke ich hoch, erleichtert, aus dem Traum aufzutauchen. Doch dann kann ich nur mit Mühe einen echten Schrei unterdrücken.

*Schnuff, schnuff, schnuff. Schnuff, schnuff, schnuff.*

Da ist etwas vor meinem Zelt.

Ich setze mich auf und schnappe mir meinen Knüppel. Mein Herz hämmert und ich zittere am ganzen Körper. In meinen Ohren rauscht es, als toste ein Fluss in meinem Kopf.

Weder der Himmel noch das Feuer, das mittlerweile heruntergebrannt ist, geben viel Licht ab. Trotzdem erkenne ich etwas, das an meinem Zelt vorbeischleicht. Schwarz vor schwarz. Ein Schatten im Dunklen.

Der Schatten bewegt sich, langsam und stumm. Ich rutsche ein Stück rückwärts, so weit weg von ihm wie nur möglich. Dann dreht der Schatten sich um und in der dreieckigen Zeltöffnung erscheint ein Kopf.

Und auf der anderen Seite erscheint ein zweiter.

Spitze Ohren, glitzernde Augen.

Mein Herz setzt aus.

Kojoten.

Von irgendwo tief in mir löst sich ein Schrei. »HEY!«, hallt er durch die Dunkelheit. Ein Adrenalinschub lässt mich mit meinem Knüppel nach den Kojoten ausholen. »LASST MICH IN RUHE!«

Sie huschen davon, bleiben jedoch knapp hinter der Feuerstelle stehen und starren mich an.

»GLAUBT IHR ETWA, ICH LASSE MICH VON EUCH FRESSEN?«, brülle ich.

Meine Stimme scheint sie kaum zu beeindrucken, aber die Steine werden es ganz sicher. Ich werfe, schnell und mit aller Kraft, und höre ein Winseln, als einer trifft. »HAUT AB!«, schreie ich. »LASST MICH IN RUHE!«

Die Kojoten verschwinden in der Dunkelheit, aber ich bin noch nicht überzeugt, dass sie wirklich weg sind. Also ziehe ich meine Schuhe an, nehme meinen Knüppel und gehe nach draußen, um mich umzusehen.

»KOMMT JA NICHT ZURÜCK!«, rufe ich in die Dunkelheit. Dann lege ich neues Holz aufs Feuer und fächele Luft in die Glut, bis es wieder brennt.

Den Rest der Nacht bleibe ich wach und warte auf die

Kojoten, aufs Morgengrauen. Es ist kalt, also lasse ich das Feuer hoch und hell brennen und fange schon mal an, mir meine Bratpfanne aus Stöcken und Alufolie zu basteln, um mich abzulenken.

Meine Gedanken kreisen.

Ich denke an die Briefe, meinen Traum, daran, wie es wohl sein wird, wenn ich nach Hause komme, wenn ich meine Familie wiedersehe, wenn ich wieder zur Schule gehe und dort Nico und Biggy und Meadow begegne. Über all das grübele ich nach und frage mich, wie ich denn *will*, dass es wird. Frage mich, wie um alles in der Welt ich das durchstehen soll.

Die Dämmerung kommt schleichend, als ginge ein riesiger Radiergummi über den Himmel. Dann noch mal. Und noch mal. Und plötzlich ist es hell.

Ich bin erleichtert, endlich wieder sehen zu können, was um mich passiert. Noch am Leben zu sein. Ein Hochgefühl packt mich.

Ich habe es geschafft!

Michelle hat gesagt, ich würde irgendwann heute Morgen abgeholt, also mache ich mich ans Frühstück. Ich setze meine Pfanne auf ein Viereck aus Steinen, das ich mit Kohlen gefüllt habe, gebe einen Spritzer Öl darauf und backe einen Pfannkuchen nach dem anderen.

Zu Hause habe ich Pfannkuchen immer in Sirup ertränkt, aber hier esse ich sie einfach pur, direkt aus der Pfanne, und sie sind köstlich – an den Rändern knusprig und in der Mitte fluffig-weich. Zum Runterspülen gibt es eine Tasse Milch aus Milchpulver. Die ist nicht ganz so lecker, aber zumindest kalt und flüssig, das reicht.

Dann fange ich an, mein Lager abzubauen, und finde dabei eine kleine, grau-weiße Feder auf dem Boden. Ich hebe sie auf und blicke mich um. Wo wohl der Vogel sein mag, der sie verloren hat?

Ich habe mir noch nie eine Feder genauer angesehen und stelle überrascht fest, wie weich und sauber sie ist. Wie perfekt. Und wunderschön. »Danke«, sage ich zu dem Phantomvogel, denn sie kommt mir vor wie ein Geschenk. Einer plötzlichen Eingebung folgend flechte ich die Feder in meinen Zopf ein. Vielleicht wird es langsam Zeit, dass ich mich mit meinem Namen anfreunde.

Dann räume ich weiter auf und beeile mich dabei, denn während ich darauf gewartet habe, dass es hell wird, hatte ich eine Idee, die ich noch in die Tat umsetzen möchte, bevor ich aufbreche.

Als mein Bündel fertig geschnürt ist, nehme ich mir ein paar abgekühlte Kohlen und Stöckchen mit verbrannten Enden vom Feuer und mache mich auf den Weg zu der Höhle, in der ich an meinem ersten Tag hier Schutz vor dem Regen gesucht habe. Ich klettere hinein, setze mich im Schneidersitz vor eine Wand und fange an zu malen. Von links nach rechts zeichne ich eine Regenwolke, Feuer, den Mond und die Sterne, einen Kojoten und ein Bild von mir mit meinem Knüppel.

Es dauert eine ganze Weile. Der Fels ist rau und mein Zeichenstil ist nicht sehr ausgefeilt. Schlichte Linien und schwarze Flecken auf lachsfarbenem Stein. Mein Selbstporträt lässt mich aussehen wie eine Irre, aber das ist schon in Ordnung. Die war ich schließlich auch.

Als letztes Piktogramm male ich eine Sonne, die über eine Felswand lugt. Dann betrachte ich mein Werk und setze einen kleinen Vogel in einem Herzen ganz ans Ende.

Mir ist klar, dass die Kohle nicht halten wird. Wind und Wasser werden sie auslöschen, wie wenn man mit einem Stock etwas in den Sand schreibt. Daher wird vielleicht nie jemand meine Bilder zu Gesicht bekommen, und falls doch, wird er sie so interpretieren, wie er sie versteht. Vielleicht kommt seine Version der wahren Geschichte dabei nahe, vielleicht aber auch nicht. Was die betreffende Person definitiv nicht wissen wird, ist, welche Bedeutung der Vogel hat.

Aber auch das ist in Ordnung.

Es reicht, wenn ich es weiß.

# 62

Ich kehrte tatsächlich verändert ins Lager zurück. Aber dann veränderte sich auch alles andere. In den nächsten Wochen verließen uns zuerst Brooke und Kelsey, dann Shalayne und Mia.

Mias Abschied war traurig. Nicht nur, weil sie zu unserer Gruppe gehörte und wir sie gernhatten und vermissen würden, sondern weil niemand sie abholen kam.

Wenn man seine acht Wochen voll hat, gibt es ein Übergangsritual – dann kommt ein Familienmitglied nach Utah und verbringt eine Nacht mit einem im Camp. Dafür wird ein kleines Nebenlager aufgebaut und Therapeutin Tara ist als Vermittlerin zur Stelle.

Für Brooke, Kelsey und Shalayne ist jemand gekommen. Wir hörten Weinen und erhobene Stimmen aus dem Nebenlager, aber immerhin war jemand da. Nach und nach hörte das Weinen auf, die Stimmen wurden leiser, und bis zum Morgen trat eine Art Waffenstillstand in Kraft. Es wurde sogar gelächelt.

Nur bei Mia war alles anders. Sie packte ihre Sachen und fing an zu weinen, als sie sich bei Hannah und mir verabschieden kam. Wir seien ihre wahre Familie, schluchzte sie, und sie habe keine Ahnung, was sie ohne uns machen solle.

Hannah und ich versprachen ihr, dass wir in Kontakt bleiben würden, dass wir eine private Chatgruppe gründen und einander über alles hinweghelfen würden.

Und dann war sie weg, verschwunden in der Wüste. Tara wanderte mit ihr zurück zum Basislager, von wo aus jemand Mia zum Flughafen fahren und in eine Maschine nach Hause setzen würde.

Womit keine Falken mehr übrig waren und Hannah und ich die einzigen Elche. Die die Rodelteller zogen. Und über die die neuen Kaninchen und Kojoten ehrfürchtig tuschelten. Es war wie in der Schule – Cliquen, die sich argwöhnisch beäugten und übereinander tratschten –, bis ich irgendwann genug von dem Quatsch hatte. Anstatt mich distanziert zu geben, fing ich an, mich unter die Kojoten zu mischen und ihnen zu helfen.

Brooke und Kelsey haben so was nie gemacht, aber wisst ihr, was?

So jemand will ich nicht sein.

Die neuen Kaninchen in den ersten Nächten zu hören, ist schlimm. Weil ich weiß, was sie durchmachen, aber auch weil es mich daran erinnert, wie ich selbst am Anfang war. Babys kommen schreiend, weinend und nach Luft ringend zur Welt und als Kaninchen ergeht es einem ganz ähnlich. Hilflos und schwach wird man in eine völlig neue Umgebung geworfen und muss lernen, darin zu überleben.

Die Anzahl der Grizzlys ist mal rauf- und mal runtergegangen, aber mittlerweile sind wir wieder zu siebt. Ein Kaninchen, vier Kojoten und Hannah und ich. Seltsames Gefühl, so was wie eine Anführerin zu sein und den anderen Sachen beizubringen, sie auf Losung und Pflanzen hinzuweisen und ihnen zu erklären, wie man am Himmel die Uhrzeit abliest.

Genauso seltsam wie das Gefühl, am Lagerfeuer um Geschichten angebettelt zu werden. Natürlich werde ich mich nie mit Mokov messen können, aber zwischen seinen Besuchen gebe ich ganz gern seine Stellvertreterin. Und er hat mich definitiv einiges gelehrt. Vor allem hat er mir geholfen, die Geschichte hinter der Geschichte zu erkennen, was absolut großartig ist. Wie ein geheimes Zimmer, das sich weit zum Himmel öffnet.

Dvorka, Michelle und John hatten alle der Reihe nach eine Woche frei und ließen uns mit Leuten zurück, die sich übertrieben um uns bemühten. Inzwischen sind alle drei wieder da. Dvorkas Haare sind wieder raspelkurz, John ist glatt rasiert, sein Männerdutt entzauselt, und Michelle sieht genauso aus wie immer, bloß sauberer. Ich bin froh, dass wir sie zurückhaben. Es ist einfach leichter, mit Leuten zusammenzuleben, die wissen, welche Knöpfe man besser *nicht* drückt.

Und umgekehrt scheinen sie uns auch vermisst zu haben. Einmal habe ich John nach seinem echten Leben gefragt, aber da hat er nur gelächelt und geantwortet: »Das hier *ist* mein Leben.«

Ich kicherte. »Nein, im Ernst.«

Er stocherte mit einem Zweig im Feuer und fügte hinzu: »Sagen wir einfach, mein Leben ist genau so, wie ich es mir wünsche.« Dann lächelte er wieder und wechselte das Thema. »Ich hab gehört, es gab gute Briefe?«

Ich senkte nur den Blick und zuckte mit den Schultern, aber es stimmte. Seit meiner Suche habe ich zweimal Post von zu Hause bekommen und das Gefühl, dass … vielleicht alles wieder in Ordnung kommen könnte.

Ich hatte Rechtfertigungen von meinen Eltern erwartet. Dass sie schockiert und enttäuscht wären. Oder zurückfeuern würden. Mir erklären, warum ich mir das alles selbst zuzuschreiben hätte. Aber ich irrte mich: Trotz all meiner Ausraster, meiner Lügen, allem, was ich kaputtgemacht habe, entschuldigten sie sich genauso bei mir wie ich mich bei ihnen.

Sogar Anabella sagte, es tue ihr leid.

Eigentlich sogar besonders Anabella.

Ihre Briefe habe ich bestimmt zwanzig Mal gelesen. Teils, weil ich es immer noch nicht fassen kann, wie nett sie plötzlich ist. Ich kann mich nicht erinnern, dass sie je zuvor so nett war, nicht mal, als wir noch klein waren. Immer wieder muss ich mich vergewissern, dass ich mich nicht verlesen habe oder ob nicht doch irgendein anderer Sinn dahintersteckt.

Aber ich lese sie auch wegen der Neuigkeiten. Nico ist von der Schule geflogen und hat jetzt ernsthaft Ärger am Hals, weil er schon achtzehn und damit offiziell erwachsen ist. Und Meadow, die das Jugendamt von zu Hause weggeholt hat, wartet auf ihre Anhörung. Ich weiß nicht genau, was das heißt und ob sie irgendwann wieder zurück zu ihren Eltern darf, vermute aber mal, es hat damit zu tun, dass ihr Zuhause der reinste Kiffertempel ist.

Was auch passiert, ich glaube nicht, dass Meadow sich jemals ändern wird. Nicht mal die Wüste könnte ihr was anhaben.

Darüber habe ich viel nachgedacht, genau wie über eine Idee meiner Mutter. Sie hat geschrieben, ich könnte vielleicht die Schule wechseln, wenn ich der Meinung sei, dass mir dies helfen würde. Therapeutin Tara hat mich vor Kurzem noch mal gewarnt, die größte Herausforderung, wenn man aus der Wüste nach Hause komme, sei es, nicht in alte Muster zu verfallen. Und dann hat sie wieder diese Übergangshäuser erwähnt, in denen man erst mal langsam ins normale Leben zurückfinden kann. Aber sie hat auch gesagt, so was sei sehr teuer. Darum nein. Das kommt nicht infrage.

Trotzdem, die Vorstellung, an meine alte Schule zurückzugehen, durch dieselben Flure zu wandern wie früher, meine alten Mitschüler und Lehrer wiederzusehen – zu behaupten, das alles würde mir keine Angst machen, wäre gelogen.

Wieso sollte es diesmal anders laufen?

Wie soll ich es schaffen, neue Freunde zu finden?

Meadow wohnt jetzt zwar woanders, aber Anabella hat geschrieben, dass sie weiter zur Schule kommt. Aussieht wie immer. Sich verhält wie immer.

Was ist, wenn Meadow mir die Schuld dafür gibt, was mit ihr passiert ist? *Ist* es meine Schuld? Was, wenn meine Eltern mit meinen Briefen zur Polizei gegangen sind? Zu den Beratungslehrern? Wenn Biggy Bescheid weiß? Was, wenn *alle* mir die Schuld für *alles* geben?

Allein beim Gedanken daran fange ich an zu hyperventilieren. Mit einem Mal kommt es mir vor, als würde ich es nicht überleben, die Wüste zu *verlassen.*

Mir bleibt nur noch etwas mehr als eine Woche.

Was mache ich nur?

# 63

Am nächsten Morgen tue ich dasselbe wie an jedem Tag nach meiner Entführung.

Ich ergänze die Strichliste auf meiner Hose.

Zehn Fünfergruppen.

Tag Nummer fünfzig.

Mein Geburtstag.

Vor ungefähr einer Woche habe ich Hannah davon erzählt, aber ich hätte nicht gedacht, dass sie es sich merken würde. Schließlich bereitet sie sich schon auf ihren Übergangsritus vor. Ihr Dad kommt aus Kansas her und sie ist tierisch aufgeregt.

Doch als ich von der Latrine zurückkomme, wartet vor meinem Zelteingang ein Geschenk auf mich. Ein Mäppchen, kaum größer als meine Hand, aus langen Gräsern gewoben. Es wird von einem geflochtenen, um einen kleinen Knoten gewickelten Band geschlossen gehalten, und als ich es löse, finde ich darin drei flache Yuccapinsel in verschiedenen Breiten.

Vor einigen Wochen hat uns Dvorka gezeigt, wie man sich Pinsel aus Yuccablättern basteln kann. Da wir zuvor schon Schnüre und Shampoo fabriziert hatten, war ich längst ein Fan der Yucca, dafür, dass sie mir sauberes Haar und einen neuen Schnürsenkel beschert hatte. Aber sosehr ich mich auch diesmal bemühte, mein Pinsel wurde die reinste Katastrophe. Dafür musste man ein Yuccablatt der Länge nach durchreißen, es auf Pinselgröße kürzen und dann so lange auf einem Ende herumkauen, bis es zur Bürste zerfaserte. Dieser letzte Teil war grässlich. Die Blätter sind hart. Und schmecken bitter. Als ich fertig war, war mein blöder Pinsel hauptsächlich zerfleddert und ums Verrecken nicht zum Malen zu gebrauchen.

Diese hier dagegen … sind perfekt. Die Stiele sind gerade und rund geschmirgelt, sodass sie sich angenehm greifen lassen, und die Bürsten sind glatt und fein. Wie bei einem echten Pinsel.

»Gefallen sie dir?«, fragt Hannah aus ihrem Zelt.

»Wie hast du das denn hingekriegt?«, erwidere ich. »Die sind ja der Hammer.« Ich stecke die Pinsel wieder weg und bewundere das Mäppchen. »Und das hier, das ist … unglaublich!«

Es ist, als hätte ich ein Licht in ihr angeknipst, so sehr strahlt sie. »Danke! War gar echt nicht einfach, das alles vor dir geheim zu halten!« Sie kommt zu mir rübergekrabbelt. »Und weißt du, was? Michelle hat gesagt, ich darf heute mit dir malen gehen. Sie hat mir eine super Stelle gezeigt. Ist zwar ein Stück zu wandern, aber dann hat man eine Wahnsinnsaussicht.«

»Nur du und ich?«

Sie nickt. »Schließlich ist heute dein Geburtstag, und ich hab morgen meinen Übergangsritus, deswegen hat sie sich wohl rumkriegen lassen.«

Ich lache. »Tja, darüber, dass wir wegrennen könnten, müssen sie sich jetzt zumindest keine Sorgen mehr machen.« Wieder betrachte ich ihr Geschenk. »Tausend Dank.«

Ihre Stimme wird kleinlaut. »Ich weiß, du malst eigentlich gar nicht sooo gerne, aber –«

»Nur weil ich darin die totale Niete bin!«

»Das wird heute anders.«

Ich lache. »Und selbst wenn nicht, wird es auf jeden Fall lustig.«

Nach dem Frühstück ziehen wir los, mit einem Rucksack voller Malutensilien, Mittagessen und Wasser. Es ist ein warmer Tag, und der Weg führt hauptsächlich bergauf, aber das macht nichts – ich könnte den ganzen Tag so weiterwandern. Ich entdecke eine neue Feder für meine stetig wachsende Sammlung. Diese hier ist klein, gerade mal fünf Zentimeter lang, und rabenschwarz. Der Vogel, der sie für mich hinterlassen hat, ist nirgends zu sehen, aber ich bedanke mich trotzdem bei ihm.

Hannah steckt sie mir ins Haar, das sie mir seit einer Woche flicht. »Wow, schade, dass wir keinen Spiegel haben«, sagt sie über meinem Federzopf. »Das sieht so was von cool aus.«

Wir gehen weiter, bis wir in eine schmale Klamm gelangen. Hannah bleibt stehen. »Da sind wir.«

Ich sehe mich um. Zu beiden Seiten erheben sich hohe Felswände. Mir springt jedoch nichts ins Auge, was man unbedingt malen müsste. »Hier?«, frage ich.

Hannah setzt den Rucksack ab. »Ich hab über deine Liste nachgedacht«, sagt sie.

»Die ich auf meiner Suche gemacht habe?« Ich habe sie ihr gezeigt, nachdem sie von ihrer eigenen Suche zurückgekommen ist, und wir haben heimlich Erfahrungen ausgetauscht.

Sie nickt. »Du hast mir von den Sternen erzählt, weißt du noch? Dass du gern jemand sein würdest, der …?«

Sie blickt mich abwartend an.

Ich blinzele, nicht sicher, wie ich den Satz beenden soll.

Schließlich sehe ich hoch.

Über uns … weit oben … wachsen zwei große Bäume aus

den gegenüberliegenden Wänden der Klamm. Ihre Stämme ragen waagerecht aus dem Fels und schießen dann steil nach oben, sodass sie rechte Winkel bilden. Wie Pfeile, die auf die Wolken an dem schmalen Streifen blauem Himmel über uns zielen. »Wow«, hauche ich.

»Ist das nicht das Abgefahrenste, was du je gesehen hast?«, fragt sie.

Doch es ist mehr als nur der Anblick, der mich so berührt. Es ist der Gedanke an zwei Sämlinge, die eigentlich dem Untergang geweiht waren und stattdessen eine neue Richtung eingeschlagen, sich nach der Sonne gereckt haben. Und jetzt … ist etwas so Außergewöhnliches aus ihnen geworden.

»Stimmt«, bringe ich mit erstickter Stimme hervor.

»Dann malen wir jetzt!«, sagt sie.

Ich starre immer noch nach oben. »So was wie das da krieg ich in einer Million Jahre nicht hin.«

»Na ja, wir haben ja auch nur Schwarz und Grau als Farben zur Auswahl.« Lachend fängt sie an, den Rucksack auszupacken. »Aber ich zeige dir, wie es geht, und außerdem ist das Wichtigste sowieso, woran das Bild dich später erinnert.«

Ich bin nicht ganz sicher, was sie meint: ob es mich an diesen Ort erinnern soll, an diesen Tag, daran, was echte Freundschaft ist, oder daran hochzusehen.

Aber das spielt auch keine Rolle.

Denn egal, wie gut oder schlecht mein Bild wird, es wird mich so oder so an all das erinnern.

# 64

Als Hannah und ich ins Camp zurückkommen, wartet dort eine weitere Überraschung.

Geburtstagskuchen aus dem Schmortopf!

Er riecht himmlisch, warm und zimtig, und ertrinkt fast in Puderzuckerglasur. Ich quietsche wie ein kleines Kind und führe ein Freudentänzchen auf. »Essen wir den jetzt, essen wir den jetzt?«, frage ich.

Dvorka lacht. »Erzählt doch erst mal, wie es war. Dürfen wir uns eure Bilder angucken?«

»Ich habe jede Menge Anzündmaterial produziert«, sage ich lachend, denn meine ersten fünf Versuche sind totaler Müll geworden. Aber Nummer sechs ist gar nicht mal so übel und ich reiche das Bild herum.

Hannah lässt ihr Werk – das der absolute Knaller ist – im Rucksack, während die Kojoten meines über den grünen Klee loben. Ich zeige allen die Pinsel, die ich von Hannah bekommen habe, und erkläre, wie ich die verschiedenen Linien, Tönungen und Schattierungen mit Kohle und einer Asche-Wasser-Paste hinbekommen habe.

Die anderen starren uns an, als wären wir geradewegs vom Himmel herabgeschwebt. »Könnt ihr uns das auch beibringen?«, fragen sie.

Hannah rettet mich, indem sie sagt: »Das macht Dvorka bestimmt gern. Sie hat es mir auch beigebracht.«

»Ja, haltet euch lieber an Dvorka«, schließe ich mich an. »Hannah reist ja morgen schon ab und ich, äh, übe noch.« Ich grinse in die Runde. »Aber ich kann euch zeigen, wie man Geburtstagskuchen isst!«

Die Kojoten jubeln. »Jaaa!«

»Na, na, nicht so voreilig«, schreitet John ein. Er wendet sich an die Kojoten. »Bereit für den Poetry-Slam?«

»Was?« Ich blicke mich verwirrt um. Aber die Kojoten verteilen sich schon ums Lagerfeuer.

»Los geht's!«, ruft ein Mädchen namens Glo und wendet sich dann mir zu. »Ist eigentlich kein richtiger Slam, aber hoffentlich gefällt's dir trotzdem.«

Als alle vier Kojoten in Position gegangen sind, fängt John an zu beatboxen, und nachdem alle in den Rhythmus gefunden haben, deutet er auf Glo. Die Kojoten feuern ihre Verse nur so heraus, als hätten sie den ganzen Tag geübt.

»Heut feiert unsre Wren –«

»Aus Ka-li-for-ni-*en* –«

»Ohne Aber, ohne Wenn!«

»Sie ist kein scheues Reh –«

»Sondern taff, selten baff –«

»Niemals schlaff –«

»Hat immer 'ne gute Idee!«

»Hat das Feuer im Griff –«

»Weiß immer 'nen Kniff –«

»Wie die Flamme weiterbrennt.«

»Und alles schweigt –«

»Wenn die Spannung steigt –«

»Bei den Geschichten, die sie kennt.«

»Also seid nicht dumm –«

»Kommt ihr nicht krumm –«

»Denn sie ist ein Grizzlybär.«

»Kein langes Rumgeeier –«

»Los geht's mit der Feier –«

»Denn wir mögen sie so sehr!«

»ALLES GUTE ZUM GEBURTSTAG, WREN!«

Ich lache und weine gleichzeitig, wische mir die Augen, klatsche, lache wieder und klatsche noch mehr. Dann zaubert John eine Schachtel Kerzen hinter dem Rücken hervor, steckt fünfzehn davon in meinen riesigen Zimtschneckengeburtstagskuchen und zündet sie an.

Ich muss an den Tag ganz am Anfang denken, an dem mir klar wurde, dass ich meinen Geburtstag in der Wüste, im Dreck, verbringen würde. Daran, wie wütend und verletzt und am Boden zerstört ich war.

Und jetzt, als ich tief Luft hole und alle Kerzen auf einmal auspuste, wünsche ich mir etwas, womit ich selbst nie gerechnet hätte.

Ich wünsche mir, dass ab jetzt jeder Geburtstag so wird wie dieser.

# 65

Am nächsten Morgen werde ich von einer weiteren Überraschung geweckt.

»Lager abbrechen!«

Aus dem Zelt nebenan höre ich Hannah stöhnen. »Oh Mann, das ist doch wohl ein Scherz!«

Ist es nicht. Michelle ist bereits dabei, die Feuerstellensteine in der Gegend zu verteilen, um sämtliche Spuren zu verwischen, während John und Dvorka auf Zeltplanen klatschen und Befehle bellen wie zwei Feldwebel. »Bewegung, Bewegung! Morgenstund' hat Gold im Mund!«

»Kaffee wäre mir lieber«, murrt eines der Kojotenmädchen und ich muss grinsen. Es muss wirklich verdammt früh sein, nicht mal sechs Uhr, denn die Sonne ist noch nicht aufgegangen.

Weniger als eine Stunde später stolpern wir hinter Michelle und John her. Hannah und ich ziehen die Rodelteller, dann kommen die Kojoten mit der Trage, und Dvorka bildet, gemeinsam mit einem ziemlich bockigen Kaninchen, das Schlusslicht.

»Warum haben wir's denn so eilig?«, will jemand wissen, doch als wir ein paar Stunden später eine Frühstückspause einlegen, ist es bereits heiß wie in einem Drachenschlund. Auch die Fliegen sind schon wieder voll in Aktion und schwirren uns um die verschwitzten Köpfe.

»Puh«, schnaufe ich, als ich meinen Rodelteller parke und im Schatten eines Kieferngrüppchens mein Bündel fallen lasse. »Wenn Frühling in der Wüste *so* ist, will ich im Sommer echt nicht hier sein.«

»So eine Hitze ist schon eher ungewöhnlich«, erklärt John. »Die vom Basislager haben uns gewarnt.«

»Wie weit ist es denn noch?«, fragt eines der Mädchen an der Trage.

Hannah und ich grinsen und wenden uns John zu, der seine übliche Antwort gibt. »Teilt euch einfach eure Kräfte und euer Wasser gut ein. Wir sind da, wenn wir ankommen.«

Zum Frühstück gibt es Studentenfutter und Trockenobst, und alle trinken so viel von ihrer Wasserration, wie sie es wagen. Bevor es weitergeht, machen wir die Beine unserer Hosen ab und einige krempeln ihre T-Shirt-Ärmel bis zur Schulter, und das, was von den Hosenbeinen noch übrig ist, bis zur Mitte der Oberschenkel hoch.

Michelle reicht Sunblocker herum und dann schleppen wir uns weiter. Es ist zu heiß zum Singen. Zu heiß zum Reden. Zu heiß für alles außer der Flucht in die eigene Gedankenwelt.

Ich denke an zu Hause. Daran, wie es mit meiner Familie werden wird, mit der Schule. Wenn ich wiederkomme, sind es noch zwei Wochen bis zu den Sommerferien. Wie soll das überhaupt funktionieren? Muss ich jetzt die neunte Klasse wiederholen oder was ist mit dem ganzen Lernstoff von den Wüsten-Schultagen? Zählt der irgendwas? Muss ich einen Ferienkurs belegen?

Ich grübele über Moms Angebot nach, mich an einer anderen Schule anzumelden. Soll ich es annehmen? Vielleicht wäre es besser. Nico ist zwar nicht mehr da, aber die Vorstellung, mich all den Blicken und dem Tratsch auszusetzen,

Meadow zu begegnen … das macht mir Angst. Wie soll ich denn mit alldem auf einmal klarkommen?

Ein Geräusch in der Ferne reißt mich zurück in die Wirklichkeit.

Ein Auto?

Tatsächlich.

Michelle vor mir nimmt ihr Walkie-Talkie aus der Halterung.

Ich fange Hannahs Blick auf, deute auf Michelle und dann auf mein Ohr – sie soll mit mir lauschen. »Versorgung?«, forme ich lautlos mit den Lippen.

»Na hoffentlich«, stöhnt Hannah. »Bis jetzt war das echt ein schrecklicher letzter Tag.«

»Aber wenn du dafür Silver Hawk noch mal siehst?«

Sie grinst. »Das würde schon helfen.«

Wir überqueren einen breiten, trockenen Arroyo, biegen um die Ecke und da steht er – der Versorgungswagen.

»Juhu!«, kreischt Hannah, und wir stürmen los, dass unsere Rodelteller scheppernd hinter uns herschlittern. »Er gehört mir!«, ruft Hannah, als Silver Hawk aussteigt.

»Soll mir recht sein!«, erwidere ich. »Ich bin bloß scharf auf das Wasser!«

»Von wegen!« Lachend sprintet sie voran.

Von mir aus kann sie ihn haben. Nicht dass ich ihn nicht gerne angucken würde. Sein Aussehen haut einen schließlich immer wieder von Neuem aus den Socken. Aber ich bleibe cool. Na ja, so cool, wie es einem Mädchen eben möglich ist, das seit einundfünfzig Tagen in der Wüste lebt.

Als ich mich zum dritten Mal für Wasser anstelle, dreht er den Hahn nur ein kleines Stückchen auf, sodass der Becher sich ganz langsam füllt. »Ich hab das von den Kojoten gehört«, sagt er leise.

Zuerst weiß ich nicht, was er meint. »Den neuen?«, frage ich, weil ich als Erstes an die Grizzlys denke.

Er grinst verschmitzt, während das Wasser in meinen Becher tröpfelt. »Nee. Den wilden.«

Ach so, er meint die Kojoten auf meiner Suche. Die Miniwölfe, die es auf mich abgesehen hatten.

Ich will fragen, woher er davon weiß, aber dann wird mir noch etwas klar. Als ich von der Suche zurückkam, gab es als Erstes eine Zeremonie. Mein Gesicht wurde mit Asche bemalt, ich bekam eine gelbe Perle für meine Kette und wurde zum Elch befördert. Das Ganze verlief schweigend. Ich durfte weder der Gruppe noch den Betreuern erzählen, was ich erlebt hatte, obwohl ich es am Ende doch Hannah anvertraut habe.

Es war, als wüssten die Betreuer sowieso längst Bescheid. Ich dachte, das läge daran, dass sie einfach wussten, was die Suche bedeutet. Wie sie einen verändert. Dass man ihre Macht sowieso nicht erklären kann und deshalb am besten für sich behält.

Aber jetzt … kapiere ich.

»Dein Großvater«, murmele ich Silver Hawk zu. »Hat er dir davon erzählt?«

Er antwortet langsam. Mit Bedacht. »Viele Leute aus dem Camp gewinnen seine Zuneigung, manchmal auch seinen Respekt, aber selten seine Bewunderung.« Er blickt mir tief in die Augen. »Du schon.«

»Er … also war er die ganze Zeit da?«

»Auf einem Felsvorsprung über dir.« Silver Hawk dreht das Wasser ab. »Aber das bleibt unser Geheimnis, okay?«

Ich nicke.

»Ehrenwort?«

Ich nicke wieder.

»Er sagt, du bist jetzt bereit, dich den Elementen auszusetzen.«

»Den Elementen?«

»Dem, was immer das Leben auch für dich bereithält.« Er grinst. »Das ist ein großes Lob von Mokov.« Dann wirft er einen Blick hinter sich und deutet mit dem Kinn in Richtung des Führerhäuschens. »Vielleicht kannst du ja ein bisschen guten Einfluss ausüben.«

»Auf wen?«

Er wiederholt bloß die Bewegung. »So, die Arbeit ruft«, sagt er dann und greift nach dem nächsten Becher in der Schlange, die sich hinter mir gebildet hat.

Ich gehe um den Pick-up herum und nähere mich der Fahrertür. Zuerst sehe ich niemanden im Inneren des Wagens, aber die Fenster sind heruntergefahren, also beuge ich mich hinein. Erst jetzt erkenne ich, dass jemand zusammengesackt auf dem Rücksitz hängt, die Augen geschlossen. Um seinen Hals baumelt eine Augenbinde und neben ihm sitzt ein Betreuer. »Dax?«, flüstere ich halblaut.

Langsam heben sich seine Lider. Seine Augen sind von dunklen Schatten umrahmt und erfüllt von Schmerz. Er starrt mich an, als hätte er keine Ahnung, wer ich bin.

»Wren, erinnerst du dich?«, sage ich.

Ein erschöpftes Lächeln umspielt seine Mundwinkel. »Wrenegade. Wie läuft's denn so?« Er richtet sich ein Stück auf. »Siehst gut aus, Vögelchen. Wow – guck sich einer mal diese Muckis an!«

Er streckt die Hand nach meinem Arm aus, aber ich weiche zurück. »Du bist ja wieder da.«

»Alles zurück auf Anfang!« Jetzt wirkt er regelrecht aufgekratzt. Als wäre das hier bloß ein Spiel.

»Versuch, diesmal durchzuhalten.«

»Mach ich, mach ich«, sagt er, aber es kommt ihm eine Spur zu locker über die Lippen.

»Nein, im Ernst. Wir haben zusammen hier angefangen, weißt du noch? Wenn du nicht die Biege gemacht hättest, wäre das hier für dich auch die letzte Woche.«

Er glotzt mich an.

»Du schaffst das, Dax.«

»Yep«, erwidert er. »Der Richter hat gesagt, das hier ist meine letzte Chance. Seh ich ja auch ein. Okay. Alles okay.«

Doch selbst während er das beteuert, wirkt er abgelenkt. Sein Blick geht über meine Schulter, durch die Windschutzscheibe, aus dem Rückfenster.

Schon jetzt auf der Suche nach einem Fluchtweg.

# 66

Vermutlich so gegen drei hatten wir unseren neuen Lagerplatz erreicht. Wir waren alle völlig k. o. durch die Hitze und das Kaninchen bekam beim Zeltaufbau einen Tobsuchtsanfall. Sie trampelte mit beiden Füßen auf ihrer Plane herum, als wollte sie sie in den Boden stampfen.

Kurz nach uns traf Tara mit Hannahs Dad ein. Er hatte ein knallrotes Gesicht und war völlig verschwitzt, und der Anblick, wie unbeholfen Hannah und er sich umarmten, war kaum zu ertragen. Sie wirkten wie Fremde – keine Ahnung, wie das mit den beiden laufen soll. Aber wenigstens ist er gekommen. Und das ist schon mal eine Menge wert.

Es ist noch nicht mal dunkel, aber alle sind längst erschöpft ins Bett gefallen. Zum ersten Mal seit Ewigkeiten steht Hannahs Zelt nicht neben meinem, denn für heute Nacht ist sie in ein Lager mit ihrem Dad und Tara gezogen. Natürlich wusste ich, dass es so kommen würde, trotzdem wird mir erst jetzt richtig klar, dass sie bald weg ist. Ich wünschte, ich hätte eher darüber nachgedacht, wie es sein würde, sie nicht mehr neben mir zu haben, nachts mit ihr zu flüstern, ihr leises Schnarchen zu hören, das morgendliche Geraschel. Sie fehlt mir jetzt schon, dabei ist sie gerade mal auf der anderen Seite des Camps.

Heute bei der Versorgung haben wir auch unsere Post bekommen, aber ich habe meine noch nicht geöffnet. Es sind die letzten Briefe, bevor es auch für mich nach Hause geht, und inzwischen freue ich mich tatsächlich, wenn ich welche bekomme. Eine E-Mail oder Handynachricht habe ich noch nie öfter als einmal gelesen. Mit so was befasse ich mich nicht länger. Es kommt und geht. Schnell … und kurzlebig.

Aber meine Briefe – zumindest die letzten – hole ich andauernd wieder raus. Ich sehe mir Mos Zeichnungen an, lache über die vielen Ausrufezeichen. *Ist das cool! Ich glaub's nicht, dass du nach Kacke gesucht hast! Mein Freund Trey sagt, bei denen ist mal ein Kojote in den Garten gekommen und hat sich ihren Hund geschnappt! Er findet, du bist eine richtige Kriegerin!*

Wie könnte ich das nicht wieder und wieder lesen?

Der Freund meines Bruders hält mich für eine Kriegerin!

Darum spare ich mir die zwei neuesten Briefe auf, weil ich nicht weiß, ob ich je wieder solche Post bekommen werde. Briefe schreiben, das wirkt geradezu … mittelalterlich. Aber nachdem ich die Umschläge eine Weile angestarrt habe, kann ich doch nicht mehr widerstehen.

Der erste enthält eine Geburtstagskarte mit Glückwünschen von der ganzen Familie und dem Versprechen, dass wir richtig feiern, wenn ich erst wieder zu Hause bin. Darüber denke ich einen Moment nach. Eigentlich habe ich gar kein Interesse an einer »richtigen« Feier. Meinen Tag mit Hannah, den Poetry-Slam und den Zimtschneckenkuchen kann sowieso nichts toppen. Okay, falls sie auf die Idee kommen sollten, mit mir nach Disneyland zu fahren, beschwere ich mich bestimmt nicht. Aber davon abgesehen, wenn ich mich entscheiden müsste zwischen einem Geburtstag, wie er früher immer ablief, und dem hier draußen, müsste ich nicht lange überlegen.

Der zweite Umschlag ist von Mom. Ich ziehe den Brief heraus, falte ihn auseinander und drehe erstaunt die Seite hin und her. Sie ist nicht in *Lucida Handwriting* bedruckt. Sondern mit Tinte beschrieben, in Moms Schrift.

*Hallo, Wren*, beginnt der Brief. Und endet mit *Alles Liebe, Mom*. Das »L« wirkt so elegant – wie eine Schleife. Das »M« führt auf und ab, auf und ab, wie ein dramatischer Bergzug. Das »W« am Anfang ist ein Spiegelbild davon. Und all die Buchstaben dazwischen fließen locker ineinander, verbinden sich zu Worten, Gedanken, Zuneigung.

Ich kann sie regelrecht spüren.

Keine Ahnung, warum ein handgeschriebener Brief von meiner Mom mir so viel bedeutet, aber so ist es. Vielleicht, weil ich weiß, dass sie selbst sich über diese Seite gebeugt hat, sie berührt hat, anstatt einfach auf »Drucken« zu klicken. Vielleicht, weil es bedeutet, dass sie mir zugehört hat.

Als ich den Brief schließlich lese, erfahre ich, dass auch sie viel nachgedacht hat. Sie schreibt, sie würde mir gern dabei helfen, etwas zu finden, wofür sich das Aufstehen am Morgen lohnt, etwas, weswegen ich mich auf jeden Tag freuen kann, und auch auf meine Zukunft im Allgemeinen. Und dann, nachdem sie mir ausführlich versichert hat, dass sie sich auf keinen Fall zu sehr in mein Leben einmischen wolle, es jedoch Anmeldefristen gegeben habe und sie ihre Beziehungen spielen lassen musste, schreibt sie, sie habe mich als Betreuerin im Camp Takaneo angemeldet und hoffe, das sei in Ordnung. Gleich zu Beginn der Sommerferien soll es losgehen.

*Das ist für Kinder von acht bis elf Jahren*, erklärt sie. *Dein Bruder und seine Freunde fahren auch alle mit und er ist schon ganz aufgeregt. (Er prahlt die ganze Zeit wie verrückt damit, was du alles in der Wildnis gelernt hast, und sie fragen andauernd nach neuen Geschichten.) (Bitte sag mir, dass die erfunden sind!)*

Dann zählt sie noch ein paar Alternativvorschläge auf und fragt erneut, ob ich lieber die Schule wechseln würde.

Ihre anderen Ideen sind nicht so mein Fall, aber Betreuerin in einem Sommercamp? Ich versuche, es mir vorzustellen, und allein beim Gedanken daran, wie ich mit den Kindern bastele, wandern gehe und ihnen Campingtricks zeige, wird mir ganz warm ums Herz.

Also verfasse ich einen Antwortbrief. Sofort. *Ja*, ich möchte gern Betreuerin sein, schreibe ich und bedanke mich bei ihr für den Einfall und dass sie mich angemeldet hat. Und *nein*, füge ich dann plötzlich voller Überzeugung hinzu, ich möchte nicht die Schule wechseln. Ich erkläre es nicht weiter, aber ich weiß, dass es das Wiedersehen mit Dax war, das mir bei der Entscheidung geholfen hat. Denn dabei ist mir eines klar geworden: Weglaufen ist keine Lösung. Es wird nicht leicht werden, wenn ich zurückgehe, aber auf meiner Liste der Personen, die ich sein will, steht eben auch *jemand, der furchtlos ist*, und mich vor dem zu verstecken, was mir Angst macht, wäre das komplette Gegenteil. Am besten stelle ich es mir wohl wie die Begegnung mit einem Rudel Kojoten vor. Denn da weiß ich schon, dass ich mich gegen sie wehren kann, sie verjagen kann.

Und Tatsache ist nun mal: Jede Schule hat ihre Kojoten.

# 67

Es war eine einsame Zeit ohne Hannah. Wir haben beide furchtbar geweint, als es für sie Zeit wurde zu gehen, haben einander dieselben Dinge versprochen wie zuvor Mia. Als sie weg war, setzte ich mich allein an ein schattiges Fleckchen und schrieb ihr einen Brief. Ich erklärte, dass wir unbedingt all die Sachen machen sollten, über die wir gesprochen hatten – Nachrichten schreiben, mailen und so weiter –, aber dass es auch gut wäre, wenn wir einander ganz altmodisch Briefe schicken würden. Denn die können wir immer wieder lesen, wenn wir uns mal mitten in der Nacht in Erinnerung rufen müssen, dass wir Freundinnen sind, selbst wenn uns ein halber Kontinent trennt.

Und jetzt bin plötzlich ich an der Reihe. Heute kommt jemand aus meiner Familie her. Inzwischen bin ich zum Falken aufgestiegen, und in der Zeremonie ging es um die Fähigkeit, andere zu führen, und um »gewonnenes Selbstbewusstsein«. Wie stolz ich war, als Dvorka die orangefarbene Perle auf meine Kette fädelte. Ich hatte das Gefühl, sie mir wirklich verdient zu haben.

Jetzt jedoch kommt es mir eher so vor, als müsste ich die Perle zurückgeben. Ich fühle mich kein bisschen selbstbewusst und meine Nervosität ist von Tag zu Tag gestiegen. Ich habe keine Ahnung, wer kommt und was mich erwartet. Immer wieder versichere ich mir, dass sich schon alles fügen wird, aber ich bin mit den Nerven am Ende. Ein Teil von mir würde am liebsten gar nicht mehr nach Hause, während ein anderer es kaum abwarten kann. Achtundfünfzig Tage in der Wüste – wie wär's mal mit 'ner Dusche, Wren?

Insgeheim hoffe ich, dass meine Mom auftaucht, aber wahrscheinlicher ist wohl mein Dad, denn im Gegensatz zu Mom steht er total auf Camping. Und Michelle hat sich geweigert, mir mehr zu verraten, als dass Tara irgendwann heute jemanden aus meiner Familie herbringt.

Michelle hat mir die Stelle gezeigt, an der wir unser kleines Lager aufschlagen können, also habe ich den ganzen Tag Holz gesammelt, eine Feuerstelle gebaut, eine Latrine gegraben und überlegt, in welchem Abstand zueinander ich die Zeltplanen aufspannen soll. Und ob wir überhaupt Zelte brauchen werden. Es ist furchtbar heiß heute. So heiß, dass ich wieder meine Hosenbeine abgenommen und mir die Ärmel hochgekrempelt habe. Sieht so aus, als würde es eine perfekte Nacht, um unter freiem Himmel zu schlafen.

Andererseits … vielleicht wäre es doch besser, Zelte zu haben. Kleine Rückzugsorte, falls wir mal voreinander flüchten müssen. Was soll ich denn überhaupt zu meinem Dad sagen? Ich habe seit Jahren nicht mehr richtig mit ihm geredet.

Am Nachmittag höre ich schließlich Taras Stimme. Sehen kann ich sie noch nicht, aber sie ruft: »Gleich haben wir's geschafft – hier oben ist es!«

Erleichterung durchflutet mich. Das ist ganz sicher meine Mom, meinen Dad müsste sie nicht so anfeuern. Aber als Tara in Sicht kommt, ist es doch mein Vater, der hinter ihr geht.

Er hat mich noch nicht gesehen, und ich will gerade winken, als Dad und Tara sich umdrehen und zurückblicken – da taucht plötzlich meine Mom auf.

Meine Eltern sind beide komplett verschwitzt. Mom allerdings sieht aus, als wäre sie geradewegs durch die Hölle marschiert.

Ich kann ein Grinsen nicht unterdrücken.

Willkommen in der Wüste.

Aber da sind sie, alle beide, und das ist unglaublich, also schnappe ich mir meine Wasserflasche und mache mich auf den Weg. Doch in dem Moment drehen sich schon wieder alle um.

Ich bleibe stehen, halte die Luft an, und da schleppt sich mein Bruder ins Bild.

»Mogli!«, quietsche ich und renne auf ihn zu.

Er wirft den Schlafsack von seinem Rücken und umarmt mich ungestüm. »Mann, war das weit«, ächzt er. Ich reiche ihm meine Flasche und sehe erst dann, dass meine Mom weint. »Hey«, sage ich und richte mich wieder auf. »Tut mir leid! Ich war nur so überrascht über Mo!«

»Nein, das ist es gar nicht …« Sie fasst mich bei den Schultern. »Sieh dich nur mal an!«

»Wren?«, fragt mein Dad, als würde er mich kaum wiedererkennen.

»Oje, so schlimm?«, erwidere ich. Beinahe habe ich das Gefühl, mich verteidigen zu müssen. »Tja, hier draußen gibt's halt keine Spiegel.«

»Nein, nein –«, beginnt meine Mom.

Aber dann ruft mein Dad: »Hier drüben! Anabella – wir sind hier!«

Ich werfe meiner Mom einen Blick zu. »Nicht im Ernst, oder?«

Dad drückt mich kurz an sich und sagt: »Wir dachten, es wäre schön, wenn wir alle kommen.«

Anabella kommt angeschlurft, lässt ihren Rucksack auf

den Boden fallen und dann sich selbst auf ihren Rucksack. Es sieht ziemlich unbequem aus, wie sie daliegt, mit dem Gesicht nach unten, aber anscheinend ist selbst das besser als stehen.

Ich wende mich Tara zu. »Wie weit hast du sie denn laufen lassen?«

Sie zuckt mit den Schultern. »Anderthalb Meilen vielleicht?«

Ich kichere. »Habt ihr ein Glück, das ist ja das totale Wellnessprogramm.«

»Klappe«, stöhnt Anabella, das Gesicht noch immer in ihrem Rucksack vergraben.

»Ich freu mich auch, dich zu sehen.«

Ich spüre, wie meine Eltern erstarren, als würden sie denken: *Oh nein, und schon gibt's wieder Ärger.* Aber ich empfinde keinen Ärger. Anabella ist hergekommen. Das würden sicher nicht viele Schwestern tun. »Entspannt euch mal«, sage ich zu den beiden. »Ich freue mich *wirklich.*«

Anabella setzt sich auf und wirft mir einen finsteren Blick zu. »Weil du mich gerne leiden siehst?« Doch bevor ich antworten kann, fallen ihr fast die Augen aus dem Kopf, ihr Mund klappt auf, und sie keucht: »Wie siehst *du* denn aus?«

»Ja, ich bin eklig, ich weiß«, fauche ich, und jetzt kommt doch die alte Wut auf sie wieder hoch. »Wärst du auch, wenn du seit achtundfünfzig Tagen hier draußen wärst!«

»Nein!«, sagt sie. »Ich meine, du siehst aus wie … wie …« Sie steht auf und umkreist mich.

»Wie was?«, blaffe ich.

»… wie eine Kriegerin«, erklärt mein Bruder.

»Ja«, haucht Anabella. Sie betastet meine Arme, meinen Federzopf und mustert mich von Kopf bis Fuß. »Das will ich auch«, sagt sie zu meiner Mom, als sie einmal um mich herum ist. Als könnte man einfach in den Laden gehen und sich so was kaufen.

Mom wirft Dad einen hilflosen Blick zu, Dad verdreht die Augen, und schließlich ist es mein Bruder, der alle wieder auf den Boden der Tatsachen zurückholt: »Dir ist aber schon klar, dass das Klo hier nur ein Loch im Boden ist?«

Anabella verzieht angewidert das Gesicht, und Tara kommt uns zur Hilfe, indem sie uns zu dem kleinen Nebenlager winkt. »Schauen wir einfach mal, dass wir die Nacht überstehen, ja?«

Auf dem Weg legt meine Mom den Arm um mich und sagt: »Ich bin so unglaublich stolz auf dich. Aber was ich mich die ganze Autofahrt über gefragt habe –«

»Ihr seid mit dem *Auto* hier?«

»Na ja, wir wollten eben alle herkommen, was anderes wäre da zu teuer gewesen.«

Ich senke den Kopf. »Tut mir leid. Ich weiß, wie viel das hier gekostet hat.«

»Nein, das spielt keine Rolle. Alles, was für mich zählt, ist, dass … dass du dieses neue Ich gefunden hast. Ich wüsste nur gern, wie es dazu gekommen ist. Gab es einen Schlüsselmoment, irgendein besonderes Erlebnis?«

Ich denke nach, schüttele den Kopf, denke noch ein bisschen weiter nach. Und das Verrückte ist, dass sie mich lässt. Sie unterbricht mich nicht, drängt mich nicht. Stattdessen wartet sie einfach ab, während wir gehen und ich überlege. Und das verrät mir, dass auch sie sich verändert hat.

Schließlich sehe ich sie an und antworte: »Vielleicht war es mein erstes Feuer.«

»Aha?«

»Feuerbohren ist echt schwierig. Und frustrierend. Aber genau an dem Punkt, an dem man sich eigentlich schon sicher ist, dass es niemals klappt, muss man sich noch mal richtig ins Zeug legen. Genau dann, wenn man so entnervt ist, dass man dem Ganzen einfach nur einen Tritt versetzen will, kommt es darauf an, dass man nicht loslässt, sondern weitermacht.«

Mom nickt nachdenklich, und in dem Moment dreht sich Mo um und ruft: »Hey, ihr lahmen Enten!«, denn wir sind ein Stück hinter den anderen zurückgefallen.

Mom nimmt mich kurz in den Arm und schließt zu Dad und Anabella auf. Während meine Familie das Camp betrachtet und mit Tara plaudert, bleibe ich ein Stück entfernt stehen, denn erst jetzt dringt die Wirklichkeit ganz zu mir durch.

Das hier ist mein letzter Tag.

Ich blicke mich um und nehme alles in mich auf – die Wacholdersträucher und Kiefern, ihre klar umrissenen Schatten auf der roten Erde, die Sandsteinfelsen in der Ferne. Ich denke an ausgedörrten Boden und darin verborgenes Wasser, an unverhoffte Blumenwiesen und Bäume, die sich aus kühlen Schluchten zur Sonne emporrecken. Ich erinnere mich an all die Meilen, die ich gewandert bin, die unzähligen Liter Schweiß, die ich vergossen habe, all die Blasen an meinen Füßen, meinen Händen, und die Tränen, die ich geweint habe, um es bis hierher zu schaffen. Und zum ersten Mal wird mir klar, wie dankbar ich bin, dass ich gestrauchelt und der Wüste in die Arme gefallen bin.

»Wren?«, reißt mein Bruder mich aus meinen Gedanken. »Können wir Kartoffeln backen? Zeigst du mir, wie man eine Pfanne aus Stöcken bastelt? Meinst du, heute Nacht kommen Kojoten? Womit fangen wir an? Ich hab solchen Hunger!«

Lachend lege ich ihm den Arm um die Schultern. »Mit dem Wichtigsten«, sage ich.

»Und was ist das?«

All die Dinge, die ich hier draußen gelernt habe, kreisen durch meinen Kopf. Nicht nur, um in der Wüste zu bestehen, sondern auch im Alltag. Am Ende kommt es einfach immer darauf an, dass man nicht loslässt, sondern weitermacht.

Und darum weiß ich, womit wir anfangen.

Was das Wichtigste ist.

»Na los«, sage ich und ziehe ihn mit mir. »Wir machen Feuer.«

# DANKSAGUNG

Ich danke allen Eltern und Jugendlichen, die sich mir anvertraut haben, der Wüste von Utah für ihre unvergleichliche Schönheit und ihre Lektionen in Demut, und Shanan Anderson von den Südlichen Paiute für ihre Beratung und die erhellenden Einblicke. Jegliche Fehler gehen allein auf mein Konto.

Wendelin Van Draanen

Natürlich magellan©

FSC
www.fsc.org
MIX
Papier aus verantwortungsvollen Quellen
FSC® C083411

Wir pflanzen Bäume
Für unsere Umwelt
www.magellanverlag.de

**Hergestellt in Deutschland**
**Gedruckt auf FSC®-Papier**
**Lösungsmittelfreier Klebstoff**
**Drucklack auf Wasserbasis**

1. Auflage 2019

Die Originalausgabe erschien 2017 unter dem Titel »Wild Bird«
bei Knopf Books for Young Readers
Aus dem Englischen von Jessika Komina und Sandra Knuffinke
Umschlaggestaltung: Christian Keller
unter Verwendung eines Motivs von iStock / Mehmet Hilmi Barcin
Druck: CPI, Leck
ISBN 978-3-7348-5042-4

*www.magellanverlag.de*